王 英◎著

难忘的记忆

中国文史出版社

图书在版编目（ＣＩＰ）数据

难忘的记忆 / 王英著 . -- 北京：中国文史出版社，
2024.2

ISBN 978-7-5205-4620-1

Ⅰ.①难… Ⅱ.①王… Ⅲ.①散文集－中国－当代
Ⅳ.① I267

中国国家版本馆 CIP 数据核字 (2024) 第 027622 号

责任编辑：牛梦岳

出版发行：中国文史出版社
社　　址：北京市海淀区西八里庄路 69 号院　邮编：100142
电　　话：010-81136651 81136602 81136603（发行部）
传　　真：010-81136655
印　　装：廊坊市海涛印刷有限公司
开　　本：787mm×1092mm　1/16
印　　张：14.75　字数：218 千字
版　　次：2024 年 2 月第 1 版
印　　次：2024 年 2 月第 1 次印刷
定　　价：58.00 元

每个人一生中都有许多难忘的记忆。

在这些记忆里，有苦难的抑或幸福的童年，充满坎坷抑或快乐平顺的青年，拼搏进取抑或蹉跎艰苦的中年，幸福美满抑或不幸苦涩的老年。

在这些记忆里，有童年无忧无虑的嬉戏，有青年加入劳动者行列的全力拼争，有中年事业有成的光环荣誉，有老年跨界圆梦的壮心不已，有回顾一生或成或败的点点滴滴。

在这些记忆里，有顽皮戏耍的无知，有勤勉劳作的倦怠，有青春理想与碌碌无为，有功成名就与安居乐业，有老当益壮再续新篇，有回眸一生的问心无愧与老骥伏枥的壮志豪情。

就是这些或喜、或怒、或悲、或恐、或惊、或苦、或辣、或酸、或咸、或甜的杂陈五味，编织成一个个别具洞天且跌宕起伏、波澜壮阔的人生。

据此，我将自己的童年往事、青春进取、中年收获、壮年辉煌的人生足迹，如同在大海边漫步时捡拾贝壳一样俯首捡拾起来，将其汇聚成这部《难忘的记忆》呈现给大家，并将自己不同时期和阶段的人生感悟，一起汇报给各位。

打开我的这部自传体散文集，您会看到少年拾柴的经历、打草的时光、拾粪的寒冷、偷场的顽皮，以及在油灯下挑拣红小豆的农家生活的艰苦岁月；您会看到海河青年的表现、冬天里田野上的劳作、家乡那口全村父老乡亲赖以生活的水井、在大连姑姑家赶海的异地风情、奶奶对我的熏陶教诲，以及唯一一次心理失衡的"酗酒"经历；您会看到我军旅生涯中一张便条与一次三等功勋的奇遇、假日里和同乡战友歇斯底里地饮酒宣泄、埋藏在心底的那道难忘的人生景观，以及由一条狗引发的闹剧、一卡车花椒买来的"万元户"滋味、梦里那片静谧的白鹤林、重聚绵阳的桩桩件件；您会看到我驻足六郎堤上的所思所想、那难忘的最后一课、首次结拜的前前后后、人生角色的转换、回乡创业的艰辛、与人生导师的幸遇，以及在出差期间我究竟有什么意外的发现。一炷袅袅香云飘向何方？那些年间村里的秧歌队有什么鲜为人知的秘闻？"非典"岁月里发生了什么故事？怎么界定和诠释一个大写的"义"？四川有什么独特之美？我都将给您一个明确的解答。

王英

2024 年 1 月 13 日

目录

第六章　我的情感世界　\ 203

第一章 · 找回来的记忆

刨柞头

由于疫情一直蜗居在家中，最近很少出门，今天偶尔走出家门，独自来到村北的麦地里，才发现麦苗已经返青，我才意识到春天已经悄悄来临。

望着泛着潮气的田野，我突然想起自己小时候的早春时刻，正是人们去地里刨柞头最忙碌的时节，也再一次回忆起我第一次刨柞头的经历。

那是 20 世纪 60 年代中期，开春后的一个星期天，中午吃过饭后，邻居家的金树哥约我一起去村南刨柞头。那时候家家户户缺烧火的柴火，粮食也刚刚够吃饱。为了替家里出点力减轻些负担，我背上筐子，拿着麻袋和小镐就和金树哥出门了。

我们出村走了三里多地，才找到了一大片去年秋天收割过的高粱地，其实我们家乡所说的柞头，就是秋后高粱收割后埋在地下的根部，把高粱根部刨出来，晒干后就是村里人非常喜欢的柴火，因为它非常地耐烧。

刨柞头用的工具，是一米来长的木棍前头安上一个铁制的镐头，刨柞头的人要半蹲在地上，然后将小镐头高高地举起，照着柞头与土接触的部位使劲刨下去，这样就把茬子的根须斩断了。有经验的人刨起来一点不费力气，不会刨的可就麻烦了，刨浅了打在"茬管"上，刨深了，不但柞头没有刨下来，镐头还会被泥土深处没有解冻的部分夹住，一时半会儿拽不出来。

由于我是第一次干这活，金树哥先是给我讲解动作要领，然后手把手地教我如何刨柞头，看着我掌握了要领，他才去旁边忙自己的。

在春日的暖阳下，我们两个小孩顾不上多想，一镐一镐地向前刨，循着那伸展出的高粱柞头的根须不停地刨啊刨，我们各自刨着，刨着，一步步向前有节奏地挪动着。筐子里的柞头很快就满了，于是我们把柞头倒出来一堆，抖掉那附带在柞头上的疏松的土壤，然后把柞头放进筐子里继续刨，我们的身后已经弯弯曲曲排出了两行一堆堆的柞头。累了，我们就坐在地里休息一会儿。不知不觉，西天的太阳失去了耀眼的光芒，只剩下那张圆圆的红脸，远远望去只有一座房子那么高了。这时候，从我们刨柞头方向的反方向走来一位老人，见我们拾了那么多的柞头，关切地问我们背不背得动，我和金树哥互相看了一眼，点点头。老人又善意地问："你们真能干啊，是哥儿俩吧？"我微笑着摇摇头。

老人离去了，我们把柞头装进麻袋，背起那满满的一麻袋柞头，我感觉太沉了，只能弯腰驼背地向前一步步地挪移。金树哥走在前面，我跟在后面，走出约有一里地路程，我只感到有些心慌了，步子迈得也小了下来，再后来简直走不动了。走在前面的金树哥，边走边不时回头，看我跟上来没有，怕把我落远了。见我一副呼哧呼哧的疲惫样子，就把筐子放了下来，走回来，帮我放下筐子休息。

金树哥从怀里拿出一个玉米饼子，将它掰开，一分为二，把一半递到我手里："快吃吧，你一定是饿坏了，看看脸上都出虚汗了。"那金黄的玉米饼子真是太诱人了，我接过来也没客气，狼吞虎咽地吃了起来，玉米饼子里面加了猪油和盐粒，吃着简直太香了。吃完饼子，我感觉身上一下子有了力气，再背起筐子走起路来身上充满了活力。

此刻，站在田野里，我想起一位外国诗人的名言："回忆过去的生活，无异于再活一次。"我的生命是否重新活过一次？我不得而知。但面对这场来势汹涌，如狂涛黑浪的恶性疫情，我深知金树哥乐于助人的品质没有变。他60多岁了，还自己种着一个蔬菜大棚，在封村之后，他每天都会把自己种的蔬菜拿出来，按远低于市场价的价格卖给村民，对于村里的贫困户，他都是无偿赠送。

我知道，在中国，乐于助人是我们的光荣传统，这种品质深深扎根在无数人的灵魂里，它就是我们中国人无惧任何苦难的基石。

打　草

在 20 世纪的六七十年代，村里粮食紧张，生活拮据。农民一年到头靠挣工分分得定量的口粮，现金的唯一来源就是年终按工分分红，可是如果家里多老少，一年到头不仅拿不回钱，作为超支户，还要通过其他渠道挣些钱交给生产队。这样，农民们便想出了养猪的办法，一头小猪崽养到出栏，大约需要半年时间，这就比一年到头分红那点钱快了半年，而且养猪还可以积肥，粪肥又成为农田肥料来源之一。可是农民养猪又缺乏猪饲料，因此，夏天的野菜和夏秋时节的青草便成了猪的美味佳肴。这也就是夏秋时节村里人们要打草的缘由。然而这打草，夏天和秋天也各有不同的含义和打法。

夏天，过了麦收时节，各类青草都在生长阶段，比如芦草、节节草、稗子草、线子草和茅草，真是"离离原上草"，或三五棵一墩，或者成片，一片片地满世界生长着，浓浓密密的，只是草质很嫩。这样，成墩的只能用镰刀去割；成片生长着的，为了提高打草的效率，人们多在草根部以上半腰位置处，用磨得飞快的镰刀平着向前推进，快速地收割。当时，人们管这种打草的方法叫作"放坡镰"。这个时候打草，因为人们都去打，附近的地块早被先去的人打光了，后来的人只好到远处地块里去打了，在当时，打草的竞争也是很激烈的。大人们打草的时间多在中午，上午要去生产队干活，收工后回到家顾不上吃午饭便下地去打草。人们摘下外屋房梁上垂挂的竹篮子，从里面抓出个饼子加点油盐，喝上一气儿暖壶里的白开水，或用葫芦瓢舀一瓢缸里的凉水咕咚咕咚灌下去，随后，背上院里的柳条筐就下地了。等到下午上工前，把打来的那一筐青草在自家院里或者胡同里靠近自家院墙根处摊晒好，再稍事歇息，听到生产队队长为召集人们上工而敲响的钟声后，就又下地开始了下午的集体劳动。

秋天打草就不同了，尤其到了玉米将熟的时候，生长于玉米、大豆等间作农作物根部的野草，由于连日阴雨的缘故，已经生长得茂盛而健壮了，这个时候打草再采取"放坡镰"的办法就不行了，因为草长在棉花秆儿下面或玉米和豆秸的根部，这样，就只能用手去拔草。由于那些草长得健壮，拔起来很是费力，两只手被泥土搞得脏兮兮不说，指甲缝儿里也塞满了泥土，甚至坚硬的草根还会把指甲划劈，指关节处也被磨破出血。这时的草最成熟，晒干后也最出数，夏天用"放坡镰"打下的草，十斤能晒出三四斤就不错了，可秋后打的十斤湿草晒出五六斤干草并不稀奇。这样，经过暴晒后的草变成了干草，人们要把它们垛起来，以备入冬后粉碎成草面儿喂猪。

那时，大人们打草就是利用午休时间或下午收工后到傍晚时分这段时间，我们这些中小学生就只能利用每天放学后的时间或者周六周日全天候去打草。我那时大多是跟着我的一个表叔去打草，不久，我就发现他打得比我快，我不服气，就用尽浑身解数去跟他比，去跟他竞争，却总是不如我那个表叔打得多。怎么回事呢？我开始注意他了，后来，我终于发现了他比我打得"多"的原因，我一直往前走，"放坡镰"累了，就直直腰儿，这个空当我也用来磨镰，从裤衩儿兜里掏出那块小细砂石头，先往镰刃儿上吐口唾沫，接着，就"嚓嚓"地磨起镰来。后来想撒尿了，也不动地方，原地掏出那玩意儿把发黄的尿溜儿撒在镰刃上代替磨镰的水，我为这个发明而沾沾自喜。尽管如此，我的草打得还是不如表叔多。这是怎么回事？我假装渴了，告诉表叔自己去找水洼儿喝水，躲在一旁暗地里观察，终于发现了其中的"秘密"。

原来，他是趁我不注意，假装转身往回打，抽冷子从我的草堆儿里"噌"地下手抓出一把扔在了他的草堆儿上——我是赶不上他，永远也不可能追上他。我不明白的是，他那动作竟然是那么自如，且面不变色心不跳，倒是叫我有苦难言！

收工回家了，我的难堪和他的荣耀就来了。队里干活的叔叔大伯们见了，直夸他说:"嗬!看看!真不赖!打这一大筐(草)!哎呀!春生不行啊!差得可多呢!"我倒像是做了贼似的,还得皱着眉头挨着,浑身上下不舒服。心里默默地说,表叔,你的心里坦然吗?你说你那一大筐草里有多少是我的,你把本来是我"王部队儿"的"兵"愣是抓壮丁似的给收编了,成了你的属下呀!尽管如此,我们俩还总是一块儿出去打草,这样坚持了好几年,直到我高中毕业当了赤脚医生,以后就再没空打草了。

拾　粪

村里一年四季是没个闲的，我十几岁的时候村里还是生产队，队里春种、夏管、秋收，忙个不停。社员早晨、上午、下午三次出工，家家都靠挣工分分粮分红。到了冬天依旧不能闲着，女劳力剥苇子织席，男劳力刀砍斧凿冻得僵硬的猪圈肥，再装上马车往地里运，或者男女社员去平整地面，把地势高的土挖掘出来，填补到地势低的地方，以备春天耕种。当时提出的口号是："学大寨，赶昔阳；变冬闲，为冬忙！"

参加整地的社员扛着铁锨，拉着小拉车下地，三人一组，一个驾车，两个掘土装车，把车装满后再一边儿一个帮着推车。无论上午还是下午，干活期间，中间有大约半个小时的休息时间，如果天气暖和，人们就在平地上坐坐，聊聊天，或是抽袋烟，打几把扑克牌；如果刮风，就躲到附近的大沟里避避风。

我们那时还是学生，整地没有我们的事儿。我们参加生产队的劳动，是放麦假或秋假的时候，可甭说周六、周日，就是一早一晚，家里大人也不让我们闲着，让我们背上筐头，装上粪叉儿去拾粪。

我记得，上小学三年级的那年秋天，当时村里提倡抓革命、促生产，大兴学雷锋、做好事之风，而且都是做好事不留名，如果谁做了好事打算当"无名英雄"却被人发现了，那是很光彩的。一天下午，学校放了学，我背上筐头出村去打草，走到二队饲养棚后部时，只见迎面一辆大马车拉着一车的高粱疾驰而过，尘烟还未落定，我就看到车后抛下一串显然是骒马刚刚拉下的粪便，还冒着丝丝热气。在此之前，我曾经看见二队一个车把式拉着一车庄稼进场前，弯腰把那匹辕马拉的粪便用手一捧一捧地抛进路旁的高粱地里，于是，见路上没人，自己也照着那个车把式的做法，弯腰用手连连捧起那一串马粪抛进了地里，但捧到最后一捧的时候，还是被迎面过来的几个低年级女学生看见了。第二天下午，老师在班会上表扬了我，谁知道老师是怎么知道这事儿的。后来，队长也知道了，夸我说，好小子，有出息！

要说起来，我不就是把路上的马粪捧到地里去了吗？上纲上线地夸了我一通，倒是叫我不好意思了好一阵儿。

冬天拾粪就没有秋天舒服了。尤其是早晨，本来就冻得出不来手，还要背着筐子拿着粪叉子满世界去找粪来拾，真够难为人了！当然，拾粪不是我自己去，弟弟王伟也去。可惜冬天在路上是根本拾不到粪的，因为早被更勤快的人给拾走了，不过这难不住我们。凭着以往的经验，我们知道什么地方有粪。一般来说，常走的路上有牛马粪；大街小巷的墙角、草窝里有鸡屎和狗粪；村里房前屋后背静地方儿有人屎；沟坡壕沿有猪羊粪。所以，只要肯起大早儿，用心找，还是能够拾到粪便的。

粪是田间肥料，这是农村每个大人小孩都知道的，庄稼一枝花，全靠肥当家嘛！无论生产队，还是自家院子的自留地，种庄稼就离不开粪肥！粪肥不光劲头儿大，还不像化肥那样要用钱去买。相反，粪还能够挣钱，如果你把大清早儿拾的粪便交到生产队去，还能根据你所拾粪便的多少，给你记上 1 分 2 分呢！当然了，我们拾粪一般谁都不交队，而是留着给家里的自留地用。谁家都希望自家的自留地里春天长出茂盛的瓜果蔬菜或是庄稼、烟叶儿什么的。

拾粪还能密切兄弟间的伦理情谊。每天我们拾满粪筐子回到家，爷爷都让我们哥儿俩把拾来的粪便分别倒在南墙根儿一处，检查下，看看我们哥儿俩谁拾粪拾得多，拾得多的自然要得到表扬，拾得少的呢，自然要受到鞭策和鼓励。我知道，弟弟那时虽然很小，却是个好面子的人，就常常在我们拾满一筐冻得硬邦邦的粪便回家时，一边在回家的路上走着，一边对他说："王伟，我到家就说，这些粪全都是你拾的！"

　　"不！"弟弟此时也总是谦让地说，"我到家就跟咱爷爷说，这些粪全都是你拾的！"接着，二人相视一笑。

　　瞧！拾粪归途，短短两句谦让的话语，竟又勾勒出一幅农家手足亲情图。

偷　　场

童年的往事我大都忘记了，就连偷场这件事，要不是每年春节回家和儿时的伙伴们在一块闲聊神侃，也都没有了印象。

写下这个题目，我立刻就觉得首先应该把偷场是怎么回事儿解释清楚。

过去没有意识到偷场有什么不妥，认为那是一种对家里生活有益的活动。现在看来，这项活动不仅仅是为了满足家里生活的需要，也是对当时农村社员家庭苦涩生活的一条注脚。

偷场，是 20 世纪 70 年代发生的事情。那是在冬天，地净场光，下午放学后，再也没处去拾柴火了，可家里大人们还叫我们去拾柴，为的是烧火做饭和烧炕。这个时节，村子边上、房前屋后、沟坡壕沿那些散落的树叶儿、草根儿，早被起大早儿的勤快人像篦头发似的一遍一遍地不知搜寻了多少遍，几乎无处不留下被大筢子、小筢子搂过的痕迹。可既然大人们把我们打发出来了，总得有点收获吧，可那收获哪里去找呢？这会儿，那些平时以嘎咕出名的伙伴凭着机灵的眼睛立刻就找到了目标：

"瞧！那不是现成的？"

忘记当时是谁向场里的一个目标一指，于是，大家眼前一亮，不约而同地带着发现新大陆般的喜悦，把目光齐刷刷投向了屹立在场边的那一垛花秸和那一垛豆秸。

对呀！聪明！伟大！当时，我们为这一惊奇发现高兴了好一阵子，尽管这种兴奋中带有一丝胆怯的成分。然而，事情做起来绝不像想象的那么简单！想和做原本就是两码事，而且在做的过程中往往会有意想不到的事情发生。

那天，我们大摇大摆地进场后直奔花秸垛和豆秸垛而去，心想，这可好！现成的柴火，又没有人，从垛上撕下来，装一筐背回去烧呗！

目标离我们越来越近了，我们都为即将到手的成果而欣喜和鼓舞，我们接近着那目标。

"干什么的？！"

耶？！谁在喊叫？从哪儿发出来的声音？噢！还有看场的呢？！我们顾不得多想，像一群受惊的兔子，立刻呼啦一下跑散了。

我们的第一次偷场就这样在那声断喝中宣告失败了。

第二天下午，我们吸取了昨天的教训，改变了行动路线，不再走麦场前面，而是从饲养棚后面猫着腰蹑手蹑脚地走到后场边停住，蹲下来，听了听，观察了下四周，看有无动静，在没有发觉任何动静的情况下，我们相继绕到饲养棚前面，然后，试图以最快的速度直奔大场边上的花秸垛和豆秸垛而去。

"又他妈来啦你们！滚！"

这次我们都听清楚了，那声音是从饲养棚屋里传出来的，而且我们都听出来了，那声音是我们队里的老饲养员吴贺然。吃一堑长一智，我那个姓徐的表叔，把我们召集到一块儿研究起对策来。最后，大家决定，明天再来就如此这般，照计而行。尽管我们那天没有偷到花秸和豆秸，但我们对于以后的胜利充满了信心。

吴贺然是谁？吴贺然是我们村里有名的"神仙"。他小时候跟村里其他同龄人一样，没有什么特别的，只上过几年小学，没有上过私塾，长大后结婚，随后生儿育女。就在他50来岁那年，他似乎是病过一场，始终没有好利索，可自打那时起就像变了个人，离着挺老远的，就能听到他嘴里嘟嘟囔囔地不知说些什么。平常他挑一挑子水都龇牙咧嘴显得很费劲的样子，可是，一发作起来，就跟人们常说的"上体儿了"（被一种魔法缠身）一样，挑起一挑子水，行走如飞，简直就不是他本人似的。有一年，大概是他六十几岁的时候，夏天快中午的时候，他让街坊邻居把家里亲人全都从地里找了回来，他让家人们给他搭床板，给他做"大袍子"，说他要回"天盘"。他嘴里念叨着，说他是西天如来佛祖派下来的，说着就哭起来，问他为什么哭，他说，等到几亿年后，日头就没有了，地球也会爆炸，人类就不存在了，天体还得重新组合。最后，他长叹一声说，人啊！可别办坏事，要做好事，做好事，上天堂；做坏事，下地狱，你就是钻到地缝儿里也会把你揪出来惩罚你。天地之间有黑煞劫、红煞劫，掌管着凡间的善恶美丑。人啊！可要行善事，成正果。但行好事，莫问前程。

当时，家里人听他说了这一大套，都听不懂他要说什么。不过，事后，当人们传说这些事时，似乎都回忆起来，这些话他在别的场合也跟不同的人说过。可是，因为他那天口口声声说他要回天盘，后来，又叫人们跪下来祷告天地，让天地答应他不回天盘了。他的家人自是没有一个愿意他死去，就真的跪在地上替他祷告天地，祈求老天爷别再让老人回什么天盘了。他不是说好要走的吗？怎么又不走了？装神弄鬼的，全都是蒙人的！村里大部分人都不再信服他了，只有少数人还说他跟一般人不一样。其实，他还真是跟一般人不一样，还是那样离老远就能让人听到他咯咯的咬牙声，发作起来，照样是担着一担水行走如飞。人们还是无法解释他这种反常的现象，就编出了顺口溜："吴贺然，回天盘；穿大袍，找李兰（本村一个已经故去的老人）。"

我们几个小孩子也是对他感到好奇，只要见他去远处解手，就在后面远远地跟着他，想看个究竟，看看他到底是个什么人。有一次，我们几个人远远盯着他，跟着他去村南的大沟里去解手，等他解完手回来，我们过去看，只见他拉的屎跟正常人拉的不一样，不是黄色的，而是白色的，当时我们对此疑惑不解。

第三天下午，我们一到场边，就见我那个姓徐的表叔吩咐说：

"凤普，贵祥，你们跟我一块儿去（把看场的引开），你们只要一见他转过身去，就马上跑到豆秸垛根儿去开装（筐）！"

我们点点头。

随后，我那个姓徐的表叔故意大声干咳一声，故意装出一副大大方方的样子，那意思是，看，我们不是来偷场的。径直朝看场的饲养棚走去。

"你们干什么来了又？"

"大哥，我们不是来偷场的，你看，我爸爸非叫我出来搂柴火，这么冷的天，上哪儿去搂？这不，他们都没来，就我们仨。我们一想，搂什么柴火？听大哥你给我们讲讲天塌地陷黑煞劫、红煞劫的笑话怎么样？"

表叔说得一本正经，不像是开玩笑，吴贺然信以为真，真的转过身去，跟他们一起进了饲养棚。一见看场的吴贺然跟着我表叔他们去了，我们这边高兴极了，赶忙直奔豆秸垛而去，各自以最快的速度从垛上撕扯下来豆秸往自己筐里装。饲养棚里，表叔他们自是没有心思听吴贺然讲什么天塌地陷的笑话，总是听着听着，就向后窗外竖起耳朵听听，开始吴贺然没有注意，后来觉得有些不对，说着说着，也停下来，看看表叔，再看看其他几个同来的人，也没有看出什么破绽，就又接着说他的笑话。忽然，一声近似猫叫又不像猫叫的声音，从后窗传进来，只见我那表叔立刻站起来，边往外走，边对吴贺然说：

"大哥，我们得回去了，天儿忒冷，赶明儿再来听你讲笑话。"

其他几个跟他一起去的人也都呼啦站起来，忍不住嗤嗤地笑着撒腿就往外跑。

吴贺然马上就明白了，这几个小子根本不是来听自己说什么笑话的，而是想把自己引开，好让其他人趁机去撕豆秸垛。

表叔他们笑着跑了出来，跑到我们跟前过了好一阵子还在一弯腰一弯腰地笑个不停。我们开始分享"胜利果实"了，从各自的筐里抱出一小抱儿豆秸来，分给了他们三个人。随后，我们满载而归了。

可这招就灵了那一次。第四天我们再来到场边上时发现，我们派去的"侦察兵"竟没有在饲养棚里找到看场的吴贺然。我们以为他没来，就警惕地一边四处张望着，一边向着豆秸垛走去。

快到垛跟前了，我们正边向后张望边往前走着，只听"咳"的一声，我们几个赶紧一回头：呦！吴贺然倒背着手，迈着四方步不紧不慢地走过来。我们险些跟他撞个满怀，这家伙真像个幽灵，又像从地缝子里钻出来似的，他的突然出现还真的吓我们一跳！他怎么从垛后面转出来了？看来他知道我们今天还会来的，就事先在这儿等着我们来了？他真是神机妙算！怪不得都叫他"神仙儿"。

"这回又听我讲笑话来了？"吴贺然先开口道。

"是啊！大哥！"表叔说道，"今儿个是真听笑话来了。"

"噢！夜儿个不是？"吴贺然搭讪道，"小兔崽子们！滚！"

表叔和我们每个人一样，大伙儿都心里凉凉的，心说，完啦！今儿个看来再偷场是没门儿了。表叔眼珠一转，跑出几步，又转过身来，我们也随着停下来。只听表叔喊道：

"吴贺然，回天盘；穿大袍，找李兰。"

他喊着，我们也随着，一边喊，一边撒丫子跑开了。

打那之后，我们偷场再没有成功过。

拣红小豆

大凡现在 50 岁左右的北方人，对于 20 世纪六七十年代北方农村晚间拣红小豆一事，应该是有印象的。单从外国把我国北方的红小豆誉为"红珍珠"，就可见当时红小豆在国际市场上受欢迎的程度。产于华北冀中平原的红小豆因其成色在全国首屈一指，受到了国际农产品销售市场的青睐。

拣红小豆交给国家可以用于出口创汇，同时也是农民以此兑换小麦，改善生活条件的一条出路。因为当时农民手中仅有为数不多的自留地，一日三餐的粮食全靠秋后生产队按出工计分的多少分得，同时由于当时农村生产队生产水平滞后，加之大锅饭体制严重限制了农民生产创造力的发挥，农作物产量很低。尽管当时冀中平原农民的温饱问题基本可以得到解决，但口粮是以玉米和高粱为主，只有在中秋节和春节期间才会有很少几天能吃上用小麦磨成的白面，能够多吃上几天白面，就成了农民心里普遍的追求。从生产队分得的那点有限的红小豆里，拣出混杂其间的杂瘪成分，把清一色的饱盈盈、红彤彤的小豆交给国家出口，再按照一定比例从国家粮库里换回人们所期盼的小麦，这就实现了农民社员拣红小豆的本质意义。

拣红小豆都是在晚上，因为白天人们要去生产队出工挣工分，只有在晚上，而且在没有任何政治活动的情况下，才可以牺牲休息时间加班拣红小豆。公社里对于社员挑拣、交售红小豆的时间要求得紧，因而，社员们要在规定时间内，拣完自家的红小豆，就不得不把自家上学的子女们也发动起来，让他们在做完作业后帮着大人们拣，每次都要拣到大半夜才能休息。否则，他们就不能在规定时间内把自家所有红小豆挑拣后交售出去，给全家换来雪白的白面，也就不能实现他们改善家庭生活的计划。

15

　　每天晚上，家家户户吃完晚饭后，把炕上饭桌上的碗筷收拾下去，桌子不动，用抹布擦拭干净，便立刻用簸箕从事先戳在外屋的那口袋红小豆里取出满满一簸箕，小心翼翼地倒在饭桌上供人们挑拣。挑拣红小豆的人们还要像吃饭一样围坐在饭桌前，在对着自己的桌下事先铺好衣褛之类的东西，用于盛放自己挑拣好的红小豆。挑拣多了，直到衣褛里的豆子堆得满满的，再装就要撒出来的时候，才用簸箕收走，放进盛装拣好的红小豆的口袋里。

　　一天晚上，我做完了作业，疲惫地伸个懒腰，打个哈欠，抖抖精神儿，收拾下课本和作业，重又坐在饭桌前，准备跟刚刚纳完一副鞋底儿的母亲一起拣红小豆。那时，一般是我和姐姐陪母亲拣红小豆，父亲不拣，因为他不仅在生产小队里当着副队长，家里的活儿、队里的事儿多，忙不过来，而且还要常常去北京卖羊杂碎补贴家用。

　　"要累了，你就去睡吧！"母亲见我一副懒洋洋的样子，说道。

　　"不！我跟您拣会儿吧！"我说。同时自己因为母亲关切的话语而提起了精神。

　　屋里油灯的灯火也像一粒红小豆那么大，发着橘黄色的光，整个屋子被我和母亲、姐姐之间那团昏暗的灯光笼罩着。尽管当时家里安上了电灯，可是由于经常停电，那电灯也就成了聋子的耳朵——摆设儿。

　　"妈，我姥爷是老中医？"我为了驱走困意，给自己提神儿，想听母亲给讲讲过去的事儿，就问道。

　　母亲一笑。见她的儿子对自己的身世感兴趣，也正有意找个话题打发这段时光，就一边拣着红小豆，一边讲起自己的家史。

　　"我娘家成分高，从我的爷爷那辈儿发的财。"

　　"那我姥爷怎么学的中医呢？"姐姐问道。

　　"我爷爷是中医，有父亲哥儿四个，"母亲回忆说，"原先靠给人看病，积攒多年有了点家底儿，就让他的三个儿子各自开起一摊儿买卖来，后来，买卖越做越大，也都有了钱。哥儿仨家里都是骡马成群，也雇着短工和使唤丫鬟什么的，家业兴旺。当时，我爷爷唯独看着我父亲是个学医的材料，就把医术传给了父亲，让我父亲接了他的班。"

我一边拣着小豆，一边听母亲讲"老时年间的事儿"。我又问："那后来家业怎么就不行了呢？"

"那是七七事变后，有一年，一个八路军的干部在我们家住了几天，也不知怎么，被汉奸告了密，听说我们村里住着八路军那还了得！附近炮楼里的鬼子就来了一小队，没进村就在村口冲着我们家院里开炮了，当场炸死了家里那头骡子和我爷爷、叔、伯、姨总共六口人，家业也就打那时起衰败下来。后来，我母亲去世了，我父亲续弦，后母常给我气受，那会儿我有个姑嫁到了咱村刘家，为了不让我再受后妈的气，就出面做媒嫁给了你父亲。过门子那年我16岁。"

"妈，这拣出来的杂豆儿、瘪子什么的只能喂猪了？"我问。

"净瞎说，这么好的东西怎么舍得喂猪？"母亲纠正说。

"就是。"姐姐也在一旁帮腔道，"你就知道吃，其他啥也不知道，前天你吃的那玉米面的豆馅儿团子跟咱奶奶生日那天炸的甜千子，就是咱妈把咱拣出来的这些杂豆儿、瘪子煮熟，放上糖精做成的。"

"原来这些杂豆儿、瘪豆儿还有这么好的用处！"虽然我是在这里土生土长的，但这一点确实没有想到。

由于我们一边拣，一边说闲话儿，也就没有了困意。我从小就生长在农村，对于农村生活的苦涩与父辈们的艰辛是耳濡目染的。为了补贴家用，缓解全家人生活的困苦，父亲常跟爷爷一起去北京卖羊杂儿。想起这个，我又问母亲道：

"我爸爸干吗总跟爷爷去北京卖羊杂儿？"

"还不是咱北京有亲戚，可以落脚，又能卖个好价儿。"母亲说道。

听母亲这么一说，我明白了，我的三个姑姑都在北京。

"卖羊杂儿可是个辛苦活儿！"我感慨地说道。

"你总算知道了过日子的难处！"姐姐说。

"你不就大我四岁？"我心里说。打一开始，我就对姐姐"不满"，只是大我四岁，在我面前说话总跟大人似的。

"咱爸爸每天都得到羊肉铺买来生羊杂儿，煮大半夜才能煮得熟烂。开始那年，你四岁，咱爸天不亮就装车跟爷爷动身赶路去了北京。"姐姐说。

"是啊！"母亲也插话说道，"当时去北京全都是土路，你爸爸推着花轱辘木轮车赶路，爷爷在一旁跟着走，头天晚上赶到大兴县庞各庄住一夜，第二天起大早进北京串街叫卖，北京的胡同多，一般哪次都能卖光。后来，家里条件好了，就买了这辆大笨车子，你爷爷上了年纪走不动了，你爸爸就自个儿去了。"

"幸好哪回都能顺顺当当地把羊杂卖了。"我说。

"你想什么呢！"姐姐为了印证自己的话，对母亲说，"妈，不是听你说，有一回还碰上了北京街面上管事儿的了吗？"

"是啊！有一回，你爸爸跟你爷爷在大红门一条街巷里，刚把那车羊杂儿卖完，你爷爷一看来人儿了，赶忙把卖羊杂儿的钱换成的那一布袋大米围在了腰间，外面套上那件大皮袄，闪身进了旁边的厕所，慌忙解下丢进茅坑，一直等到那几个戴红箍儿的'管事儿的'走了，你爷爷才出来。"

"那袋大米呢？"我问。

"你爷爷等管事儿的走了，从厕所里出来，就问你爸，他们走了？你爸爸说，走了。就要转回去把丢在厕所里的那袋子米找回来，你爸爸叫住了你爷爷，算了吧！说不定他们没有走多远，要是再让那些'管事儿的'发现了，不光要没收了那袋子大米，还得罚钱，还不如破财免灾，忍个肚子疼呢！"

母亲说完这番话，半天没再插言，我们也没有再说什么，瞅一眼那摆在屋后抽屉桌上的小马蹄表，时针已经指向12点还偏了些，这才收拾了桌子。

拣红小豆的事情已经过去了30多年，连同父亲进京卖羊杂的事，都像一帧发了黄的老照片一样色彩黯淡了，可它在我童年的记忆里却充满了难忘的苦涩，让我感到了父辈们人生的辛酸苦辣，也让我体味到当时农村生活的窘迫。它深深印在了童年的我的脑海里，永远地存活在我的记忆中，这些珍贵的记忆，是我终生享用不完的财富，它永远激励着我，一定要用自己的奋斗与拼搏去改变生活与命运，去创造美好的未来。

第二章 · 岁月风雨

上 海 河

20世纪六七十年代，我国以冀中平原为主的北方农村，基本上解决了温饱问题，尽管当时的广大农民——那个时候称社员群众——一日三餐的口粮还是玉米和高粱。不用靠记忆，也不用去翻日历，什么时候吃饭时锅里变成了白面馒头，那就是到了中秋节或是春节了。

粗粮也好，细粮也罢，来源都是人民公社体制下的生产小队。

当时的生产大队就是历史沿革下来的自然村落，一个大队分为若干个生产小队，一个生产小队由几十户或百余户社员群众组成，其中包括土改时期划分出来的雇农、贫农、下中农、中农、富裕中农（上中农）和地主、富农等不同阶级成分的农户。从阶级类别来看，雇农属于无产阶级；贫农、下中农属于半无产阶级。这两类社员群众在村里最吃香，此类家庭出身的子女无论是劳动待遇还是政治待遇，包括升学、结婚和参军入伍等，都具有得天独厚的优势。中农和富裕中农属于团结的对象，只是待遇不如贫农和下中农，尤其在子女升学和参军入伍方面。地主、富农呢？他们属于资产阶级、"四类分子"（地主分子、富农分子、反革命分子、坏分子）之一，是"无产阶级文化大革命"运动中被批斗和专政的对象，只有有限的人身权利和"只准老老实实、不准乱说乱动"的政治自由，用当时流行的话说，那叫"顶风臭八百里"。这种家庭中的子女，是不敢也从不奢求什么升学和参军入伍的，即使你的学习成绩再好，身体条件再好，也是不可能有升学和参军入伍的机会的，因为你的政审是根本通不过的，你只有默默地在队里劳动，接受阶级改造。不仅如此，就连他们的婚姻也成了问题，成分好的子女谁肯与他们结婚？也不敢呢！这些到了谈婚论嫁年龄的子女，只能委屈地以自己的"低娶下嫁"给自己的兄弟姐妹换亲，他们中有不少人为此暗叹生不逢时，不知流了多少自卑的眼泪。

在当时的农村，不管哪类社员都存在着一个潜在的危机：正常年景一般家庭可以解决吃饭问题，而家里多老少的超支户就不能保证衣食无忧，如果遇到灾荒年更可想而知了。

民以食为天。在任何情况下，生存的本能都会驱使人们不放弃任何一个果腹的机会，不管为了争取到这样一个机会要付出什么样的努力或代价。

"上海河吃饭管饱！"这对于当时的农村青壮年来说，是一条出路，尽管这是个苦差，但农村血气方刚的小伙子有的是力气。可过了不久，人们发现，这上海河当挖河工的饭并不好吃，体力再强壮的小伙子一天下来都感觉累得要死，久而久之，他们也觉得，与其出来这样拼死拼活地吃饱，还不如在家干活少吃些，大家也就都不愿意上海河了。尽管谁都不愿意去，但还是得有人去，不然，公社派下来的出河工挖海河的任务怎么完成？没人愿意去怎么办？你不去，我就指派，指派上谁，谁就得去！你不去，生产队不派你活儿干，你没活儿干，就挣不了工分，没有工分了，你秋后自然就分不到粮食。可是你如果上海河呢？我不但不亏待你，还给你提高待遇：凡是上海河的不但可以每天顿顿吃饱饭，而且一律挣整劳力的工分——10分，就是上海河回来了，照旧享受整劳力工分的待遇。还有，上海河的人当年可以不交人头份儿的公粮，每天还补助你两角钱。另外，因为上海河比较累，即使是地富子弟待遇也一样，并且还算你接受阶级教育和劳动改造表现积极。因此，在各公社、各村的海河民工队伍中，成分高的青壮年和成分好、在家里无牵无挂的光棍汉占比不少。

虽说农民上海河是20世纪中叶的事情，但"根治海河"是毛泽东时代的一项伟大的水利工程，也是中国水利史上的一个奇迹。

在我年方二十的时候，上海河已进入尾声。当时，只听说，我们国家从1963年开始，海河流域经常发生水灾，每次水灾过后，都给国家和当地老百姓造成了特别重大的损失，因而，党中央、毛主席非常重视这一关系到民生疾苦的国家大事。毛主席视察了滹沱河后，发出了"一定要根治海河"的伟大号召，这下，根治海河这一巨大的工程在全国各有关省份、地区轰轰烈烈地展开了。后来，我通过查阅相关资料，对根治海河工程有了一个全面的了解。

据史料记载，新中国成立后，毛主席在号召治淮的同时，就开始关注对海河流域水患的治理。1950 年 9 月 24 日，毛主席致电华北局薄一波、刘澜涛，请他们向水利部接洽并帮助该部拟订华北全区水利计划，送政务院审查纳入全国水利计划内一同办理。海河流域的官厅水库、十三陵水库、密云水库等水利工程的兴建，都倾注了毛主席的心血。官厅水库竣工之前，毛主席于1954 年 4 月 12 日视察了工地。竣工庆祝大会上，水利部部长傅作义向大会授予毛主席亲笔题写的"庆祝官厅水库工程胜利完成"的锦旗。1958 年 5 月 25日，十三陵水库施工最紧张的时刻，毛主席率领出席党的八大二次会议的全体人员参加了劳动。应工地指挥部之请，毛主席还作了"十三陵水库"的题字。1959 年密云水库拦洪抢险胜利完成后不久，毛主席于 9 月 10 日到工地视察。他在简陋的工棚里听取了关于密云水库施工情况的汇报，观看了水库模型和图表。他还视察了白河主坝，乘船游览了白河库区和潮河库区。

海河流域的大规模治理，是在毛主席发出"一定要根治海河"的伟大号召之后进行的。根治海河是有其历史原因的。

海河源于太行山，流域地跨北京、天津两大直辖市，以及内蒙古自治区和辽宁省的一部分，河北省大部（流经河北省 70% 以上的土地），山东省，河南省，山西省东部、东北部，是中国七大江河水系之一。海河流域的较大支流有 300 多条，海河水系，山阻其流，伏汛暴雨，雨量集中，春旱秋涝，冬天少雪，洪水源短流急，来疾去缓。

海河给河北等地带来了频繁、严重的洪、涝、旱、碱等灾害，千百年来，让生活在其流域的人们悲喜交加。她既是人民的生命之泉，又曾是祸患之源。根据河北省旱涝预报课题组 1985 年编辑出版的《海河流域自然灾害史料》和天津市博物馆 1964 年编印的《海河流域历史上的大水和大旱》记载，明代至民国时期的 581 年间，河北地区共发生特大洪涝灾害 23 次，平均每百年 4 次。

1917 年，海河流域发生特大洪水，受灾县份达 104 个，被淹面积 38950 平方公里，受灾村庄 1.9 万余个，受灾人口共 620 万。

新中国成立以后，人民政府十分重视水利建设，投入了巨大的人力、物力、财力，对海河流域各河系综合治理，陆续修建了大量的防洪除涝工程，普通洪涝灾害逐步得到控制。但是，由于 1965 年以前控制工程少，工程标准偏低，又处在丰水期，洪水灾害仍比较严重。

1963 年 8 月上旬，海河流域发生历史上罕见的特大洪水。1963 年特大洪水给河北省工农业生产和广大人民生命财产造成了极其严重的损失，"受灾范围包括邯郸、邢台、石家庄、保定、衡水、沧州、天津 7 个专区，102 个县（市），被淹农田 5361 亩，进水县城 36 座，水围村庄、进水村庄 22470 个，倒房 1264 万多间，受灾人口 2435 万人，死亡 5300 多人。京广、石德、石太三条铁路路基被冲毁 342 处，冲毁公路 6755 公里"。这场洪水给河北省带来的直接经济损失达 59.3 亿元，间接经济损失 13.1 亿元。如此惨重的损失，表明海河流域必须要进一步治理。

中共中央对这次特大洪灾非常重视。在灾后的 8 个月里，毛主席曾四次到河北视察灾情，并发出了"生在湖南，死在河北"的慨叹。这句话也表明了毛主席根治海河的巨大决心。

1963 年特大洪水给人们带来了深刻的教训。1963 年 9 月 21 日，中央救灾会议决定全面治理黄河、淮河、海河，"中共中央、国务院认为，对于黄河、淮河、海河这三大河系，必须制订一个上中下游全面治理的规划，列入国民经济建设长期计划。要求在若干年内，分批分期地进行，并且成立一个专门的委员会，直属国务院，统一领导这项工作"。1963 年 9 月 25 日，中共河北省委、省人委提出了"河北省今后 15 年至 20 年治洪规划初步设想"，提出必须下最大决心根治河北水患。同时提出"经过 15 年至 20 年的努力，达到完全能够抵御像 1963 年的甚至比 1963 年更大一些的洪水，以彻底改变河北省洪水为患的局面，为社会主义事业奠定坚实的基础"。

海河流域这次有水文记录以来的特大洪水，给河北人民造成了重大损失。毛主席于 1963 年 11 月 17 日为河北省抗洪抢险斗争展览会题词，号召"一定要根治海河"。河北省委、省人民委员会制定了"上蓄、中疏、下排、以排为主"的治理方针。1964 年开始进行海河流域规划设计工作。1965 年 5 月，河北省根治海河指挥部成立。从此，每年冬春季节都动员邯郸、邢台、石家庄、保定、衡水、沧州、唐山等专区 30 万以上的民工，投入规模宏大的根治海河工程。

据村里 60 岁左右的人们讲，他们这个年龄以上的人几乎都上过海河，一般是在冬春两季。海河民工以公社为单位，一个公社的民工编为一个连，一个连分四个排，全连民工由公社主管水利的副书记带队奔赴海河工地，工地就在需要挖筑的河床和河堤之间。工地上，远远望去，人群如暴雨前躁动的蚂蚁，密密麻麻。在人山人海、红旗猎猎的治河工地上，人来车往，干劲冲天。一条条长长的用苇席和木杆支起的横幅，其间用红布衬底，贴着红黄绿粉四色彩纸，上面书写着不同内容的标语随处可见："一定要根治海河！""学大寨，赶昔阳""抓革命，促生产""根治水患，造福于民""紧跟伟大领袖毛主席战略部署，把无产阶级文化大革命进行到底！"一处处广播喇叭里，有的播放歌曲《大海航行靠舵手》，有的播送《人民日报》《红旗》等报刊社论，有的播送《治河工程进度捷报》，有的播送《大批判稿》《表扬稿》……

人们你追我赶地一边呐喊着，一边上下翻飞挥舞着手中的挖垄儿锹，快速不停地掘进湿漉漉的河泥，随即往车上甩着长长的泥条子，神采飞扬，干劲十足。显然人们又在进行着一场突击性的劳动竞赛……

据史料记载，到 1979 年，全省共开挖、扩挖河道 53 条，总长 3641 公里，修筑防波堤 3260 公里，各种闸涵桥建筑物 3445 座，完成土石方总量 13.35 亿立方米，总投资达 17.25 亿元，取得了根治海河工程的重大胜利。

1963 年 12 月 13 日，河北省抗洪抢险斗争展览会在天津市新华体育场开幕，1964 年 8 月 18 日闭幕，展览期间共接待观众 90 余万人。党和国家主要领导人先后为河北省抗洪抢险斗争展览会题词，毛泽东主席题词："一定要根治海河。"周恩来总理题词："向为战胜历史上少见的洪涝灾害而进行顽强斗争的各级干部、各界人民、部队官兵表示最大敬意！要为支援灾区，重建家园，争取明年丰收，彻底治理海河而继续奋斗。"中央主要领导人都为河北省抗洪抢险斗争展览会题词，这表明治理海河流域水患得到中央领导集体的高度重视，已经完全提上中央领导的议事日程。

"一定要根治海河"体现出了以毛泽东同志为代表的第一代中央领导集体对于治理海河的巨大决心。治理海河不但是治理现实的水患，更重要的是要从根本上消除海河流域的水害，使人民能够永远安居乐业。这是人民政府与以往旧中国政府治理海河的重要区别。同时，中国共产党通过政治号召和动员，发动广大人民群众参加治水，掀起了一场群众性的治水活动，这有利于弥补当时水利施工机械化程度较低的缺陷。

自从1963年毛泽东主席发出"一定要根治海河"的伟大号召以来，海河人民建水库、疏河道、筑堤坝、打机井、修渠道，掀起了一次又一次声势浩大、波澜壮阔的治理开发高潮，在海河大地上树起了一座又一座造福人民的水利丰碑。截至今天，海河流域共建成大、中、小型水库1900余座，修筑骨干堤防6100多公里，开挖、疏浚骨干行洪河道50余条，初步建成蓄滞洪区26处；修建引提水工程18000余处，打机井120余万眼，发展灌溉面积约1亿亩，建成京密引水、引滦入津、引黄济津、引滦入唐、引青济秦、引黄济冀等多个跨地区或跨流域调水工程；综合治理水土流失面积9万平方公里，流域年废污水处理能力达到11亿吨以上，初步建立起了防洪、除涝、灌溉、供水、治污等体系，取得了巨大的成就。这些为抗御水旱灾害、发展国民经济、保障社会安全、提高人民生活水平发挥了不可替代的重要作用。

今日的海河两岸鸟语花香，楼高草绿，水碧天蓝……流域人民深感自豪、光荣和骄傲。然而，35年前参加根治海河，一幕幕流血流汗的拼搏场景又是怎样的呢？

史载，1969年，天津西郊水高庄，一个用苇席搭在黄土大洼边的大棚里，治河大军喝的是用明矾沉淀了的子牙河水。他们的任务是在当城至水高庄之间重新挖一段3000多米长100多米宽的新河，解除每年汛期因疏水不畅而造成的水患。治河工地上红旗猎猎，人声鼎沸，小拉车来来往往，非常热闹。

新河挖好了，要拆除两边的堵头。1969年6月中旬的一天，开始旧河截流。为了截流准备了千吨毛石和成垛的草袋，两条铁船索在截流上口。截流开始后，人们扛着百八十斤重的大石头和装有泥土的草袋，下饺子般将其抛向水中，激起道道水柱，溅湿了每个人的衣服，人们顾不得这些，在摇摇晃晃的两条船上穿梭往返。水流越来越急，投下水的石头已能听到撞击声，可投下水的草袋在水里打个滚，里边的泥土被冲干净后，又在下游浮起来。时间到了中午，截流还没成功，人们都已筋疲力尽，再好的饭菜也吃不下，大家都想休息。"沉船！"市有关领导下了命令，人们又振作精神，把石头投进船舱，船慢慢地沉进了水里，人们又把装填进泥土的草袋堆码在船面上，一直奋战到太阳西下，终于搭成一座有两米多宽几十米长的截流坝，人们欢呼着瘫软在地上。就这样，计划中4个月完成的治理海河的任务，不足百天就完成了。当时天津市领导带来了天津歌舞团演出《红色娘子军》慰问治河大军。

岔河集公社海河民工连只是全省根治海河大军中的一支小分队。当时的海河民工生活很苦、很累，我是耳闻目睹的。当时由于政治原因，从省、地到县、公社，每一级海河指挥部领导都想提前完成治河任务，以表现出他们的革命精神，因而层层缩短任务周期，这样，治河工程的强度就大大超出了民工所能够承受的极限，此外对民工的作息时间和劳动中的管理也很严格，就连去厕所解手也要受到监视。每天民工们早出晚归，加班呀，搞竞赛呀，一个接着一个，民工们的体力由此严重透支，劳累过度，而每天的生活依然没有改善。还是一日三餐吃粗粮，早晨窝头就咸菜和米汤，中午炒白菜，窝头就菜汤，晚上照旧是吃窝头喝稀粥。由于活儿累，饭菜没有油水，有的人一顿可以吃12个窝头。只有每隔七天才能吃上一顿白面，算是改善生活，由于一星期才能吃上一顿"肉龙"卷子，所以盛着肉龙的筐箩一抬上来，民工就一窝蜂似的抢起来，有的吃得太饱了，撑得直在地上打滚儿。

那是1977年秋季，当时以公社为单位的每个连队里都要配一个保健医生驻治河工地，原先总是东下岔河大队的赤脚医生宋洪文去，由于他病了，公社便指派我去了治河工地，负责给患病的民工们看病。当时，我的药箱里有一个听诊器、五个5毫升的玻璃针管、针灸针、拔火罐，还有安乃近、土霉素、四环素、APC、颠茄、咳必清、甘草片、胃舒平以及安痛定、庆大针剂，一般的疾病满能应付。一天，连长来找我，对我说："凡是来找你看病说腰疼的，别给他们药吃，你就用最长的针头来扎他们，往疼里扎！保准一回就再不来找你了。"

那次上海河期间，还发生了这样一件事儿。

在我们岔河集民工连里，忘记是哪个村的了，有个姓阎的民工，二十六七岁光景，是个地富子弟。在一天下午，他大概是因为闹肚子，就向连长请假去解手，头一次连长批了，可没过多大工夫他就又请假说去解手，连长满脸狐疑地也勉强答应了。可哪里知道，他由于近几天实在太累了，常常只要一有空就能打起呼噜睡着，他走到工地一侧的僻静处，顾不上解手，倒在地上就呼呼睡着了，不想被人发现告了密，要不是连长赶来狠狠踢了他几脚，把他疼醒了，他无论如何是醒不了的。

根治海河工程开始于1964年，到1980年基本结束。根治海河是一项以河北省为主体的较大规模的治水工程。它具有群众性治水运动的特点，其参与人数之多以及治水机构的健全和完善程度，在新中国成立以来的历次治水活动中都是首屈一指的。

根治海河现场，干部依靠群众，群众相信干部，党员干部处处跑在前边，团结一致治海河。他们发扬了共产主义大协助精神，发扬了战争年代那么一股子干劲、那么一股子精神，一不怕苦、二不怕死，表现了高度的组织性和纪律性。

整　地

在我上初中、高中那些年，每年都要利用寒假到生产队参加劳动，那个季节虽说已经地净场光，但依旧有活儿可干，那就是到村外的地里去整地。

农民的勤劳是不分春夏秋冬的，更何况当时正值"农业学大寨"时期，一个普遍的口号是："学大寨，赶昔阳；变冬闲，为冬忙。"这句著名的口号，无疑又给那个时期农村生产队的贫下中农、社员群众走出家门参加劳动，披上了一层流行的政治色彩。

村里人们劳动是不分天气好坏的，很少由于刮风天气寒冷就不出工。队长天天早上到村头大槐树下敲响那个吊在树杈上的"钟"——其实就是一块碗口粗细的钢管，声音很响，一敲全村都能听得到。"钟"声一响，社员们三三两两地走出家门，到村头大树下集合，听从队长派活儿。三九时节，刮起了大风，吹得人站不住，遇到这样特殊的天气，一般早晨可以不上工，早饭后照常干活。

队长会说："今儿个老太太们（指 30 岁以上已婚、有了孩子的家庭妇女）歇了，男的凿粪去！"凿粪这项农活儿的工序是这样的：三五个人一组，用刨斧把一家家猪圈前冻成一个整体的圈肥劈开、劈碎，以便于大车把式赶着马车来装车，把那些圈肥运到地里，等到来年春天给种上农作物的土地追肥。

农村的整地是由来已久的。

"整地"是当时平整土地的简称，另一个叫法是"整地平面"。整地是大搞农田基本建设的一项工程，而大搞农田基本建设又是我国北方冀中平原农村积极响应、认真贯彻落实毛主席农业"八字宪法"的具体体现。

农业"八字宪法"提出的年代是在 1958 年。当时正值"大跃进"和人民公社化运动的高潮，中共中央和毛主席提出我国农业的高速度发展，必须抓好

"土、肥、水、种、密、保、管、工"等八个方面的工作。这八项措施被概括为农业"八字宪法"。之后，在长达20年的时间里，"全面贯彻农业'八字宪法'"，是一句非常响亮且十分流行的口号。

"八字宪法"提出后，中共中央和国务院发布的关于农业发展问题的文件中，几乎都有这样的要求。各地报刊都进行了广泛的宣传，仅《人民日报》发表的涉及"八字宪法"的社论就有近80篇。在那段特殊的岁月中，"八字宪法"对我国农业的发展产生了既深且巨的影响。

整地是整当年秋天耕过的土地，那都是根据生产队种植计划，没有种麦子的上季玉米地，因为每年的秋天都是秋收、秋种、秋管即所谓的"三秋"大忙季节，这个季节人们既要收秋，又要种麦，而且秋收秋种只有从白露到秋分这两个节气共计一个月时间，先要收秋腾地，腾出地来立即就要耕作，好种上适时麦，来不及对耕作前腾出的玉米地进行平整，这才有了后来整地的农活儿。参加整地的社员群众除了要拉着小队分的小拉车，还要自带刨斧和铁锨出来，加入整个生产小队的整地行列之中，大家成群结队、有说有笑地赶赴指定地块进行整地。

整地是大搞农田基本建设的一项重要内容。为发展农业生产，在土地上采取工程措施或生物措施，兴建能在生产上长期发挥效益的设施，这就是当时大搞农田基本建设的内涵。其主要内容包括：平整土地，修筑梯田，改造坡耕地，改良土壤，营造农田防护林，兴修农田水利等。为了提高农田基本建设的效益，在实施中需要多项目配合，坚持山、水、田、林、路综合治理。进行农田基本建设，可以把荒芜未利用的土地开辟为耕地、牧场、果园或林地，扩大农业用地，并且可以提高农、林、牧等各类农用地的质量，增强抗御自然灾害的能力。

史载，我国农民在古代就有种地养地、勤于农田建设的良好习惯，各家各户结合农田耕作，年年起高垫低、平地打井、建造园田。但由于土地私有，农田基本建设只能一家一户分散地搞，土丘、沙冈和沟坑不平的状况长期未得到解决。

中华人民共和国成立后，除兴修水利、治理水患外，还进行农田规划、平整土地、治沙治碱、开荒造田等农田基本建设。自 1958 年开始，以公社为单位，首先利用春冬两闲季节调整插花地，投入各生产大队的劳动力平整土地，铲除沙丘、土冈、坟头，建设万亩"棉花丰产方"和"小麦丰产方"，整修田间道路，深翻松土，黏土压沙，改良土壤。全县 18 个公社建起了棉花和小麦丰产方。20 世纪 60 年代以来，开展以治理盐碱地为中心的农田配套设施，增打机井。1969 年全县打机井 356 眼，平均 30 亩地 1 眼井。1979 年，机井发展到 560 眼，单井负担耕地 21 亩。

20 世纪 70 年代，全国开展了"农业学大寨"的群众运动，各公社、生产队利用冬春季节组织社员铲平土丘土冈，填沟垫洼，继而平整耕作后的土地，修路植树，进行高标准农田林网建设。1978 年全县 25 万多亩耕地，修建田间路 540 条，植树 20 万株，实现了田、林、路综合达标的园田林网化。80 年代，全县根据上级精神，集中力量，集中资金，组织有关社队对故河道进行了综合开发利用。开垦农田，建设高产稳产田。疏通、扩挖、新开排水沟渠 9 条，总长度为 22.8 万米，总排放能力 8 立方米 / 秒，达到日降雨 100 毫米不成灾，实现了旱涝保收。

当年社员们整地时要将地势高的地方用铁锨铲平，因封冻铲不动的地块要用刨斧将其刨开，铲起土块，装上小拉车，运到地势低的地方铺垫好，如此这般一处处垫平。每天上午干到 10 点，下午干到 3 点左右，届时带工的副队长让大伙儿停下来休息一下，这是大家最盼望的事情，大约休息半个小时再继续干到收工。

就这样，每年的整个冬季，全队社员都日复一日地重复着这项唯一带有冬季特色的劳作。

20 世纪七八十年代的农田基本建设，功在当代，利在千秋，为后来实行家庭联产承包责任制的农村经济发展奠定了坚实基础。

家乡的水井

在我童年时期，每天早晨起来第一件事就是灌缸，因而，家乡的水井给我留下了终生难忘的记忆。幼年时每天都要去的地方是街头的水井，青年时在部队常忆起的是家乡的水井，人到中年，最难忘的也是家乡那些关于水井的记忆。

每天早晨，我要去街上井台边挑水。早饭后，水井便成了村里小孩子们最喜欢去的地方。那幽深的水井，对于他们来说是新奇的，神秘的。大白天，他们三五个围在井边，有蹲着的，有站着的，还有两个趴在井口朝里面探头的，总想看清井里除了水还藏着什么。看了半天，什么也没发现，井里除了水，就是探进井口往下望的那几颗小脑袋。这时候，就常常会有老人拄着拐杖出来，担心他们掉到井里去，再三喊着要他们离开。如果没有人发现，就会有调皮的小子望望四处无人，拿起半块砖头投到井里去，接着就听"扑通"一声，水面上砸出个水窟窿，同时溅起水花，水花很快就落下，又出现一圈圈儿涟漪，片刻便平静了。有的时候还会冒出个年龄最小的"坏蛋儿"，站在井台上撒下去一泡尿，往往那股尿没有射到井口，而是落在了井边上，只流进井里一点，其余的都淌到了井台下。就在这时候，挑着水桶来井边挑水的大人们见状，立刻底气十足地喝跑他们，这些孩子才嬉笑着离开水井，嚷嚷着跑到别处玩了。

冬天，井水冒着白色的热气，袅袅地从井口飘出来。我去井边挑水，从井里打一筲水上来，筲里的水还在冒着一缕缕热气，过一会儿才能散尽。用它洗手，洗脸，一点也不凉，倒像是春天一般温暖。夏天，井水反而是凉的，碰上有人打水，趴到筲上喝几口，霎时嗓子眼里冒凉气，胳膊腿儿都长精神。夏天天气热，几乎家家吃冷汤（捞面），用这水捞面条，又凉又爽。白天不管上午还是下午，下地干活收工回来，常常是渴得嗓子直冒烟儿，从井里挑一挑子水回来，从水缸边拿过舀子舀一舀子水咕咚咕咚灌下去，又凉又解渴。放心地喝吧，喝个肚儿圆，也不会闹肚子。

除了供人畜饮水，井还可以作别的用途。譬如女人寻死觅活，井就变成了自杀的帮手。一个人，只要头朝下扑进井里，就没有多少生还的希望了。有的女人吓唬男人，大声哭喊着要去跳井，跑到井边却又不跳，坐在那里大声哭叫，就像现在爬到高处大喊"我不活了，我跳楼死了算了"的人一样。等街坊邻居都来劝她了，这时她才站起来，喊着"我反正不想活了，你们谁也别拉我"，朝井口伸出一只脚去。越是这样，众人越把她抓得紧紧的。其实，若是都不去拉她，她的脚也决不会朝井里伸，即使伸下一只去，也会马上收回来。当时，听说曾有个外村女人去跳井，在井边坐了半天，没人来劝，她就站起来拍拍屁股上的土，一声不响地回了家。丈夫问谁叫你回来的，你不是去跳井吗。女人回答：井里说啦，你跳下来也死不了，白受疼，叫你男人来吧！不过，还真听说过跳井寻死却就是不死的奇迹。说有一年寒冬腊月，村里有个媳妇一声不响地跳了井，浮在水上半天，硬是不朝下沉，去井上挑水的人发现了她。村里人便说她命大，不该死，水里有神托着呢，说得活灵活现。

从前的水井都是人挖的，挖上五六米深就有泉眼开始冒水了，不用再挖了。用砖砌好井壁，用石修好井口，一口水井便大功告成了。从水井里往上打水都用一根粗粗的井绳。年轻人在井上相遇，要是比劲儿，就比谁先打上一筲水来。有时，不明说比赛，却暗中较劲儿，看谁能三五下就把一筲水给打上来。既然用井绳打水，水筲脱钩掉进井里的事就一点儿也不稀罕。如果水筲漂浮着，便将绳子拴住扁担顺下去，用扁担钩慢慢挂住筲鋬提上来就行；如果水筲沉进了水里，那就要用绳子拴三两只挂肉钩去捞。井里那么暗，井水那么深，井里捞筲必须有点技术，会找窍门，不然也是件麻烦事。有的人家捞了半天捞不上来，就赌气不捞了。等到淘井的时候，别人又把它淘上来了。淘上来未必就物归原主，往往是谁淘的谁就拿走了。

我们村因为村子大，大概有十几口水井。我担水常去的是大街槐树下的那口水井。井的四周高出的一块是井台，高高的井台中央的井口处砌着大青石。井水水质好，味道有点甜，过去的井水，是全村人生命的源泉。

有句俗话叫"吃水不忘挖井人"，家乡人都有着朴素的感情，对于造福于民的人都会心存感激，而且知恩图报。当年村里的水井早被填上不见了，井水已被村里家家户户的自来水所代替。然而，村里街上大槐树下的那口水井和我的挑水经历，却一直活在我的记忆里。

赶　海

　　20 世纪 80 年代初的一个秋天，我第一次参加高考落第后，去大连看望我大姑，在大姑家住了些日子。在那段日子里，大姑一边鼓励我不要泄气，要继续努力参加高考，争取上大学，一边在当地找了老师专门辅导我复习备考。复习之余，我常到海滨浴场去游泳，常常和大海亲密接触，在沙滩上同当地渔民和游客们一道赶海。我想除了游泳以外还可以学点赶海的本领。

　　赶海，在不同地方有不同的方法。在长岛，赶海俗称"赶小海"，这是出海打鱼的人对岸边妇孺猎海方式的戏称，打鱼汉子不屑于此，但对于许多旅游者来说，这却是一项兴味极浓的活动。长岛人赶海多不是为了玩耍，而是重在获取海鲜。所备的工具只有两件，一件是盛收获物的篓子；一件是有多种用途的简单工具，是一根一端镶着一双铁钩的短棒，俗名"蛎钩子"，用这一件工具，可以出其不意地打下牢牢附着在礁石上的牡蛎。至于其他小圆螺、香螺、辣螺种种，舍了家伙用手拾取就可以了。

　　烟台也有一伙能潜水的赶海人，他们或穿简易潜水衣，或戴脚蹼，能于深水礁岩之间抓螃蟹，摸海参……赶海有许多技术，也有许多经验，有的成为代代相传的俗谚，例如，"初一十五两头干"，说的是农历的初一与十五，早晨与傍晚退潮了，一天之内可有两次赶海的良机。"西北风落脚赶大潮"，则是说连着几天刮西北风，风停之时潮退得很远，是赶海人的节日。"东北风，十个篓子九个空"，告诫人们，正刮着东北风的日子赶海是不会有收获的。

　　赶海挖蛏子的工具很简单，一把铲子，一罐食盐，一只小桶而已。但要学会挖蛏子的方法却很难，须经过长时间的实践和探索。刚开始时，凡是有合适的潮汛，我几乎天天跟在赶海人身后，看他们如何认窝，如何捉蛏，并不断地询问，蛏子窝是怎样的，海蛤窝是怎样的，等等。一个多月以后，十窝我能认准一窝了，两个多月后，十窝我能认出六七窝，自觉出师了，准备另起炉灶。我这么说，大家可能觉得还不明白，什么是窝？这很好解释，海中的动物凡是生长在泥沙里的，都有一个窝，因为它们要觅食，喘息，躲避，因此其窝都留有痕迹。有的直接些如蟹子窝，有的就较难认，比如海蛤窝、蛏子窝等。但一旦你掌握了规律性的东西，又熟练了，操作起来就很简单了。让人感到欣慰的是，当你千辛万苦地发现了一个窝，你用铲子打开窝上的土层，一个充盈着海水的小洞，豁然展现在你的面前时，那份无比快乐的心情久久难忘。这时候你只需用一点点的盐，撒进洞中，然后让拇指和食指躲在洞口，可能也就是一两秒钟的时间，那蛏子在盐的刺激下，忍不住出来探探头，这时候你的手指一合拢，它就是你餐桌上的下酒菜了。

在姑姑家那段日子里，我在赶海过程中逐渐认识了不少海货的窝，像海蛤就有三种，香螺、八带蛸（章鱼）的窝我也认识了。在此期间，我不但有了渔民的收获，还有了学习新知的热情。我知道了赶海要好的潮水和合适的天气；知道了在大连一个月就要来一次大潮，小潮或在晚上，或在早晨，天天都会遇到的；知道了赶海必须季节合适，以当地渔民的经验，每年的十月到元旦是最好的季节。最好的潮水在每月的大潮日那几天，最好的天气是大北风过后的一两天。但要找到这么一个各方面都合适的时候是很不容易的。

我们每到一个地方都要不断进取，学习新知，世事洞明皆学问，艺多不压身。方方面面的东西都要学，这样不仅可以增加自己的生活阅历，也会给自己提供一个施展才华的机遇。这就是我在大连赶海时得到的启示。

奶奶的熏陶

在我半个世纪的人生旅途中，要说影响了我一生的人，那就是我的奶奶。

奶奶的身世很苦。老人家 8 岁就死了娘，跟着她的叔叔婶婶长大成人，她的父亲早年间据说是去闯关东，一去不复返，连个音信都没有。奶奶 13 岁就嫁给了我爷爷，那时她长得端庄文静，天文地理，无所不知，还心灵手巧。奶奶不光精通场里的各种农活，针线活也数头份儿，年轻那会儿，由于孩子多，拖累大，经常整夜整夜地做针线活，上了年纪了，村里人家有丧事还是习惯来找她做装棺衣裳呢！

老人的性格，不仅影响了她的子女，也影响了我。

从我记事的时候起，奶奶为了让我安睡，就总是在晚上对我唱着"小小子，坐门墩""拉大锯，扯大锯"和"小耗子，上灯台"等辈辈流传的老掉牙的童谣。后来，我长到五六岁的时候，奶奶在一个夏夜指着晴朗天空中的星斗，教我辨认哪个是"七星勺"，告诉我哪个是"八砖井"。我学会了讲牛郎织女的故事，知道了天上的云彩早看东南、晚看西北的农谚。

20 世纪六七十年代，我国北方农村基本上解决了温饱问题，但农民的口粮主要还是粗粮。我记得，当时几乎天天吃玉米面，赶上水灾年头，秋后还吃高粱面，只有在春节前后才能吃几天白面，因此我常常为吃饭犯愁，每次看到妈妈又从锅里端上来窝头，就不禁皱起眉头，感到难以下咽。每到这时，奶奶就一边掐一个窝头的尖儿给我，一边开始变相劝说、开导我，老人慈祥地望着我说道："吃个尖儿，做个官儿；这窝头尖儿吃多了，我们春生长大准会有出息！"看得出，从那时起，奶奶就对她的长孙寄予厚望。

我容不得衣服上有半点污点和皱褶。我的这个爱干净的生活习惯，也是受了奶奶的影响。我上三年级时，就有一套固定的"学生装"了。头上一顶蓝色的"鸭舌帽"，上身一件艳蓝色小立领明扣衣褂，姑姑给买的那支黑色"金星"钢笔插进左上衣兜，衣褂的下摆上方，左右对称缝制着两个带盖儿的衣兜；下身穿一条深蓝色制服衣裤；脚上一双白色球鞋。一天早晨，我吃完早饭，正要背书包去上学，忽然发现我的上衣笔兜下方有一处糨糊类的脏东西，就喊着想让我母亲替我熨熨再下地。奶奶一看，赶忙让母亲下地，说出工不能晚到，不让母亲管了，她给我熨衣服。说着，奶奶就从里屋挨着炕头的炕沿儿旮旯里取出那个长把儿烙铁，放在外屋的煤球炉子上烤烤，将我的上衣在桌子上舒展开，口含一口水喷在衣服的污浊处，拿起"呲呲"冒着热气的烙铁烙了两下，污浊全无，衣服洁净如新，我这才高兴地穿上，背上书包去了学校。

母亲生了我们姐弟四人，我上有俩姐下有一弟。父亲是一脉单传，我又是母亲生的第一个男孩儿，所以，我的出生使得全家如获至宝，我自然也成为奶奶的掌上明珠。

我的出生究竟给全家带来了怎样的喜悦我不得而知，可从我记事时起，记忆中，我同奶奶一直如影随形，成了老人冬天的"小棉袄"，夏天手里摇动不止的"蒲扇"。1962年，奶奶被大姑接到北京去住，时间一长，奶奶就开始想我了，叫大姑写信给我父亲，把我带到北京去。父亲收到信后，就骑车把我放进竹筐驮到了北京。

从上学那天起，奶奶对我的学习便倍加关注。

有一次，老人凑过来跟我说："春生啊！还是多认字好，可别像奶奶一样，一辈子大字儿不识，当个睁眼瞎。不过，这认字也不易，不能怕难。过去有个人儿，小时候不喜欢读书。一天，趁老师不在屋，悄悄溜出门去玩儿。"

"他也逃学？"我好奇地问道。

"可不，"奶奶接着讲道，"他来到山下小河边，见一位老婆婆，在石头上磨一根铁杵。他就很纳闷，上前问：'老婆婆，您磨铁杵做什么？'老婆婆说：'我在磨针。'"

"磨针？"我又问。

"是啊！"奶奶接着讲道，"小孩儿吃惊地问：'哎呀！铁杵这么粗大，怎么能磨成针呢？'老婆婆笑呵呵地说：'只要天天磨铁杵总能越磨越细，还怕磨不成针吗？'那小孩儿听后，想到自己，心中惭愧，转身跑回了书屋。从此，他牢记'只要功夫深，铁杵磨成针'的道理，发奋读书，后来真长了大出息。"

从那以后，我时刻牢记着奶奶讲的这个故事，时时用这个故事激励自己，努力争取事业的成功。

后来，我上小学了，看到课本里有这一课，知道了是李白的故事。

入伍后，我有一次去街上一家书店看书，发现一篇古文与这个故事如出一辙，细细读来，果然如此。原来那个"只要功夫深，铁杵磨成针"的故事，摘自宋祝穆《方舆胜览·眉州·磨针溪》："磨针溪，在象耳山下，世传：李太白读书山中，未成弃去，过是溪，逢老媪方磨铁杵，问之，曰：'欲作针。'太白感其意还，卒业。"后即以"铁杵磨成针"或"铁棒磨成针"比喻只要有恒心、有毅力，做任何事情都能成功。

想来，奶奶应该是我教育的启蒙者，她教会我"只要功夫深，铁杵磨成针"的道理，也是激励我一生的人。

一次心理失衡的"酗酒"

在人生旅途中，与饮酒有过千丝万缕联系的人十有八九。有的为酒伤身，有的因酒丧命，有的为酒耽误了大事。32 年前的一次"酗酒"给我留下的教训是铭心刻骨的，因为那是一次心理失衡的记忆。

1976 年，对于我国来说是个多事之秋。当年，唐山发生了 7.8 级强烈地震，我们敬爱的周恩来总理、朱德委员长和最最敬爱的伟大领袖毛主席三位党和国家领导人相继去世，给国家的前途和命运蒙上了一层浓浓的阴影。尤其是毛主席的逝世，使得全国人民处于极度悲痛之中，不只是全国下半旗志哀，据广播说，有 53 个国家当日也下了半旗志哀。举国上下，从城市到农村，从机关到学校，从厂矿企业到各类团体，到处都是搭建起的灵堂，悼念伟大领袖毛主席。当时的每一个中国人，无论工人还是农民，商业工作者还是学生，解放军战士还是国家干部，各级党组织还是政府，社会各界还是各种团体，都在心头增添了抹不去的悲痛与惆怅。天都快要塌啦！我们失去了毛主席，国家的命运将走向何方？我们今后的路该怎么走？我们没有了指引我们胜利前进的伟大导师、伟大领袖、伟大统帅和伟大舵手啊！我们的国家会不会变色，会不会重新出现内忧外患，再次饱受"三座大山"压迫，全国人民会不会吃二遍苦、受二茬罪？我以后会怎么样呢？是去给地主当牛做马，还是到处流浪沿街乞讨？一时间，想不出个头绪，只感觉到，完啦！这下真的完啦！搞不好，明儿说不定医院里也住上了"八国联军"，自己卷了铺盖被赶回家里去，甚至连地都没得种了……曾经有好长一段时间，自己都不能从阴影中摆脱出来，心里总有一种莫名的恐惧感。于是，在这种心态的驱使下，演绎出了下面这个至今记忆犹新的故事。

那是当年的 9 月 12 日，我对这天印象特别深。当时县医院的领导传达上级精神，中央有文件宣布，在为毛主席治丧期间，停止一切娱乐活动！全县各地的文艺宣传队停止了演出，广播里以往经常播送的"八出样板戏"也没有了，每个台整日就是哀乐声，这种压抑的气氛更加让我魂不守舍。县医院为悼念毛主席设置的灵堂昼夜有人轮流站岗值班，我也曾经在毛主席灵堂前手握钢枪值过班，每次值班都感到很激动，很荣幸，也很自豪，感觉我是守在他老人家身边，老人家没有走，也没有离开我们！站岗值班的那段日子里，我从没有感到害怕过，反而因为能给毛主席站岗感到无上光荣！

那天晚上，我被人接替值班了，可当我走出灵堂的时候，心情马上变了，心里又空落落的，一点儿底都没有了。我要回到宿舍的时候，在院子里碰上了小王和卫校护士小马，烧锅炉的老徐这时候也走过来，悄悄对我们说，内一号病房里钻进去一条狗，他给关到屋里了。我们一想，有可能！那屋里好久不住病人了，听别人说，那屋里脏得到处都是人屙的大便，那样的环境有条狗进去也就不新鲜了。

一看天黑下来了，我们就合计着把那狗打死吃狗肉，还能再喝上二两，过一天说一天吧，赶明儿再说赶明儿的！晚饭后，我们互相约了去，每人拿着事先准备好的棍子，从医院病房一楼窗户跳进屋里，那条狗一见我们仨奔它而去，知道凶多吉少，瞅了我们一会儿，不敢坐以待毙，试图跃窗逃走，但它只叫了一声，就被我们一顿乱棍打死了。打狗过程中，小王的胳膊不慎被窗户玻璃划破了，只好去包扎，我和小马提着血淋淋的死狗交给了锅炉工老徐。老徐说："剩下的活儿交给我处理吧，过三四个小时你们就到制剂室去吃狗肉好了。"当天夜里 12 点多，我们提着事先从小卖部买的一瓶"三燕"酒到制剂室饱餐了一顿。因为那狗又大又肥，当天晚上的狗肉没吃完，就决定再吃一顿。次日碰见了香营村的老药工老郑，我就把吃狗肉的事儿告诉了他，他笑呵呵地说，晚上买几个菜再一起喝点儿！我酒量不大，确切地说是不怎么会喝酒，晚上总共才喝了二两酒。吃完后，我们就各自回宿舍睡觉了。我们还自鸣得意，觉得这事儿办得神不知鬼不觉，自己不说肯定没人知道。

回到宿舍，我跟医院的王书记一个屋睡，他闻到我身上有酒气，就问，喝酒了？我笑着点点头说，昨天有条野狗跑进内一号病房那屋里，揍死了，喝了点儿。又过了一天，在医院上班的表妹找到我说，我爸妈叫你晚上去家里一趟。老姑父当时是医院的副书记，跟王书记关系很好，进门就狠狠撸了我一顿，严厉地说："我跟老王关系跟一个人儿似的，他要不说我还不知道呢！你胆儿真不小！现在是什么时候，你竟敢偷着喝酒，要是被别人发现了，往外给你捅出去，甭说你的事儿没了，还会被打成反革命，你知道吗？！前天，××村的村支书就因为喝酒连党籍都开除了，不喝那酒能馋死啊？想喝酒是吧？来！今儿我陪你喝！不许说不喝的，看我不灌死你！"

那晚之前，老姑父从没对我发过那么大火儿，后来我才知道事情的严重性，搞不好他也要受牵连的。我知道，他也是为了我好。打那以后，我再也没有对酒这东西有过兴趣。

第三章 · 军营岁月

一张"便条"和我的个人三等功

1981 年 10 月中旬一个周末的早晨，与我同单位、同宿舍的最要好的战友——毕业于第四军医大学的藏族军医仁之雄要回老家探亲。他家住四川省阿坝州金川县，妻子是县供销社的一个会计。

这天早晨大约七点多钟，我在司令部门诊所把他装了四个大提包的行李捆绑在那辆我找来的自行车后车架上，两侧一边一个，后座架上捆绑了两个，他的四个绿色帆布行李包都放在了我的车子上。当我把后座架上的那两个行李包提起、捆绑在车上的时候，只感觉到非常沉重。

"（里面装的）什么玩意儿这么沉？"我不禁想到，可又一想，"管人家哪！叫你送你就送。"

我没顾上多想，推上车子直接由司令部门诊所把仁之雄的行李送到了绵阳长途汽车站。仁之雄从绵阳上车直奔成都，到了成都应该再倒车去马尔康，中途在理县过一晚上，再到马尔康过一晚上。由于他们那里属川西北高原，与甘肃、西藏交界，是清一色的山路，所以得三天才能到家。

送走仁之雄，我离开绵阳长途汽车站，经过司令部后面那片菜地，又回到了门诊所。我从宿舍拿了洗漱用品到门诊所三楼洗脸，先去厕所解手，当我蹲在下水道式的大便池上时，无意中低头一瞧，只见在没被水冲走的粪便里夹着一张纸条，我清清楚楚看到那纸条上有"子弹"两个字。

这引起了我的好奇，我猜测这应该是一张"便条"。可怎么会是一张写有"子弹"的便条？所以，它应该是一张有关子弹的批条，可一张关于子弹的批条怎么会出现在厕所里？想到"子弹"这两个字，就越发觉得事有蹊跷。好奇心促使我走出厕所，找来一根约二尺长的铁丝，我在一端弯了一个钩儿，然后手持铁丝探进那堆粪便里，小心翼翼地把那张沾着粪便的字条钩了上来，又提着到洗漱间的自来水龙头下去冲洗。粪便很快被那缓缓的水流冲干净了，打开来一看，一张领取子弹的表格式批条映入眼帘。只见上面写道：单位：×××× 部队门诊所；内容：子弹；数量：1400 发。领取人：门诊所。——没有写名字，可我当时一眼就认出是仁之雄的笔迹。

"1400 发子弹，他拿这么多子弹干什么去了？"我知道他喜欢枪，好打猎，可领取的子弹数量太多啦！不会出什么事儿吧？我们是最"铁"的好哥们儿！他以后真要出了什么事儿，我可后悔都来不及了，再说，我是门诊所的支部委员、卫生班班长，怎么能够看着自己的铁哥们儿出事儿不管？还有，假如部队里的 1400 发子弹出了什么问题，作为一个有着高度革命觉悟的革命战士，怎么能够看着自己的革命战友犯了错误不管？当时，自己想得很多，后来又一想，我知道他跟军需科科长关系不错，可这实在不是小事儿啊！既然是好哥们儿，就必须毫不犹豫地"挽救"好战友！

这样想着，我坚定了一个信念：必须把这事儿跟所长说下，看想个什么办法挽回事态，避免出现任何难以预料的后果。

我知道，当天下午仁之雄已经坐上了开往成都的长途客车，不可能再把他找回来了，就把那张曾经沾过粪便又被清水冲洗得干干净净的字条拿给了夏所长看，并说了事情的经过；夏所长一听，觉得事关重大，就向师医院一个也是姓夏的院长报告了情况；师医院立即向司令部后勤部军需科科长打电话询问此事，军需科科长说是仁之雄领走了，说是他们所里用于组织战士打靶。院长查明真相，立即责成所长给仁之雄发电报，命令他立即把子弹悉数带回！

所长让我拟了电文，马上去邮局发电报。

电报发出去了，等到电报到了金川，送到仁之雄家里时，仁之雄还没有到家。他到家以后，那封召他立即交回子弹的电文早已在他家"恭候多时"了。

这下，一向处事精明的仁之雄"傻"了。他没有想到自己几近天衣无缝的"偷子弹"计划这么快就"东窗事发"了。据他自己说，他见到那封电报以后，只在家里跟老婆"热乎儿"了一宿，就把那两大包沉甸甸的子弹，怎么倒腾回家的又怎么倒腾了回来，落了个"鸭子孵鸡——白忙活"，最后只得"完璧归赵"了。

可是，对于仁之雄来说，他还是纳闷得很，始终不明白在什么地方儿露了馅儿，当他问我时，我原原本本告诉了他。你猜怎么着？他的脸"腾"的一下变得通红了，又是嗔怪又是泄气地朝我攥起了拳头，试图朝我挥过来，同时操着浓重的川西北口音说道："好啊！是你小子坏了老子的事，我打死你！"但那拳头离我的脸老远就停下，再也不往前走了，继而，他哈哈大笑起来。

这事儿我觉得就这么过去了，可是让我没有想到的是，年底师医院就此事给我报请了个人三等功。

事后，我也曾埋怨仁之雄说，你当时满可以把那张字条撕了、烧了，干吗非得用那张字条擦屁股"高级"一把？因为当时部队上都用报纸当手纸。不过，说实话，当时我绝对没有打小报告买好儿的意思，也绝没有靠踩着别人立功的想法。

打那以后，我和仁之雄的关系非但没有受到丝毫的影响，反而比原来更加密切了，因为他知道他的这位小他三岁的铁哥们儿、小老弟是怎样一个人。仁之雄呢？他也没有把这事儿当作什么"丑闻"，而是当成了后来逢人便说的一段津津乐道的谈资。

我们被"酒精考验"过

1982 年，我奉命去师后勤部新兵连训练新兵。

一个星期天，几个在绵阳服役的霸州籍战友来找我，在师医院开救护车的贾赞说，大伙儿在一块儿聚聚，那意思是想喝点儿（酒）。

几个战友中，我跟贾赞是岔河集的；下段的李树军在师直通讯一连；李炳恒跟李树军是一个村的，在后勤部政办室当通讯报道员兼摄影记者；黄志湘是黄庄子村的，在后勤部军械修理所；就数西坨的赵洪如小，在后勤部汽车连当司机。

当日中午，我和贾赞从伙房里打来俩菜，又上街买来两瓶橘子、菠萝罐头，贾赞从床铺底下拿出来两瓶绵竹大曲、一瓶半丰谷头曲和一瓶五粮液，大伙儿一看就乐啦！满上满上！于是，五个战友顾不上先吃菜就你一杯、我一杯地干了起来。我不会喝酒，他们也不勉强我，从中午十二点一直喝到下午两点半，这时候，他们已经把那四瓶半酒喝干了。

"上酒上酒！"

"酒没啦！"

"酒呢，赶紧拿上来！"

……

怎么办吧？酒喝漏兜啦！按说，五个人喝了四瓶半酒就不少了，可你看那阵势，显然要不醉不归，其实都已经喝多了。你看一个个张牙舞爪、捋胳膊卷袖子的，好像喝得远远没尽兴！完不了事儿就得接着喝，可是酒呢？酒没了呀！我把贾赞叫出来，问：

"还有酒吗？"

"没有了。"他说。

那可怎么办呀？我一掏兜儿，钱没有了，就问贾赞还有没有钱，有的话再打点儿酒去。

"我也没钱了。"他说。

这时候，屋里的四个战友像是看透了什么事儿，已经开始骂骂咧咧地上粗话了。

一个人出门在外，关系最好的就属战友了，一块儿摸爬滚打，一块儿从枪林弹雨里钻出来的，那感情、那交情，真成了生死弟兄，所以，在兵营里的非正式场合，尤其在酒桌上，骂大街都属正常。

平时老实巴交的贾赞叫战友这一骂，脸上挂不住了，漫不经心地气愤地说道：

"我床铺底下还有一瓶消毒用的酒精呢，我给他们拿去，醉死这几个王八蛋！"

我一听乐了，赶忙制止说，可不行，那酒精怎么能喝？

"你看这几个死催的，不给他们得行啊？先顶一下吧，他们要真能喝出是酒精来，也就不喝了。"

我一把没拦住，贾赞回到屋里，从床下拿出那瓶酒精来，往桌子一蹾，说一声："灌吧！醉死你个蛋 × 的！"

这样我和贾赞更不能喝了。

"满上满上！我说什么来着？贾赞还有酒呢，成心不给咱喝，全喝了，一点不给他剩！"赵洪如给另外仨战友各倒了一杯，自己抢先喝了一口，一咂摸嘴，忽然叫起来：

"好酒！"接着又骂道，"贾赞呀贾赞，你真他妈牵着不走，打着倒回，不骂你不给我们拿好酒，看你多抠儿！你呀在屁股底下接上个箩吧！"

"接箩干什么？"有个战友问道。

"接箩好在放屁的时候过过箩呀，看再蹦出屎馇儿来！"

"哈……"桌上几个战友都笑了。

一瓶酒精又喝下去了。这下，桌上那几个战友全都消停了，再也不像刚才一个蛋的骡子一样憋得横蹦了，一个个倒成了霜打的茄子——蔫儿了。我和贾赞没怎么喝酒自然没事儿，赵洪如、黄志湘到底年轻，酒场散了以后就回去了，李树军骑着军用挎斗摩托车来的，走不了就躺在贾赞的床上睡了。

"咱看看李炳恒去吧，肯定喝死了。"我对贾赞说。

李炳恒住在后勤部三楼，因为他是通讯员兼摄影记者，给了他两间房子，其中一间房用于洗照片作暗室用。

后勤部办公楼是苏式建筑风格，因为是星期天，整个楼里静悄悄的，我们走在楼里如入无人之境。

我真为他担心，心里说，完啦！人肯定是死啦！

已经半小时过去了，活着的可能性太小了。我一边想着，一边同贾赞朝他住的楼上走，走到他办公室的门前，我俩一起用力，撞开了门，一看床上没人。

"去暗室看看！"说着就去砸他暗室的门，砸了半个小时没有动静，贾赞说："你站在我肩上，从顶风窗户玻璃那里望望，看有没有人。""好吧！可是，顶风窗户玻璃用报纸糊着，看不见里边有没有人，这可怎么办？别真出点儿什么事儿！"

"没别的办法！"贾赞果断地说。

"撞门！"我明白他的意思。

"别……别撞啦！我没死。"李炳恒显然是听到了我们的动静，在屋里搭腔道。

这下，我们俩的心才算放下。

"开开门，带你去卫生室拿点儿药呀？"

"没……没事儿！"

20多年过去了，现在想起来，真的是感触颇深！当时，一瓶五粮液只有几元钱，我们一个月的津贴也是几元钱，在当时，能够喝上那么大排场的一场酒就很知足了，尽管那次喝酒带有很大的危险性。

由此可见，人有享不了的福，没有受不了的苦。人在什么环境下都能适应。

心中一道永恒的风景

富乐山，位于绵阳市涪江东南方向，山上光秃秃的，没有花草，也没有树木。原来的富乐山，山清水秀，山深林密，景色宜人，原国民党爱国将领宋哲元的墓选址于此，一定是看好这里是一块风水宝地。只是到了20世纪六七十年代，由于大炼钢铁和乱砍滥伐，这里原本茂密的森林和灌木植被荡然无存。

改革开放初期，主要是在政治和经济领域里兴利除弊，过去一些对人民、对社会、对环境有利的制度或运动，应该保留的仍然保留了下来，比如，兴起于20世纪70年代的植树造林运动。这一利国利民的群众运动每年春季仍自上而下地延续着。

军民共建精神文明，是全国各地驻军部队密切军民关系、支持地方经济建设和发展的一项重要内容。在一年一度的植树造林运动中，成都军区绵阳驻军部队承包了绿化富乐山的任务，每年春天都要在植树造林运动中派出数百名官兵上山种树。

1981年4月中旬的一天，我们一五〇师医院60余名身着春秋装的干部战士，加入了由司令部直属部、后勤部、政治部组成的植树官兵行列。当日8点20分，一声令下，司、政、后植树大军乘军车浩浩荡荡地开赴富乐山。

富乐山属丘陵地带，红色的土壤里夹杂着坚硬的山石，这给挖坑植树带来一定难度。植树也是一场战斗！

任务下达了：男战士每人挖15个树坑，女战士每人挖10个。

开始！随着一声令下，全体官兵摩拳擦掌，手中的军用钢锹上下飞舞，进入了紧张的挖坑植树"战斗"中。

我也同其他干部战士一样，尽管山地地质坚硬，但我出身农家，自幼练就的劳动本领在此处派上了用场。我心里明白，自己不但要争取提前完成任务，还要帮助在我身边挖坑的两个女战友完成任务。

我这个卫生班班长身旁有两个女战友一左一右"护佑"着，左边是孟卿，右边是梁亚茹。站队分配任务的时候，我就感到，今天植树挖坑，我任务艰巨，责任重大！一开始我摘下军帽，脱了外衣，用尽浑身解数，左右开弓地尽最大努力地挖着坑，一个、两个、三个……很快就把孟卿和梁亚茹抛在了后边。

我对自己挖坑的进度感到满意，心里有了底，直起身来，看看正在埋头挖坑的孟卿和梁亚茹，心里说，该帮帮她们了。

于是，我先进入了孟卿的任务段里，熟练地挖了一个坑出来，二人几乎同时回头，孟卿喜滋滋地从裤兜里掏出了手帕擦下汗，赶紧又回过头去挖坑。

梁亚茹一见，立即回过头去，气呼呼地挖起自己的树坑来。

就在我帮孟卿的时候，她们俩眼看着又要跟我齐头并进了，我紧挖几下，又超过了她俩。眼看着甩开了她俩，公平起见，我又去了梁亚茹的任务段，替她挖起坑来。

孟卿一见，立刻把脸扭向一边，直起身来，停止挖坑，用手里的手帕当作扇子一下下为自己扇着凉儿，好像在说，哼！叫你多管闲事，反正一会儿你还得替我挖！没过一会儿，她又好像觉得这样不妥，准是考虑到如果自己赌气不挖了，一会儿班长还得多替她挖，本来是自己的任务段，跟人家较啥劲！这样想着，她又重新挖起自己的树坑来。

我紧挖了一阵子，又超过了她俩，这回又来到孟卿的任务段里替她挖坑。梁亚茹一看，忍不住对我说："班长啊！你乐于助人，品质高尚，可不能累坏了，身体是革命的本钱，这一点，我想你这个班长，比我们当兵的要懂得多吧？"

"我没事！"我直起身来，一边借机擦汗缓冲一下，积蓄力量，一边对梁亚茹说道。

随后我又以最快的速度把梁亚茹的树坑挖出来了。眼见她俩又追上我了，就回到了自己的任务段挖坑。

再一次甩掉她俩之后，我又进入了孟卿的任务段里挖坑，孟卿禁不住喜上眉梢，梁亚茹则直起身来，白了孟卿一眼，好像在说，看你能的，你还真好意思总让班长给你帮忙！

"呀！血！"梁亚茹忽然尖叫了一声，听得出，她是怀着一副疼爱的心肠，呼喊道，"班长！你的手，你的手流血啦！快！我来给你包扎一下！"

我低头一看，只见自己手上磨出了血泡，自己只顾了挖坑，没留神儿挤破了血泡，渗出的血水涂在了铁锹柄上。

"我来吧……"孟卿这才发现，心疼的泪水夺眶而出，不由分说地抓过我的手，又掏出她的手帕就要包扎。

"不行！用我的！我这是新手帕，没用过的，别感染了。"梁亚茹说着，想从孟卿手里抢过我的手给我包扎。

"还是我来吧！"孟卿抓过梁亚茹手里的新手帕，流着眼泪给我包扎起来，梁亚茹同样抬起一双泪眼瞟了孟卿一眼，像是在说，小死娃子，就你抓尖儿！

1995年春，当我们阔别绵阳14年后故地重游，再次来到绵阳，驻足于富乐山下的时候，回忆起当年植树的情景，真是感慨万端！

如今的富乐山，已经变得山深林密，郁郁葱葱。

又是14年过去了！至今回忆起那山、那水，一幕幕情景就好像发生在昨天，历历在目，往事桩桩件件依旧活在我们心田。去年，我参加汶川地震赈灾，看望战友时途经富乐山，凭窗远眺，抚今思昔，我感到老了，但是27年前我同孟卿和梁亚茹那段植树的经历，却永远定格在逝去的青春记忆里。汨汨流淌的涪江水依然唱着那支令人难忘的歌……

岁月老了，记忆却依然年轻！

一场借"狗"发挥的闹剧

在我们师医院养着 30 多条狗，是专门从乡下收购来饲养着准备做腹外肠吻合手术试验的。

试验的办法是，把准备做试验的狗的四条腿事先捆绑好，然后，走到距离狗三四米远的地方，用冲锋枪对着狗的腹部来一阵扫射，故意将狗的肠子打断，再由医务人员练习腹外肠吻合缝合手术。这里面的"事儿"也不少，一般情况下，朝着狗的腹部来上两三发点射，只要把狗的肠子打穿就可以，这样，进行腹外肠吻合手术的医生是很容易过关的。

这一次是对我们师医院医务人员腹外肠吻合缝合手术的考核。考核的要求是，如果给狗缝合后七天内拆了药线，狗活着被放了回去，就算是考核合格，得满分 100 分。

前面有几个——顺利通过了。

该轮到我接受考核了。只见仁之雄朝我笑了笑，提着手里的那支冲锋枪走了过去，一见他走了过去，我心里有了底数，为什么呢？我们俩住同一宿舍，而且这几年我们关系最铁，这是大伙儿都知道的。

负责给狗做全身麻醉的麻醉师，是一个名叫程观焰的战友，老远我就看到他在狗脖子静脉上推下去的那针硫喷妥钠麻醉药剂量有些大，正常情况下应该没有那么多！

仁之雄端起冲锋枪上前，"砰砰砰……"一下子竟然打了 30 发子弹，其中还打出十七八发扫射弹。我过去一看，好家伙！把那狗的肠子都打烂啦！完啦！这下费大事了。

负责给我当助手的卫生员叫罗祥玉，他上前把狗肚子打开一看，天哪！

全打烂啦！这下，我明白了刚才他朝我那一笑的含意，这小子是在冲我发嘎了。

动手吧！该看我的了。我按照常规，先剖开狗的腹部伤处，打开后，用生理盐水冲洗腹腔，查看哪儿有出血点，用止血钳夹住，然后一一包扎，直到腹腔没有出血部位了。如果发现肠子已断，清理后用剪刀剪齐，分清大小肠，各自接好后放入腹腔，最后缝合外皮。如果狗的肠子被打穿了，用肠线缝合即可；如果肠子被打断了，就要转着圈地缝合，再用水油大网膜腹直肌覆盖好。最后，这项本该很简单，却变得复杂化了的腹外肠吻合缝合手术技能考试终于完成了。

手术做得很顺利，但也用了四个小时才做完。最后，给那狗输上了青霉素，可观察结果，一会儿不如一会儿，一阵儿不如一阵儿，第二天早晨八点狗还在喘气呢，没到中午那狗就死了。这次大家在处理死狗的事儿上竟这么快捷！把狗剥了皮，按说要泡上一夜，把狗体内的药物泡出来再炖着吃了。当天下午，一个姓唐的战友说会炖狗肉，就由他来处理了。炖了两个小时之后，大伙儿就在伙房里吃上了炖狗肉。

孟卿头一个吃了狗肉，感觉不对，说我怎么吃了狗肉有些犯困，我先去睡了。

梁亚茹一见孟卿走了，低声朝姐妹们说：

"看看，就她娇气！"

奇怪的是，孟卿刚走，其他在场的女兵也都说不舒服，先后回去睡了。

接着，爷们儿们也都相继打蔫儿了，两眼眼皮困得直打架，一一回自己的宿舍去午休了。

第二天早上，人们发现昨晚这一夜睡得特别安稳，尤其罗祥玉，下午吃了狗肉以后就回去睡了，一直睡到了次日早晨。

这里边肯定有问题了！结果，一检查那死狗才发现，用在那狗身上的硫喷妥钠麻醉药剂大大过量，那狗重20多公斤，正常情况下，用20毫克的麻醉药就可以了，可程观焰一下给推了100毫克。

第二天人们都"还阳"了，就问程观焰说，老程你傻呀？有给狗用那么多硫喷妥钠的吗？

你猜老程怎么说？

他说："用多少麻醉药那是我的事，我就想看看咱师医院女兵睡觉的姿势，再说了，咱也轮不上带女兵。"

我听出来话茬儿了，这是在冲我发嘎。

"那你看见人家女兵们睡觉了？"战友们你一言我一语地问道。

"看什么看？哪个也不是咱的，怎么看？"程观焰说。

"那你这是有贼心没贼胆。"

"哎？对啦！仁之雄，你平时跟王英关系最铁，瞧你把那狗的肠子全打烂啦！人家王英招你惹你啦？"

"这你得问他了，他们河北有句话，叫'种瓜得瓜，种豆得豆'。"仁之雄笑着说。

我知道，仁之雄这小子是因为我给他捅了偷子弹那事儿，故意冲我发嘎。

这就是那场借"狗"发挥的闹剧，大家互相整着玩儿，却没有一点儿恶意。20年后，我们一五〇师医院的战友重聚绵阳开战友会，提起这事儿来，大家还你一言我一语，津津乐道地哈哈大笑呢！

一卡车花椒赚来个"万元户"

仁之雄天资聪颖，思维敏捷，跟他在一起闲聊，总能听到些超前的想法。在我的印象中，他最大的特点就是特喜欢看书。俗话说，近朱者赤，我受他的影响，在司令部门诊所服役那些年，阅览了医学以及医学以外的大量书籍。

我们当时的司令部门诊所又叫一五〇师医院一所，是师医院五所之一。按部队上的惯例，一个野战师的司（司令部）、政（政治部）、后（后勤部）三总部在同一个机关驻地合署办公，可在我们绵阳就不同了，只有司令部和政治部在一块儿办公，后勤部单独租了绵阳党校的一个院子办公，我们司令部门诊所就设在司令部大门北侧的那幢五层的办公楼上。

那是仁之雄"偷子弹"事件后的第二年，也就是1982年，我国改革开放事业刚刚进行到第四个年头，党和国家领导人、改革开放的总设计师邓小平同志提议成立了中央顾问委员会，又相继在全国上下推出了一系列改革措施，比如军队和地方实行干部离退休制度，规定：凡在1949年10月1日前参加革命的团以上干部都算离休，以后入伍或参加工作的算退休，并实行了部队离退休干部离退休疗养制度。在这一制度下，绵阳市开始筹建干休所，全称为"成都军区绵阳市西河村干休所"。

仁之雄得到消息，干休所需要一名军医、一名护士、一名卫生员。因为我跟他都和师首长关系好，就由他出面向首长打报告，由他和我筹建干休所卫生所。这一报告很快得到批准，于是，我俩便开始研究需要师医院划拨哪些药品和医疗器械设备，我很快拉出了单子，并组织调运相关物资，干休所卫生所的筹建很快就大功告成了。

我和仁之雄在干休所卫生所的工作很快进入正轨，所里为部队离退休老首长服务的医务工作有条不紊地展开了，并且随着时间的推移，一切都已习以为常。这时，那位大我三岁的军医仁之雄又开始像只卧不住的兔儿似的，开始"不安分"了，时常见他没事儿了就在一旁愣神儿。我诙谐地问他："想嫂子了？"他蓦地莞尔一笑，道："我在想干什么可以发财。"

"想当'万元户'了？"我问道。

他颔首称是。

那天以后，我寻思这事儿也就算过去了，全国才刚刚改革开放，你一个部队医疗单位的连级干部，又不能去下海经商，还想发什么财，那不是天方夜谭吗？可此后不久的一个深夜，仁之雄探家回来发生的事情，不能不令我再次对他刮目相看了。

你猜怎么着，仁之雄探家回来，居然悄悄拉回来一大卡车的花椒。

那天夜里，我迷迷怔怔地被他从被窝里轰起来，到门诊所外边一看，只见一辆黑乎乎的大卡车停在那里。

这令我感到稀奇，心里说，你拉这么多花椒干什么？尽管我知道，他的老家——四川省金川县——是盛产花椒的大县，在全国都有名，可他的这一举动确实让我始料未及。一卡车的花椒，整整 4 吨，那可就是 8000 斤呀！

"你真的干开了？真想发笔大财？你这是'投机倒把'知道吗？"我故意和他搭讪道，其实我也是想探探虚实。

"嘿嘿！你小子。"他神秘兮兮地应道。

"你准备把这些花椒卖给谁？"

"以后再告诉你。"嗨！他还卖起了关子。

"别愣着，得往楼上倒腾去晾晒。我再去找人。"

仁之雄探亲回家，在老家收购来这一卡车的花椒。

这一大车鲜灵灵的花椒，如果不立即晾晒，只要天一放晴，用不了一天就全都得捂发了毛，这一点，对于聪明绝顶的仁之雄来说，他又何尝不知？

先啥也别说了，倒腾花椒吧！仁之雄和我、炊事班的俩战士，还有那两个司机把车上的花椒一麻袋一麻袋地从门诊所门口往五楼上扛。一包一包，一趟一趟，我们进进出出、上上下下整整倒腾了仨小时，才把那一车花椒倒腾完。

我们把最后一包花椒扛到五楼楼顶晾晒好的时候，已经天光大亮了。

打那天起，仁之雄每天让我到楼顶上去，把整个楼顶上晾晒的花椒用竹筢翻一遍。那8000斤花椒在楼顶上整整晾晒了四天，在这多雨的绵阳竟然没被雨淋，真的是万幸！

四天以后，我和仁之雄，还有炊事班的那俩战士，又一包一包把那8000斤花椒从五楼上倒腾了下来，交给了绵阳市一家副食品公司。

这下，仁之雄可算发大了！他从老家收购花椒每市斤两毛钱，交给那家副食品公司每市斤价格竟达到1.9元，8000斤花椒总收入1.52万元，除了运费和燃油费，他纯赚1.16万元，悄悄地成了当时一五〇师医院系统一个名副其实的"万元户"。另外一笔账是，当时他一个正连职干部的月工资是62元，按当时工资水平，这笔收入比他15年的工资还多。这个结果，也是仁之雄没有想到的。于是，看在我们几个好哥们儿为他出力以及跟他的铁交情分儿上，他一连几天让我到街上去买肉，请我们吃在老家和部队上都不经常吃的饺子，一来是答谢我们，二来也是让我们给他保密。

人们常说，纸里包不住火，没有不透风的墙。后来部队领导还是知道了，问他的时候，因为他跟上级的关系处得好，一口否认，部队首长也没有深究。

事情虽说就这么过去了，但我始终由衷佩服仁之雄，佩服他的才气，也佩服他超前的经商意识。后来，我们又在闲暇之余一起探讨过如何在门诊所为当地农民群众送医送药。有一次我探家回去跟他说，老父亲在家里种的2亩西瓜喜获丰收，他又打算把我父亲接到阿坝州去，在当地试种西瓜，搞规模型西瓜种植经营计划。

机遇，总是垂青有准备、有思想的人。一技之长和超前的经营理念，到底成全了仁之雄。十年后，他承包了部队医院，如今，他已经有了 1000 多个"万元户"身价，也是我们那批兵中凤毛麟角的了。可以说，我今天的事业有成，也与受他的熏陶有着千丝万缕的联系。

静静的白鹤林

1982年9月中旬的一天，经过一个晚上的漫长等待，星空和夜幕像往常一样却消逝得比往常更加缓慢，如同蜗牛爬树一般缓慢，缓慢得让人心急，最后终于在我的彻夜不眠与辗转反侧中，慢吞吞、静悄悄地隐退了。

随着营房外天空上月落星沉的变化，启明星悄然亮起又最后淡出，东方从出现鱼肚白到升起朝霞，那轮喷薄而出的红日露出了圆脸——早晨到底是来临了！

我经过一夜的漫长等待，心里也像那天红日东升、霞光万道的景色一样充满朝气和希望，因为在这一天，我和孟卿游览白鹤林的计划终于实行。

游览白鹤林早在我们的计划之中，以前就曾经议论过此事。早听说，沿东方红大桥前行6公里，就是我们一五〇师的高炮营驻地，从高炮营驻地再往北走上3公里的山路，有一个自然风景保护区，于是便慕名产生了前去观光的想法，这个想法直到头天晚上才最后敲定。四年的军旅生涯，使我俩愈加感觉到我们在绵阳军营相处的时间一天天在减少，退役复原后的去留和组建家庭的意向，成为我俩一个不可回避又必须面对的问题。四年来，朝夕相伴的日日夜夜，使我们二人之间萌生出的情感，就像中秋时节田野里的庄稼，日趋走向成熟。

为了这次的游览，我做了精心的准备。头天晚上，事先想好了应带的东西，就去军人服务社搞了一次采购，买了饼干和午餐肉罐头，又把需带的两个水壶和那架海鸥牌照相机装进了那个跟随了我四年的军用挎包。

洗漱之后，我去炊事班吃了早饭，然后走出营房，径直朝着位于涪江上游、东西向的东方红大桥走去。

登上东方红大桥，抬眼望去，桥的那头，孟卿已经在那里等候了，她那身女式军装是那么合体，与那桥一样，她成了一道有生命的靓丽风景。她之所以提前等候在那里，是我们事先约好了的，我让她先走十分钟，因为毕竟我们的约会还带有应有的秘密色彩，因而她早我一步来到那里，在我们的约定地点等候。

走到她身旁，一股少女身上特有的花蕊一般的馨香扑鼻而来。

"早！孟卿。"我打招呼道。

"是呗！应该比班长早到嘛！班长可以晚到，你看哪次开会不都是战士先集合齐了……"恬静的孟卿今天显得很健谈似的搭讪着。

我打断她的话，知道她往下要说什么，微笑着抬手伸出那根打弯的指头在她的鼻梁上轻轻一划。

我俩不约而同地转身一步步朝山上走去。

沿东方红大桥方向一直前行，当时都是清一色天然的原始土路，没有公路，且人烟稀少，走6公里的土路，是一座大山，山上是我们一五〇师直属队、高炮营、工兵营、通信营和军事教导队的驻地。山上有黑松林、竹子和灌木丛。此地属绵阳市游仙公社，后改为游仙乡管辖，现为游仙区，与当年相比已经面目全非。2005年5月，我故地重游来到此地，发现只有我们一五〇师的高炮营还在此地驻扎，其他营、队都迁到别处去了。改革开放以后，绵阳市科技城就建于此地。沿着我们一五〇师高炮营驻地北上，有一方天然的生态湿地，生长着松树、竹子及其他灌木丛，被当地人称作"白鹤林"。据说，此地已经有几百年的历史了，这里生存着白鹭、灰鹭、苍鹭等各种鸟类，下有鱼塘，是各种鱼类自由游弋的水底世界。这里的树林里鸟粪比比皆是，虽说被称作白鹤林，是绵阳市的白鹤自然风景保护区，但白鹤并不多见，之所以被冠以"白鹤林"之名，不知是因为白鹤的珍贵稀有还是另有其他原因。

我俩说是在走路，确切说是在爬山，因为山的坡度并不大，所以爬起来不觉得费力，孟卿简直就像一只欢快的小鸟，在前边且"飞"且停，说这说那。

"班长！快看——""小鸟"在"鸣叫"。

我沿着她手指的方向望去，只见我们已经走到了九曲十八弯的涪江天然转弯处，由此放眼望去，绵阳城一半的景观尽收眼底。太美啦！

"站好！我给你在这拍张照。"我"命令"道。

孟卿顺从地站好，她挺起了微微隆起的胸部，机灵地朝我的相机镜头定睛而视。

我"咔嚓"一声揿下快门定格了她的风姿。随后，她随着"大功告成"的我继续前行。

"班长，你瞧，今儿这老天爷多疼人！知道咱们去白鹤林，就阴起天来给咱打起清凉伞儿。"

"那是老天给孟小姐打伞呢，我沾光了。"

"去你的。"孟卿笑道，那笑脸真像一朵梅花。

从入伍那天起，孟卿就是我心目中的"小白鸽"，我们一直在一五〇师医院卫生班相处得很好，作为卫生班班长的我平时对她自是关爱有加，我们一起利用节假日出去上街，一起出去游览。我那时除了研究医学理论之外，还爱好上了摄影，并利用这项技能为她留下了一张张倩影。此外，我只要上街去，总忘不了给她带回她最爱吃的"大白兔"奶糖；每次去书店，还会买来她最爱看的书。孟卿呢，一贯恬静、聪慧，只要我有换下来的衣服就悄悄替我去洗，也愿意跟我谈她的家事……日久天长，一种不同于一般战友的情感之树，经过春之萌发、夏之浇灌和秋之护理，就像绵阳田野的庄稼，又像富乐山上的灌木丛，成长得那么茁壮、葱绿……

不知不觉，我们来到了白鹤林。

"孟卿，最近在看什么书？"

"你给我买的那本《第二次握手》。"

"噢！是作家张扬根据'文革'期间手抄本《归来》改写成的一部很成功的长篇小说。"

"小说的女主人公让我几次落泪。"

"丁洁琼等了苏冠兰整整 30 年，才在回国后同自己的旧日恋人有了史诗般的第二次握手。"

"哎！很凄美呀！"

"孟卿，你说，卓文君要是来到现代，她还能跟司马相如一起生活吗？"我故意把话题一转说道。

"再上演一场当代版的《凤求凰》？"

"对呀！"

"班长，我们四川怎样？"孟卿忽然问道。

"很好啊！我的第二故乡。天府之国嘛！"我说。

"不知能不能留住河北的'扁鹊'。"

我听出来，孟卿在婉转地向我投石问路，探究我以后的打算。

我瞅她一眼，她赶紧收回凝视我的目光，自顾自地看那脚下的路。此时，一对情侣从我们身边擦肩而过。

终于进入正题了，这也是我们今天出来的真正目的。

"孟卿，你知道吗？"我说。

"什么？"她问。

"牡丹花原来不在洛阳……"

"我明白你的意思，班长。"孟卿说。

孟卿太聪明啦！只一句她就听出我要说的那个关于牡丹的传说，探问她今后有没有跟我一块儿回河北的心思，尽管我当时在家里的处境左右为难。

"你也来绵阳四年了，对涪江和富乐山的印象如何？"

"一个字：秀美！"

孟卿"哧"的一声笑了，说道："班长还识不识数？"

"两套。秀的是山水，美的是人。"

"既然这样，我们的山上长着山桃、柑橘，山下有稻田，池塘里又有鱼，我们四川人饿不着，大概也不会饿着一个河北人吧？"

"当然。"

"那大丈夫出来闯天下应该四海为家呀！"

"我何尝不想在四川干一番事业，置身青山秀水的怀抱，又有佳人相伴，按说此生足矣！唉！跟你讲过的……我是身不由己，父命难违呀！"

"听说你们河北很穷是吗？"

"那倒不是。我们河北也是物华天宝之所呀！就说我的老家霸县，处在冀中平原，始建于周代，位于京、津、保三角中心地带，交通便利，四通八达，古为宋辽时期三关要塞，益津八景也是处处美不胜收赛江南哪！这里身处冀中东淀，过去就是鱼米之乡，现在又被列为全国百强县之一，一方水土养一方人呢。"

我们在谈话间，只见白鹤林深处，一对对情侣或坐、或立、或走，在那里燕语莺声地说着悄悄话，与这里恬静的森林环境倒也和谐。

"我们那里有句话，叫肥水不流外人田。想必四川的女子也不愿意嫁出富饶的巴蜀大地吧？"

"唉！嫁出去的女，泼出去的水，女娃子早晚是人家的人，要是父亲还在的话……母亲多病，两个弟弟还小，都在上学，真不知我离开他们，他们怎么活……"

我拍拍她那柔弱的肩膀，意思是，我理解。

白鹤林里栖息着各种鸟类，形形色色的小鸟把树林里的树枝压得弯弯的，这时，只见一只叫不上名字的小鸟"忒儿"地扇动着翅膀飞起来，在空中盘旋了下，旋即又降落在树枝上。

"快看——"我赶忙一指，意味深长地说道，"鸟也不愿意远飞，它也眷恋自己的巢呀！"

孟卿流泪了。

白鹤林静悄悄的，可置身于此的我们的心境却并不平静。我们找了一块大石头坐了下来，静静的白鹤林，没有市井的嘈杂，只有令人忧郁的鸟鸣，我们促膝而坐，不再作声，似乎是要谛听彼此的心跳。

直到下午两点多，我们才往回走。

似乎是来的时候已经把回来的话都说了，我们共同感兴趣的话题很少了，基本上没说几句话，我和孟卿好像都已经预料到，我们的情感只能得到这样一个无言的结局。

就是那次白鹤林之约，给我的军旅生涯画上了一个圆满的句号，我和孟卿的人生情感戏也随着那次无可奈何的约会落下了帷幕。

重聚绵阳

2006年5月6日，一五〇师医院全国战友联谊会在四川绵阳拉开帷幕。

阳春三月，来自全国各地的战友重逢在花团锦簇的绵城，大家从四面八方赶来，当年朝气蓬勃的战友如今已"人成各，今非昨"，且都"绿树成荫子满枝"，抚今追昔，谁不是感慨万端！我们的心，一如奔流不息的涪江之水，难以平静！

那天，我受老院长侯良君和战友联谊会组委会的委托，主持了那次联谊会。在正式主持之前，我朗诵了一首七律《重聚绵阳》。开始，整个会场出现了瞬间的宁静，没等我把那首诗词朗诵完毕，会场上就响起了一阵热烈的掌声，为我这别出心裁的主持艺术而喝彩。

我借主持会议之际，讲了此次战友联谊会筹办的初衷、缘由和筹办过程，讲了我的感慨，随后，把我们的老院长侯良君请上了主席台讲话，继而，其他几位老领导和战友也相继上台讲话。与此同时，大家再也控制不住久别重逢的喜悦，台下也成了滔滔不绝诉说的海洋。然后是会餐，合影，游览绵城新貌……

绵阳建城已有2200多年的历史，是一座名副其实的历史文化名城。

绵阳，古名"涪城""绵州"，从西晋怀帝时起，历来为郡、州治地。清雍正年间，升绵州为直隶州，绵阳市区增多，辖区扩大。后改绵州为绵阳，取"绵山南面之城"之意。

今天的绵阳，科技文化和人才资源蔚为大观，享有"西部硅谷"之美誉，是中国重要的国防军工、科研生产和人才基地。

"山秀绵州，水映涪城"。新一轮城市规划将绵阳定位为中国科技城，其最终目标是将绵阳建设成为"山—水—林—文—城"五位一体的中国宜居城市的典范。

涪城之水就是涪江，绵州之山就是富乐山。它地处"剑门蜀道"南段，位于绵阳市区城东，原名东山，又称旗山。以高、广、秀、雅著称，葱郁的林木、自然风景山水成趣，步移景异，园中有园……

富乐山上松柏茂密，山秀花明，溪壑清幽，景色极佳，古迹众多，历代文人墨客多有诗称颂。山上碑石、岩刻、造像及诗词众多，被誉为"川西北书法艺术宝库"。

在富乐山对面，有"西山四胜"：西蜀子云亭、蒋琬祠墓、玉女泉和仙云观。

会议期间，战友们在游览新绵阳之际，拜谒蜀汉大司马蒋琬祠墓，登临秀美峻拔的西蜀子云亭，目睹玉女风姿，观瞻西山落日，会蜀中八仙，远眺姜维屯兵的营盘嘴，赏心悦目，纷纷称奇。

今日绵城，气象万千。想当年，我们刚刚步入青年的门槛，全身奔流着一腔报国热血，走进一五〇师医院，在院长侯良君的率领下，履行军医救死扶伤的神圣使命。在对越自卫反击战战场上，我们这支身着白衣的"红十字"战斗群体，冒着敌人的炮火，将自己的生死置之度外，从死神的手中夺回了一个又一个受伤的战友。为了绵城的地方建设，我们用学到的医术，让成千上万的群众摆脱了病魔的困扰，还给了他们一个个健康的体魄。我们一起战斗，一起学习，一起生活，全身心投入部队建设和地方医疗事业之中……

然而，欢快难忘的六年时光仿佛一瞬而过，默默付出六年情感的军营生活和我们的军旅生涯在退伍的时刻终结了。我们一时都接受不了即将各奔东西的现实：依依惜别，用泪眼一次次回眸着绵城；默默无语，用握手、相拥和模糊的视线告别，发自肺腑地默默道声：

"再见啦！战友！保重！"

在我的记忆中，师医院永远是我们人生旅途中神往的精神殿堂；绵城，永远是我们心灵中官兵情、战友谊的寄托之地。啊！今日之绵城，有我们战斗岁月中的青春，有我们长眠于祖国边陲的战友英魂，有我们昔日在师医院里苦练技能的爽朗笑语和嘹亮歌声。

为了给那段终生难忘的军旅生涯以及我们在绵城结下的战友情谊留下永远的纪念，我提议并征得联谊会筹备组的同意之后，开始着手编印战友纪念册。

那次以重聚绵阳为主题的全国战友联谊会办得圆满成功，它给我们提供了一个难得的团聚时空，让我们得以回顾昔日的战斗岁月，重温战友深情，瞻仰战斗过的旧址，饱览今日的锦绣绵城……

那是我们离别军营二十载之后的第一次相聚，是我们接续战友友谊新篇的驿站。

两天以后，我们又匆匆离别，踏上了各奔东西的归程。

战友联谊会分别那天，从每个战友的神态中分明看得出，大家都默默在心里说着同一句话：我们还会再见面的！

就在那次战友联谊会分别的一个月后，我就兑现了在联谊会上给大家的承诺，把那一册册散发着浓浓墨香的《中国人民解放军一五〇师师医院全国战友会纪念册》送到了每个重聚绵阳的战友手中。

它成了记载我们那段人生履历和战友情谊的永久性的纪念品！

第四章·故里情怀

六郎堤上的畅想

蔚蓝的天空上缀着白云朵朵，在万物复苏的春季，风儿吹在脸上暖暖的，艳丽的太阳放着金色的光芒，碧绿的田野一望无际，纵横交织的水渠、绿油油的麦田里，麦苗苗壮，刺儿菜、荠菜、烟苗、老菇蕫都嫩绿嫩绿的，从松软的地里钻出来，赶趟儿似的使着劲儿地往上生长着……

这个时节，正是村里孩子们下地剜菜的时候。只要到了星期六、星期天，我就同往常一样，不再背着书包去学校里念书，而是背起放在院门后的那个用柳条编织而成的新筐，抓起那把插在墙缝里稍有些钝锈的镰头（镰头，比镰刀体型短，有的镰把儿也是铁质的，和镰刀连在一起，人们为了便于用力和不磨手，在镰把上缠些麻绳或线绳），放在筐里。我一边哼唱着小调，一边往田野里走去。

这是一段珍藏在我脑海里的永远也抹不掉的童年记忆。

剜菜，是 20 世纪六七十年代我国北方农村，尤其是冀中平原一带中小学生在上学之余所做的一项劳动。这项劳动同割草类似，只不过季节不同。剜菜，大都在春季，割草则是在夏秋时节。当时正是人民公社时期，生产大队里的社员群众家家户户都靠下地参加集体生产劳动来挣工分，队里的工分是按照每个社员的出勤情况来统计的，每天分早晨、上午和下午，每月一公布，年底决算，根据生产小队的农作物产量高低，核算出分值标准，然后再根据统一的标准和各家各户的工分数，来计算分粮、款的多少。一年下来，人口多、劳力多的人家钱粮就分得多，成了队里的欠支户，也就是队上欠这家的钱，要支付给这家；如果这家夫妻俩上有老下有小，年底决算，一年所挣的工分不够支付队里分给他家的粮食及各项摊派款，这家就成了超支户，还欠下了队里粮食款

74

及各项待摊费用。这样，就促使这样的人家想其他办法来还清队里的欠款，并补贴家用。在当时，一个很普遍的办法就是养猪、养羊，猪羊的饲料怎么解决呢？秋后和冬天便打发家里的孩子把猪羊轰出去放牧，回来后再给猪喂干草细末，先用开水浇熟，再拌上些麸皮和人吃剩的馒饽饽和泔水汤；春夏季节则靠家里的孩子剜菜以及用泔水拌麸皮。割草，一般是在夏秋时节，一来喂羊，二来剩下的晒干垛起来，到秋后粉碎喂猪。

剜菜、割草，是孩子们上学之外的一项主要劳动，也是春夏秋季农田里的一道风景线。

又是一个星期天的上午，我从家里背上筐，带着镰头，出村东头的一条小路直奔妇女河而去，顺着妇女河，一边在河下面的麦田里找寻着剜菜，一边向南面的六郎堤走去。快要到中午时分了，我的筐里剜了满满一筐头青菜，此时，我带着完成剜菜任务后的成就感，放下筐头，缓步走上六郎堤，去完成我的第二个心愿。

我的第二个心愿是，每次剜菜装满筐头之后，都要走上河堤，举目远眺。河堤两侧生长着柳树和白杨树，南坡的杨柳与北坡的不同，由于靠着河水树下泥土软的缘故，一棵棵杨柳的身子都一边倒似的向河水倾斜着……每次欣赏起远处四野的自然风光，总有一种"寥廓江天万里霜"的感受。随后我便收回目光，望着脚下中亭河里蓝天白云的倒影和潺潺流水发呆，不远处，有一处处用苇箔围成的捕鱼用的稀疏的篱笆围墙，这是一幅典型的水乡捕鱼景观。

我爱家乡，这里曾经是宋辽时期一代抗辽名将杨六郎镇守三关之所，尽管历史久远，黯淡了刀光剑影，也远去了鼓角争鸣，然而，霸州人民为了纪念这位抗敌报国的名将，以他的名字为大堤命名，以褒扬其不朽精神。沿河东望，昔日的东淀风光旖旎，荷塘、蒹葭如星罗棋布，散见于古老辽阔的平原水乡；风荷、晚渡是人间天堂的胜迹，"胜水荷香"是康、乾二帝南巡时的赏悦题赋；村寨、堤河记述着戍边争战的传奇故事……

在这方古老的神州沃土上，一代代英雄豪杰吸收着肥厚沃土的包容坚毅，熏染着泱泱水域的聪慧灵秀，蕴涵着华夏民族威武不屈、贫贱不移、富贵不淫的忠魂傲骨。文能安邦的骚人墨客满腹经纶，武能定国的侠客义士报国忠君。

在历史的星空，人们眼前依然浮现着一个个鲜活的面容：郝经、刘豹、邢行、杜英的建功立业；王遴、张恕、蔡欢、樊忠的青史留名；在天津创业起家的"津门八家"声名鹊起，众多的丹青国手在宫廷因绝技成名。辉煌显赫的名讳如群星般璀璨，历朝历代杰出的代表在华夏称雄！信安的明月，曾见证了一介孤臣于民族危亡之际"留取丹心照汗青"的忠贞；齐会的凄风，至今仍呜咽着一代抗日名将"出师未捷身先死"的遗恨。历任过工、刑、礼、户、吏五部尚书的郝惟讷，笏板堆满了居室的床榻；崔廷绶的书法，得到过乾隆的赞誉："其形似鬼，其神似铁，前人无有，后人难学。"他的"两间正气"题字因此被锦纱装饰起来。有着"皇帝参谋"美誉的吴邦庆兴利除弊，功绩显赫；被誉为"国家础石"的边宝泉舍生取义，参与维新；一代国学大师高步瀛学识渊博，在文化界影响巨大；著名京剧表演艺术家李少春独步生行，在戏剧舞台上异彩纷呈……

远处，哦！就是那里，在老堤村南连通霸州与文安的高架桥处，就是霸州古代著名的"益津八景"之一的"老堤晚渡"……这方霸州西南的边陲宝地，乃是人杰地灵之所在。

古代先贤已经万古流芳，青史垂名。

"我能否由此迈上自己的成功之路？"

"不管怎样，我也要学习古代先贤，成为益津故郡新一代的精英！"

似乎，这种联翩的思绪，与一个十几岁的少年不相匹配，然而，这种年复一年、日积月累的人生思考，促进了我思维的早熟。

到大堤上观瞻家乡美景，思考如何有一个不平凡的人生，这一习惯被我延续了很久，直到后来中学毕业到县医院上班、回村当上赤脚医生以及参军以后才终止。

若干年后，我从部队上复员回家，开起了个体门诊，后来到乡卫生院上班，都因医务繁忙没能再次登堤远望遐思。直到后来，我与人创办起类风湿医院，忽然有一天想到，好长时间没去六郎堤了，于是，临时动议驱车前往……

业精于勤，行成于思。自古英雄出少年，扎根心头多年的志向终于实现了！我虽不是什么英雄，却也是个事业上的成功者，注视着前面不远的六郎堤，心里默默地说。

我有一种故地重游的感觉，心说：久违了！我少年时的六郎堤。

这是 1992 年 12 月中旬的一天，我沿着妇女河畔，沿着我少年时期那些发黄了的记忆，一直驱车南行，来到了妇女河的尽头。

前面就是我曾屡屡顾盼过的六郎堤。

我先是停下车，走向妇女河尽头那座已经废弃多年的妇女闸。

踩着妇女河坡上干枯衰败的杂草和落叶，我缓步走到河底，来到那座妇女闸前，那块镶嵌在闸上方的白石上面，字迹依稀可见：

　　　　城关镇、老堤乡、岔河集乡

　　　　　　五一妇女闸

　　　　　　　　　　一九五八年五月建

看到这座依然健在的妇女闸，不禁油然生出许多感慨。闸身上的蓝砖已经被碱气剥蚀了大半，三孔闸洞已经被淤泥和土埋没了许多，整个闸身一副饱经沧桑的样子。它承载了 34 年的风风雨雨，承载了一次次政治运动洗礼的农村兴衰史。它是霸州西部农村 34 年来巨大变迁的见证者！

它太沉重、太劳累了！

带着一种恋恋不舍的心境，我感慨万端地离开妇女闸，向河坡走。蓦然回首，妇女闸依然沉静地立在那里，它是那么凝重！

爬上河坡，我走近六郎堤，眼前那河、那堤是那么熟悉！

映入眼帘的景观与 20 年前的印象重合了，我不由得感慨道：我又回来了！来看你们，来告诉你们——我成功啦！

我由一个农村孩子、一个中小学生、一个乡村医生、一名解放军医院卫生班班长、一名乡卫生院医生，成长为一个县级市类风湿医院和专科医院院长，一名全国中西医结合风湿病防治联盟副主席，多次应邀参加国内外风湿类疾病学术研究会议，在国家级权威刊物上发表多篇专业学术论文，并获得省级和国家级奖项，1994 年拿下了卫生部颁发的医师资格证书，2008 年又拿下了卫生部和人事部颁发的副主任医师（副教授级）证。

2009 年年底前的一天，我又来到六郎堤前，然而，这堤、这河已经面目全非，唯有妇女闸仍然屹立在那里，似乎在向人们讲述着这里半个世纪的沧桑历史。

不管多少年以后，它在我心中永远是我少年时期的那幅景观，它永远地定格在了我的脑海中。

啊！永远的六郎堤。

难忘的最后一课

1976 年 11 月的一天，霸县赤脚医生培训班结业典礼大会正在进行中。我被评为"三好学生"并取得第一名的优异成绩，胸前戴着大红花走向领奖台……

我作为学员代表心情激动地发言道：

"各位领导、各位老师、同学们！

"今天我们在这里举行霸县赤脚医生培训班结业典礼大会。

"这是一个大喜的日子，也是我们即将和县医院老师们分别的日子，此刻，我和其他同学的心情一样，格外激动，我们即将奔赴农村，回到我们自己的故土，回到生养了我们的家乡去，回到三大革命的战场上去，回到火热的农村第一线去，接受贫下中农的再教育，去接受广阔天地的培养和锻炼。同时，我们的心情也很沉重，因为从今天起，我们就要离开培养了我们的县医院的老师们，说心里话，真的是恋恋不舍！因为给我们授课的医生既是我们的恩师，给予了我们良好的教育，又是我们生活上的慈母，给予了我们无微不至的关怀与照顾！这使得我们的学习取得了优秀的成绩。

"这些成绩的取得，是县委、县卫生局、县医院领导和医院老师们辛勤培育的结果，也是我们努力的结果，是我们刻苦学习所付出的辛勤汗水的结晶。这些成绩首先应该归功于党，这是毛主席无产阶级革命卫生路线的胜利！还应该归功于县委、县卫生局和县医院领导，这是你们认真贯彻执行毛主席无产阶级教育路线，为无产阶级铁打江山培养造就又红又专革命事业红色接班人所取得的丰硕成果！这些成绩已经变成了过去，变成了历史！……毛主席教导我们说：'农村是一个广阔的天地，在那里是可以大有作为的。'我们将要奔赴三大革命的战场！无产阶级革命卫生事业的将来要靠我们去创造！将来的一切要看谁为卫生战线再创辉煌。比将来的成绩，当将来的模范，当将来的英雄！"

"哗——"我的发言赢得在场的县委领导、县卫生局领导和老师同学们热烈的掌声。

接着，由卫生局副局长兼荣誉校长作总结发言：

"同学们！县办的赤脚医生培训班今天就要胜利结束了。这次学习班达到了预期的效果，不，比预期的效果还要好！由于同学们和老师的共同努力，在县里抽考时各科的平均分数为 89.6 分，结业考试的成绩全班各科的平均成绩为 91.87 分（百分制）。这是个了不起的成绩！不但如此，在实际技术操作和运用上也取得可喜的成绩，有的同学能直接参与腹部大手术，有的能直接进行疝气修补术、阑尾摘除术等，一般都能正确诊断和处理内外科各种常见病和多发病。特别是王英同学，不但各科成绩均为第一，他还能运用中西两法治疗疑难杂症。今天学习班就要结业了，回去后，大家要把所学的知识运用到实践中去，去解决人民的疾苦。记住：大家要有创新精神、艰苦奋斗的精神，要继续向书本要知识，向群众学习，干出成绩来！"

大会在热烈的气氛中结束了，同学们互相握手，互赠纪念品……留恋之情使同学们热泪盈眶，依依难舍。

我背起了行李，左手握着陈老师的手，右手握着董局长的手，班长和全班同学都来送行，此时此刻，我只有用眼泪和老师同学道别，一句话也没说……许久，许久，我狠心地走了，我不忍心再回头看看老师和同学们……走吧，走吧……忘掉此时此刻。

那次县赤脚医生培训班令我终生难忘，结业典礼大会是我难忘的最后一课，因为是那次培训班以及我家学的渊源使我从此走上了赤脚医生的道路，又是那次结业典礼大会坚定了我扎根农村当一辈子赤脚医生的信念。回到家中，我仍然沉浸在激动的情绪之中。晚饭后，我回到自己的屋子里，心情难以平静，挥笔写出一首诗歌：

名师传授技能高，融会中西通大道。

学海茫茫遥无际，驾驭医舟甚逍遥。

乘风破浪战鲨鱼，避开孤岛和暗礁。

掌正航向勇向前，迎来岸上红旗飘。

从培训班学习回来的第二天，我就去村合作医疗站上班了，成了当时一个名副其实的"红雨"。

三月盛开的桃花映红了岔河集，从远处眺望就像一片红彤彤的彩云，映衬着生我养我的村庄。习习春风下桃红柳绿，姹紫嫣红。人们也陆续换上夹衣或单衣，走到野外去领略春天的美景，沐浴春天的阳光……

忽然，从西北方向刮来了大风。据气象部门预报："西伯利亚一股较强冷空气南下，经过内蒙古等地，在未来两天将影响我省。受强冷气流影响，我省大部分地区将出现降温和雨雪天气，有关单位须做好防寒准备。"

骤然的天气变化使岔河集像是回到了寒冷的冬天，一夜之间万物穿上了雪白色的服装，娇嫩美丽的桃花经不起严寒猝不及防的折磨，纷纷枯萎，整个岔河集显得格外萧条。气温的骤然下降，使很多人来不及更换衣服，患了风寒病……

岔河集合作医疗站门前排起了长长的病患队伍，我更是忙个不停，一会儿给病人诊脉、听诊、开处方，一会儿又给病人扎针……

诊治过程中有一个不成文的习惯，就是先急后缓，先远后近。凡是急性病优先处理，多用西药，凡是慢性病多用中药针灸；体质弱的如小儿、老人、孕妇优先看，须简单处理的先看，疑难杂症后看，远道而来的外大队、外乡的优先……总之灵活掌握，巧妙安排，最终使得病患者满意。

突然从远处传来声音："赶快救命，我孩子不行了！"声音越来越大，只见一个壮汉背上驮着一个小孩儿，小孩儿后边一妇女紧跟着，两人满头大汗边走边大声喊着，声音不但特大，而且带一种惊恐、悲哀和乞求的语调。他们很快到了诊所，我忙走上前去，细观其状，只见病孩儿面色苍白，呼吸微弱，呼之不应，触摸四肢冰凉，脉搏细微欲绝。我紧急处理，疾刺十宣、十二井还阳九针等急救穴……经过紧张抢救，病孩儿渐渐苏醒过来了，可是不一会儿病孩儿就喊头痛，接着便喷泉似的呕吐不止，烦躁不安……渐渐又进入昏迷状态。

经过仔细检查，初步诊断为流脑（脑膜脑炎型），病情十分凶险。我把病情简单向病人家属说明了情况，并且说明后果的严重性，要求立即转院治疗。病孩爹娘说什么也不肯转院，我急得直冒汗，反复说明病情的严重性，而且说明本诊所没有抢救条件，请家属谅解。正说着话，只听"扑通"一声病孩儿妈妈跪下了，接着病孩儿爸爸也跪下了。

"你如果不给孩子治疗，我们就跪在这里不起了，只要你给孩子治疗，孩子死活不找你，治好了咱大家都欢喜，治不好该她命短。我们对天盟誓，凭天地良心，我们不会怪你。"我这时急得像热锅上的蚂蚁来回转，急忙上前拉他们起来。这时围观的人越来越多了。这个说："不给治吧，这么急，走都来不及了，说不定走不到医院人就没啦！"那个说："这么危险，赶快送大医院，这里治不了，要出人命的……"众人议论纷纷。病孩儿她爸爸说："离大医院太远，走在路上就没命了，倒不如你给治疗治疗或许有一线生机。"我实在想不出好办法能说服病家转院，只好答应临时给观察治疗，一旦病情好转，还是要转院治疗。这时病孩儿的爸爸妈妈才站起身来，我随即开了处方。

夜渐渐深了下来，我守候在病孩儿的床边，一会儿摸摸脉，一会儿听听呼吸心跳，一会儿量量体温，一会儿测测血压，不断地检查着生命三大体征，一刻也不敢怠慢。夜静得吓人，只能听见钟表发出的嘀嗒声，我的心情却很不平静，像万马奔腾，又像汹涌澎湃的波涛不断翻滚，这是一场激烈的苦战，也是一场严峻的考验，是人命关天的大事……天大的风险我已经承担下来，只能有必胜的信心，但有时也有坏的念头：病孩儿没命了。每当坏的念头产生，哪怕是一瞬间，我便出一身冷汗……我坐不住了，转身去开抽屉，翻阅上学时有关流脑的笔记。我左翻右翻，流脑笔记就那么一点点，我怪老师讲得太少，又恨自己记得太少……我想把笔记的一字一句吃到肚子里，溶化到自己的血液里……我又去翻书，关于流脑的章节，我仔细地看着，慢慢地咀嚼着，我发现写书的人很草率，把流脑写得这么简单，我对写书的人产生了怀疑，甚至开始怪写书的人……后来我终于醒悟了，彻底懂得一个道理：书到用时方恨少。当当当，三下钟声响过，我又给病孩儿检查一遍，一切尚能维持。我走出医院大门，深深地吸了一口气，打了一个哈欠，在门外踱来踱去，我抬头仰望蓝天，感到天是那样混沌，宇宙是那样深奥莫测，我向北望忽然看到北极星和大熊星座，脑子里灵光一闪，感悟到宇宙虽然无限大，但还是有规律可循的，我联想到医学，联想到医者的探索……联想到自己怎样在医学大道上一路探索，怎样在行医的过程中有所建树……我的头脑越来越清醒了。

经过五天五夜的抢救治疗，病孩儿终于清醒了过来，病人家属十分高兴，我感到无比欣慰，长长地吸了一口气，此时此刻感到身体特别疲倦，真想躺下来舒舒服服地酣睡一觉。可是现在不能，摆在面前的困难还有很多，虽然病孩清醒了，但体温仍然很高，总是在38.5℃左右，而且时时呼叫头疼，更困难的是诊所分配的计划药青霉素已用完，其他药也很紧缺，加上病孩儿仍未脱离危险期，我决定让病孩儿转院治疗，便对孩子父母说："孩子已清醒过来，算是好转些，但仍未脱离危险期，危险期大概是十天至十四天，本诊所药物紧缺，特别是上级分配的计划药青霉素已用光，请你们谅解，赶快到大医院去治疗，现在转院条件具备，不会在转院途中发生危险。"我很详细地给病孩儿爸爸妈妈说明了情况，希望他们谅解，迅速转到大医院去治疗。但是病孩儿爸爸妈妈见孩子病情大有好转，就更不愿意转院了，对我说："王英大夫，杀人杀个死，救人救个活。病人已好转，你又让我们转院干什么？天大的风险由我们担，孩子死活不怪你……你给我们继续治疗吧，缺的药我们到外地购买，你放心，缺什么药我们买什么，保证不缺孩子的药。"病孩儿父亲恳切地对我说。我又再三解释，但无论如何也说服不了病孩儿的爸妈。

我反复思索，本诊所一是缺药，二是缺少抢救条件，三是自己的技术低下，不可能承担此项重任，处理不好，仍然要出人命的，虽然现在病情好转，但极有可能出现反复……还是到大医院安全。我想来想去，便去找能够说服病孩儿爸爸妈妈的人了。

病孩儿姓木叫兰兰，是个女孩子，今年十二岁，父亲叫木林，母亲姓金名秀，木兰兰是他们的独生女儿，父母很是疼爱，视木兰兰为掌上明珠，这次生病可把夫妻俩吓坏了。木兰兰一家住在附近的马庄，木林夫妻俩对我深有了解，曾亲眼看到我治好过很多疑难杂症，所以坚信我能够救兰兰的命，经过我细心抢救和治疗，兰兰渐渐转危为安，所以更增加了他们对我的信任。这种信任是没有任何力量能阻断的，所以他们坚决要依靠我给孩子治病。

木林有个远房的四叔是个教书先生，写一笔好字，能说会道，通情达理，善于解决复杂疑难的纠纷，他叫木达通。木达通和木林的关系密切，而且木林很听木达通的话，木林凡是遇到重大事情总要向木达通请教，并按木老先生的指点办事。我来到木达通家，并向木老先生说明了木兰兰患病和治疗的情况，恳求木老先生说服木林夫妻俩，让他们迅速转院治疗，并说明这是万全之策。木老先生满口答应，表示说服他们转院不成问题，随即跟我来到医院。见到木林夫妻俩，他关切地问完孩子的病情后说道："兰兰患的是脑炎，又这么严重，王英虽医疗技术很好，但这里毕竟是小医院，没有抢救条件，同时还缺药，我劝你俩赶快把孩子送到大医院治疗，这是万全之策。我不是劝你们，而是一定要听我的话，快走，别耽误了，若没有钱，到我家去拿，一切困难我来帮你解决。"

"叔叔你老人家大老远来看孩子，又动员我们到大医院去治疗。这一切都是为我好，我们夫妻俩感谢您，我的老叔，以前许多重大的事都听您的话，办得很好，但这一次我不能听您的话，望您老不要见怪，别说我们不识好歹。只因我们对王英的信任，不是一般的信任，是特别的信任，从他给孩子治疗的过程中，我们看到他认真的态度，而且对医术精益求精，白天他给病人看病，一有空就到兰兰身边观察病情变化，夜间他守候在兰兰床边，除了检查观察之外就是翻书、翻笔记，为治疗兰兰的病，他稳重沉着、细致、热情，费尽了心血熬红了眼，我劝他休息他不肯……在他的精心治疗下，孩子从死亡的路上被拉了回来。"木林停了一下接着说，"这样的医生到哪里去找，大医院虽然有抢救的条件，药物齐全，可是不一定有这样负责的医生，而且他中西医技术是全面的。是的，我真不忍心看着王英这样辛苦这样累，可是为了我这宝贝女儿，也得求王英帮忙帮到底，至于缺的药物我来负责购买。"

经过木林一番谈话，木达通被说服了："那只有请王英大夫费心了！"

看来我实在推脱不了了，只好答应继续治疗。

经过半个月的精心治疗，木兰兰完全恢复了健康。80万单位的青霉素共用了145支，磺胺嘧啶用了218支，氯霉素0.25克用了118支，甘露醇用了8瓶，并服中药10剂，针刺11次，其他的抢救药、去热药、营养药未统计。

治好了兰兰的脑炎，我的名声大振，人们传说王英有起死回生之能，是上古扁鹊转世，很多疑难杂症接踵而来，我更加繁忙了。

一天中午，我正在吃午饭，忽听门外响起鸣笛声。领君（我的爱人）忙出门观看，只见门前停下一辆吉普车，随后司机下车问道："这是王大夫的家吗？"领君不知怎么回事儿忙问道："你是哪里来的？找哪个王大夫？"此时车上又下来一个60岁左右的妇女，一边下车一边说："我们是天津市来的，是慕名来找王英大夫看病的。"领君忙把他们领进屋，我忙放下碗筷，起身迎接。

经介绍得知，原来她是岔河集小学教师张永生的家属刘芳，家里距离天津市第一人民医院只有50米远，她身患多种疾病，苦不堪言，经大医院多方治疗，效果不佳，听说王先生医术特好，特前来求治。刘芳也是人民教师，现年58岁，因身体多病无力从教，只好提前退休在家养病。刘芳教龄有30多年，享受较高的待遇，医疗费可以报销95%。她已是桃李满天下，天津市第一人民医院就有她的三个学生，并且有两个搞内科的，在天津市医院也小有名气。所以刘芳老师治病很方便，但是几经治疗却效果不佳。

　　我接过刘芳老师的病历，只见厚厚的病历快要成一部书了，有天津市第一人民医院的，有天津市第二人民医院的，有天津市第三人民医院的，有天津市中医院的，有南京鼓楼医院的，有上海龙华医院的，还有各种包括肝功、肾功、血、尿、便、心电图、胸片等检查化验单。我仔细看着南京鼓楼医院的诊断，医生下了五个诊断：一、高血压；二、美尼尔氏综合征；三、慢性胃炎；四、肾盂肾炎；五、老年性关节炎。患者自述患晕眩病已20余年，每次发作感到天旋地转，并伴有呕吐头痛，开始血压正常，症状较轻，渐成加重趋势。近十年来面部浮肿，血压升高，每每眩晕发作，苦不堪言，有天塌地陷之势，呕吐不止，头不能抬，每次经治疗也只是取得暂时效果。观其人，面浮无华，形体肥壮，舌体胖大，淡嫩，苔厚滑腻，脉搏沉细无力，测血压165/110毫米汞柱，证属阴虚及阳，阴阳两虚，痰湿瘀阻，当以标证为主。痰湿血瘀是矛盾的主要方面，所谓急则治标，治疗采用祛湿化痰活血通络法，方取《金匮》中泽泻汤加味：泽泻30克，白术15克，老钩钩15克，益母草30克，泽兰30克，五剂。

　　二诊患者服药后，诸症大减，效不更方，原方继续服七剂……经服上方30剂，刘芳老师无任何不适感，浮肿消退，血压正常，纳食正常…后经天津市第二人民医院检查，一切正常。神奇的疗效使刘老师一家人感激不尽。大年初一，刘芳老师夫妻俩带着两个儿子坐汽车来拜访，他们请来了名角吹鼓手，吹着唢呐，敲锣打鼓，放着鞭炮，围着大队转了一圈，后来又来到大队部把一块巨大的匾额送到大队书记面前。上面写着"赠给王英大夫　华佗再世"几个大字，金光闪闪，耀眼夺目。

　　大队书记笑嘻嘻地接过匾额。刘芳老师说："谢谢你们为我们培养了医德高尚、医术高超的王英大夫，为我治好了多年不愈的高血压等五样顽疾……"大队书记带领大队支部等一班人，亲自来到大队卫生室，把这块匾额挂在卫生室正中的位置。"华佗再世"四个大字金光闪闪，使卫生室增加了光辉。

　　此后，我的名声在天津市传开了，经常有轿车来接我治疗疑难杂症，效果总是很理想，药到病除。不但如此，刘芳老师把此方传授出去，治疗好不少高血压病患者，当然，这是后话。

我们大队周围所有村庄，把我说成了传奇人物，现实中的神话人物。"王英真神。王英的眼睛是一台微妙的透视机，只要经他一看，便知你五脏六腑哪个脏腑有毛病，也不要透视，也不要化验，保准，什么大医院的专家，什么教授，也没有王英本领大……我也听过书，传说古代扁鹊、华佗、孙思邈等大医学家本领神奇，那毕竟是古代，是传说，今天王英神奇的本领是我们亲眼所见，是真人真事……"刘大叔正津津有味一本正经地向几个老汉演说着，好像在说书场上说书似的，说得出神入化。王老汉插嘴道："王英不是凡人，从小上学就出奇的聪明，自从当了医生救人无数，他准是天上星星下凡来拯救世人的……"

神奇的传说还得从一张普通的肝功能化验单说起。事情是这样的：一年前的一天，我刚刚吃完早饭来到卫生室门前，门口早已挤满了人，本村的靖文忠带着他 18 岁的儿子靖如水排了第一号。"王英，快给你小侄子看看病，大队 10 点还要召开生产队长会，我得参加。"我仔细观察靖如水的病情：面部浮肿，两眼较深，面色微黄，舌胖大，边有紫气，苔白黄相间，偏左较甚，纳差脘痞，大便稀溏，一日 2～3 次，小便微黄，周身倦怠不适，不咳不喘不发热，脉沉弦，左盛于右。起病已有一周多。

我思考良久，诚恳地对靖文忠说："我诊断小侄患的是肝炎病，请你到大医院检查确诊，别耽误小侄子的病。"

"既然你确诊是肝炎就照肝炎给治疗就是了。"靖文忠恳切要求。

"不是我不给你治，考虑小侄的病是肝炎而且是慢性的，不是一朝一夕就能治好的，为了慎重起见，还是要检查，治疗也好有依据。"我停顿一下说。"我给你写封信，我本家叔叔叫王作文，是北京医科大学（六年制）毕业的，曾留校三年，他现在天津市传染病院，是肝炎病区的主任，是治肝炎的权威人士，让他给小侄检查确诊一下，给查查肝功能就行了……"我一边说一边写信交给靖文忠。

三天以后，靖文忠带着儿子靖如水来到诊所，他把带孩子到天津市传染病院看病的情况向我述说了一遍。"王作文见了你的信，很热情地接待了我们，家乡人的情感很浓，他仔细看了一遍我儿的情况，我又把病情简单地介绍一遍。他没有开肝功能单，只给开查小便和查血常规的单子，他亲自带我们去检查的。不多一会儿，化验单子出来了，王作文说：'血和尿都很正常，你们回去吧，对王英说没什么。'他还说回去后对王英说，以后凡看颜面浮肿的病号，首先要考虑急性肾炎。他还说，下行性水肿是急性肾炎的特征，到家让王英给挂五天青霉素就可以了……他说话很果断，好像没有一点儿疑问。"

我无可奈何地说："恐怕还是肝炎病吧？！"我无可奈何地给靖如水挂了五天青霉素，五天之后病情没有进展，一个月过去了，病情有增无减，面浮未退，胃脘不适已然，常波及胁肋，舌苔厚腻，脉弦滑……靖文忠述说："一月当中曾三次找到王作文，他说得很果断，这孩子不是什么肝炎，恐怕还是肾炎的可能性大，以后随着病情的发展会查出肾的毛病的……"

我反复思索，作为北京医大毕业的高才生，一个临床经验十分丰富的高级专家教授，所说的话有一定权威性的，所谓权威性是长期准确判断的结果，为什么王作文总是判断为肾炎，而不怀疑是肝炎呢？可能颜面浮肿多数是肾炎早期的特征……但是经过反复推敲，我仍判断靖如水患的是肝炎。于是我对靖文忠说："我判断小侄患的一定是肝炎，不是肾炎，你到别的大医院去检查，我给你写个条子你直接检查肝功能就是了，查出结果再来找我。"

两天以后，肝功报告出来了，谷丙转氨酶、谷草转氨酶均明显高于正常值数倍，硫酸锌浊度、麝香草酚浊度均升高，黄疸指数正常，大医院诊断：慢性无黄疸肝炎。最后经我用中西法治疗三个月，患者康复如初，复查肝功能一切正常。西医用支持疗法，主要是能量合剂；中医采用健脾疏肝活血利湿法，主要药物有黄芪、太子参、焦白术、云苓、柴胡、赤白芍、枳壳、半夏、青陈皮、丹参、玉金、焦楂、茵陈、蛇舌草、落得打等。

从此以后，群众中间便传开了，把我说成了神话人物。一传十，十传百，方圆几十里至方圆几百里都知道了我这个神奇人物。

一天下午，我刚上班便接到一封信，打开信后我大吃一惊。信中提到一些严肃的问题，并对这些问题严加批评，好像我犯了很大错误似的……原来这封信来自廊坊师范大学，是好同学树仁堂写的。他在廊坊师范大学任教，关于我的好多传奇故事，好多神话般的传说，使树仁堂坐立不安，他并不是嫉妒好朋友的才干，而是怕群众把我当作神人，把他的好友架得晕头转向，骄傲自满起来，妨碍我进步。我们是患难与共的好友，亲密无间的同窗，特别是之前我患肺结核，树仁堂曾不顾自己的安危把我送回家，我把树仁堂当成救命恩人，树仁堂对我实在是太重要了，他的话对我来说真是一字千钧。接信后我反复看了几十遍，深深理解他的心情，全是为自己好。

于是我写了一封长长的信，一方面对树仁堂表示感谢，另一方面解释人们把我传为神话的事实经过："……至于为什么我能够超过专家的技术，做出如此正确的诊断，老哥我给你解释清楚，完全是靠科学的，靠真实的第一手病号资料……说穿了并不神秘。靖文忠家有三个女孩子，一个男孩子，大女儿靖梅15岁患病，开始也是面部浮肿，胃脘不适，半年未治疗，后周身浮肿并逐渐加重，后来到天津市第一人民医院住院治疗，医院诊断为肾病综合征，经利水保肾消炎治疗，病情临时好转出院，以后又发作，又到天津市第一人民医院看病，接诊专家领着一群实习医生给他们讲解，说什么这是一例典型的肾病综合征，典型的三高一低症状……没有多长时间，幼小的生命便离开了人间。隔了不长时间，靖文忠的三女儿靖秀也患了病，开始也是面部先肿，胃脘不适，食欲缺乏，小便微黄，开始到天津市第四人民医院检查治疗，医生说可能是肾炎，但未确诊，经治疗未见好且病情逐渐加重，腹部肿大，又到天津市第四医院检查治疗，医生以为是营养不良性浮肿，最后经治疗无效而死亡。到靖文忠儿子患此病时，据靖文忠介绍，早期症状基本和前两个女儿相似。因此我经过反复思考认为：同一个家庭竟出现三个相同症状的病人，患者一定患的是同一种传染病，结合临床症状，所以我比较有把握诊断是慢性传染性肝炎。老大哥，我是通过对病史的搜集和细致的分析才战胜专家教授的诊断，不明真相的人便把我说成神人，甚至说我有透视机的本领。

"老哥，人固有自知之明，我知道我的医学知识很淡薄，应当很好地向书本学习，向一切人（包括病人）学习，特别是向老专家、老教授学习，请您放心，我绝不会因此而产生骄傲情绪，也没有骄傲的本钱……"

秋天的阳光，像黄金似的撒满了大地，高粱红了，谷子也黄了，到处是一片金色的海洋。秋天的阳光，照亮了农民的心，浇洒和滋润了他们的心田，一个个面孔乐滋滋地享受着丰收的喜悦。秋天的黄昏来得很快，还没等田野上的水汽消散，太阳就落进了西山，于是田野中的风带着浓厚的凉意，驱赶着白色雾气，向远处激荡。天空的阴影，更快地倒压在村庄上，阴影越来越浓，渐渐和夜色混为一体，但不久又被月光染成了银灰色。立秋时节已经过去，秋收逐渐开始了。

我上午在卫生室忙到12点多，下午到村南割谷子。谷子长势喜人，齐腰深的谷秆上挂着狗尾巴草似的穗子，谷粒很饱满，穗子沉甸甸的，把谷秆压得弯了腰。成片的谷子被微风吹着，像是在跳摇摆舞似的，迎接着主人的到来。我看着一片金黄色的谷子，心里乐滋滋的，舞起镰刀，进入战斗状态，心想必须赶快收完，卫生室还在等着我呢。一亩多谷子很快被我收割完毕，累得我头晕眼花，走在回家的路上，只想着赶快到家，倒在床上痛痛快快地睡一觉。

突然从后边传来声音："王英，快救救我儿子吧！我儿子不行了！"

我猛回头一看，原来是本家远房的大姐王洪英。

"大姐怎么这样惊慌？出什么事啦？"

"到家你就知道了，别说什么了……"王洪英拉着我急促地走着。我们很快到了王洪英家，在微弱的灯光下，只见病人卧在床上，身上盖着厚厚的被子，上面发出蒸笼似的热气，不时可听到微弱的呻吟声。观其人：面黄肌瘦，热气蒸腾。诊脉：大而缓，舌红苔黄厚乏津。听诊：两肺呼吸音粗，未闻及湿啰音，腹部平软，少腹压痛明显……

当问及二便时，王洪英没有搭话，起身拉着我往厕所走去，在手电筒光线的照射下，看到一大片暗红色液体。"这是我儿刚才解的大便。"王洪英指着那片暗红色液体说。随后她把病情简单叙述了一遍，"孩子起病大概有一个月时间了，开始时发热到公社医院找某大夫看过，以为是扁桃体炎，经用青霉素打针挂水，发热暂停后复起，体温总是在 38.5℃至 39℃之间徘徊，后又转某医院住院治疗，以发热待查收容住院，住十余天热仍未退，并增下腹痛。医生怀疑腹中有蛔虫，经给驱虫药服下驱虫后腹疼加重。没办法，只好把孩子接到家中，又请来神婆，神婆说他得罪了胡三毛大仙，遂上供烧香许愿，正摆香案叩头之时，忽然儿子腹疼加重，遂到厕所解下此物。神婆说：'不要惊慌，是解下的苏木水，以后就好了……'我们将信将疑，特请来小弟你来给诊断诊断。"

我又给患者测了体温，体温为 40.2℃，综观病情，发热月余几经治疗仍未退，而且体温很高，汗出热不退，舌红苔黄厚，脉大而缓，表情淡漠，肠道下血……当属湿热病（气血两亏型），类似肠伤寒病。经过反复推敲认为当属此病无疑。我对家人说："这是温病肠道出血。必须送大医院抢救！否则将会有生命危险。"说完转身就要走。王洪英急忙上前拉着我说："王英你不能走，你救救我儿子，你一定有办法，黑天半夜的，你让我们往哪里去呢？"说着说着，"扑通"一声跪倒在地，接着姐夫也跪下了："你若不答应，我们就不起来。"我无奈只好答应给治治看看，把他俩拉了起来。

这时夜已渐渐深了，我打了个寒战，抖抖精神。我考虑，当务之急以止血为先，用西药不如中药，中药夜间无法到药店取，只好就地取材，取水牛角三两，血余炭二两（剪掉家人头发烧炭），棕炭二两（用棕绳烧炭），侧柏炭一两（柏叶烧炭），百草霜二两（锅底灰冲服），炮姜二两（干姜烧成炭），煎成两大碗频频服下，一夜 10 余次。服药后，下血渐止，腹痛渐止，精神好转，但体温仍在 39.5℃左右徘徊。第二天，我建议到大医院检查肥达氏反应，可是正值星期日不查此项。我给继续治疗，诊脉：脉缓大而稍有力，舌苔黄厚，口干渴而不多饮，大汗出而热不退，湿热之邪仍稽留在气分，有是证用药当用清气燥湿法，而患者体质极虚当补其气，考虑再三遂处方：苍术白虎汤加人参主之，苍术12克，石膏100克，知母12克，人参10克，甘草10克，粳米30克，煎之二剂频频服下。第三天用担架抬着病人进城，带着煎煮的中药水，中途不断服下，到市人民医院检查肥达氏反应后定为肠伤寒，令病人住院治疗。此时病人热退身凉，精神尚可，能食点稀粥。此时王洪英夫妻俩不同意再住院治疗。理由是："我儿这病这么重，经王英二剂药服下，出现奇特效果，下血已止，高热已退，精神好转，转危为安，回家以后再让王英继续治疗就好了。"

后经我用中药调理半月余，病孩儿康复如初，病孩儿和亲朋好友皆大欢喜。

第一次结拜

复员回家不久，我就对自己的未来有了一个充满希望的规划，经过和家人、亲属商议，准备在村里开一个自己的门诊，当一个名副其实的现代的"红雨"。我先是租房、打药橱，再就是购进药品，一切准备就绪，门诊开张日期选定在 1985 年阴历二月二龙抬头这天。

如同小鸟最初飞向天空时有一种恐惧感，害怕自己羽翼未丰难抵风浪一样，开门诊之前，我也曾感觉自己没有实力，担心是否能驾驭得了，会不会有人来找自己看病？门诊开张后的情况却大大出乎了我的意料，方圆十里的病患者纷纷慕名前来，平时每天看六七十个病人，最多时达 120 人。

我村的张立华就是其中的一个。他小名叫春巨，1952 年生，大我 6 岁，家里有个年迈的母亲常年患病，在我当兵前他就结了婚。他的妻子患有习惯性流产，我在村里当赤脚医生那会儿，常到他家里给她诊治打黄体酮注射液，最后治好了病症，保住了他家的小儿子。我当兵要走那会儿，他难过地哭了。

听说我从部队上复员回来，准备自己开个门诊，他特别高兴。那会儿他在村里街上开了一家"五常商店"，因为他家的商店与我的门诊离得很近，就一天天"长"在我那儿，商店由别人看管。我俩无话不说，感情融洽，就像亲哥儿俩似的。有一天，他突然跟我提出要跟我拜干哥们儿，我起初不愿意，我一天到晚要给病人看病，关门后临睡前还要看医学方面的书，研究医学理论，给自己"充电"，所以感觉没有闲心也分不出其他精力来再去走动干哥们儿这层关系。那天我只是付之一笑，没说行，也没说不行。没过两天，他又跟我说起这事儿。我想想说，"拜干哥们儿得仨人儿呀，没听说过《三国演义》上的刘、关、张'桃园三结义'吗？得仨人，就咱俩孤单点。"我那意思还是把他打发走算了，不想搞拜把子那一套，毛主席也曾经说过，共产党不兴拜把子、拉山头、搞宗派那一套，拜了就得当亲戚走动，走动不好还不如老乡亲近呢。谁知张立华还真的上了心，几天后他又来找我，说他又找了徐爱华，徐爱华愿意跟我俩结拜。这个张立华，真拿他没办法，我当时感到，拜盟兄弟这事儿是非拜不可，没有退路了。

徐爱华，小名叫徐老羊，1955年出生，大我三岁，当过兵，在部队上给首长开小车，复员回家后，成了村支书的专职司机。那时，我们村的副业搞得非常好，村里先后办起了京南大修厂、方便面厂、机房设备厂、彩印厂和碳素厂等好几摊村办企业，村里光小车就有三辆。村支书是村里副业的总头，有辆专车，是瑞典产的沃尔沃，虽是旧车，但在当时的岔河集乡里也是首屈一指的。

张立华到底把我们三人结拜的事儿给张罗成了。一天晚上，我们仨在徐老羊家吃饭喝酒。酒过三巡，菜过五味，借着酒劲儿，情绪来了，该说正事儿了。

"开始结拜！"张立华叫上徐老羊和我去了徐家东头那个单间屋里，他先跪了下去，同时对我们俩压低嗓门儿说了声"跪下"。

"看我。"张立华说，"我说一句，你们跟着说一句，说完了，咱仨冲北磕仨头，就算拜完了。听清楚没有？"

"听清楚了。"

"听清楚了。"

我和徐老羊先后说道。

张立华先挺直腰杆，做了个抱拳作揖的手势，说道：

"（我们仨）不是同年同月同日生……"

"不是同年同月同日生……"

"但愿同年同月同日死！"

"……但愿同年同月同日死！"

我俩齐声低低地说道。

"行啦！"张立华说道，"随着我——磕头！"

我们三人就在那天晚上悄悄举行了结拜仪式。按照年龄大小，张立华最大，是大哥；徐老羊是二哥；我最小，是他们俩的三弟。

平生第一次结拜，就在那天晚上借着酒劲儿稀里糊涂地完成了。日期是1986年10月26日。记得当时是秋后，地里刚种完麦子。

当时我们的"岔河集徐宅三结义"，现在想来是很单纯、纯朴的，是无意识地传承了中华民族团结联合的优良传统，以后的交往也证实了这一点。我们之间有的只是坦诚的相助和无私真挚的往来，与后来社会上流行的出于某种政治目的或个人需求，以互相利用为目的而沆瀣一气地拉山头、搞宗派式的拜把子是两股道上跑的车，走的不是一条路。当时作为农村青年，我们的结拜是质朴的、单纯的，我尊称他们为大哥、二哥，他们爱称我为兄弟，结拜后，逢年过节在一起聚一聚，三家之间有事情互相帮衬，缔结成一种近乎村里一般乡亲的关系，这种人与人之间的密切关系，诠释了我们民族传统的"和"文化，它使我们三人看到了彼此所应履行的一种互助的责任。

看似简单的结拜据说缘于汉末三国时期的"桃园三结义"，随着历史的推移，这种"联合"的要义，又被派生出各个层面的新内容。人与人、单位与单位、团体与团体、地区与地区，甚至国与国之间也会结盟与联合，古老民族的传统文化影响着一个国家、社会的发展与进步，这种古老的结拜意识，又与时俱进地以经济利益共同体抑或是战略伙伴关系的形式，对世界产生了积极影响。

当结拜作为一种民族文化现象被认同之后，它会以一种令人难以想象的穿透力去施加影响，因为任何一种文化及其文化现象，当它在一个国家出现以后，通过与别国以外交的或文化的交流形式扩散后，它就变得再也没有国籍和国界，变成了人类社会共同的财富。

抚今追昔，结拜对于我来说丰富了我的人生，它让我看到了对别人所应有的一种助人为乐的广义上的责任，它净化了我的心灵，同时也使我在我的两个盟兄身上学到了不少东西，使我一直保持着农村的家乡观念，不断对我的盟兄以至对我的家乡予以不同方式的资助与奉献。衣锦还乡之后，自然是要造福乡里。

赠人玫瑰，手留遗香。结拜之后"和"的理念植入，加上引申的"助"的概念，那种实际意义上的"给予"也就是"付"（付出），改写了一个人的人生，提升了一个人自身及其对社会的价值。

人生角色的转换

常说，人生如戏。

一出戏里的演员，分别扮演着各种不同的角色，按其行当分，有生、旦、净、末、丑；从其称谓、身份看，有皇帝、大臣、男女老幼、父母子女等。戏里那些角色所反映和代表的就是实际的人生，因为戏剧作为一种艺术形式来自人的实际生活。

在人生这出大戏中，我也经历了幼年、童年、青年和中年，以后还要步入老年。我所扮演的"角色"先后有娃娃、小学生、中学生、赤脚医生、解放军战士、卫生班班长、村医、乡医院主治大夫、专科主任医师、类风湿医院院长、专科医院院长、全国类风湿医学专家代表、政协委员、政协卫生组组长、全国类风湿疾病防治联盟副主席以及儿子、丈夫、父亲，等等。

在"扮演"了娃娃、学生、赤脚医生、解放军战士、军医院卫生班班长等角色之后，我作为一名光荣的人民解放军退伍战士复员回乡，又成为一个村医。我对于自己的角色从解放军战士变成一个村医，突然感到适应不了，这种角色的转变，给我带来了好长一段时间的心理落差和不平衡。

这种转变的结果首先是在家庭中上演了一幕爱恨情仇的戏。每天回到家中都发现，自己还是穿着那身笔挺的绿军服，但是已经没有了领章和帽徽；离开了火热的军营，朝朝暮暮出入于自家院落；每天见到的是生我养我的父母和明媒正娶的妻子，尽管她很贤惠、朴实，但想到自己以后就只能面对这个必须属于自己的"农村女人"，便更加怀念退伍前那片"静静的白鹤林"。因此，稍不如意，我就开始闹脾气，因为一点鸡毛蒜皮的小事儿也要抬得面红耳赤。这种借题发泄的"找碴儿"使得争吵成了家常便饭，父母对自己的训斥时有发生，夫妻之间也早早结束了蜜月期的如胶似漆，变得淡漠且产生了隔阂。

　　随着时间的推移，对那段去而不返的军营生活的追忆和思恋渐渐放下了，夫妻间的争吵少了，父母的训斥也不常见了。一时间，倒觉得心中眷恋的军营生活和情感反倒如同镜中之花和水中之月，镜中之花可及而没有生息，水中之月可望而不可即，不过是一场空幻。倒是身边这个农村女人为自己生下了漂亮的女儿，使自己的人生又多了一个父亲的角色。现实一点吧！丑妻近地家中宝，一日夫妻百日恩。百年修得同船渡，千年修得共枕眠。更何况自己的妻子并不丑，她很贤惠、勤劳！

　　复员不久，自己就开了门诊，在人生舞台上又扮演起了"村医"。这时自己面对的仍然是参军前当赤脚医生那会儿的患者，只是这些患者的来源，不再只是本村患病的父老乡亲，而是方圆十里、几十里内慕名前来的求医问药者。我对他们有一种久违了的感觉，亲切如故。可是街面上个别乡村干部的吃喝风让我非常反感，禁不住对其嗤之以鼻。"一顿饭，两头牛，屁股底下一栋楼"，一辆小车相当于一个乡镇企业的半年产值，这是一种新的腐败现象！就像一个顺口溜说的："上午围着轮子转，中午围着桌子转，下午围着骰子转，晚上围着裙子转。"这样干群关系能搞好？群众会不骂街？这些虽属个别现象，可是一颗老鼠屎坏了一锅汤。这种现象让我打心眼儿里烦腻，看不起那些人，人民公仆就这形象？就那些个别干部，村里的也还是靠土里刨食，乡里县里的大不了就是个科级，可我在部队上诊治的首长起码都是相当于副地级以上的干部，神气个啥？吃的都是纳税人的钱，用的都是财政经费支出，挥霍的都是民脂民膏。

　　后来，我也见怪不怪了，甚至有些适应了，而且开始和他们交往了。因为不管怎样，他只要来到我的诊所，就是我的病人。到乡卫生院工作后，我定下一条原则，来医院找我看病的乡村干部，廉政方面有无"疾病"我不管，专治他们每个人生理的病症，他们是我的"上帝"。创办类风湿医院和专科医院以后，我愈加感到，历朝历代的富翁，不管你有多少财富，都得和官方搞好关系。当上类风湿医院院长和专科医院院长之后，我感到，一家医院一天的经营，药品价格、收费价格的制定要跟物价局打交道，垃圾处理同建设局相关，单位锅炉、下水道状况要接受环保局的检查，业务行政上要接受卫生局的领导，等等。医院要经营下去，就必须同全市各有关部门搞好关系。

从服务病患的角色上看，我由村医、乡医院专科主任医师，到后来与人创办"两院"后的医院院长，始终都是医生，扮演的都是救死扶伤的角色。随着自己岗位和职务的变化，"角色"的升迁，行医理念也得到了更新。在村里开门诊那会儿，想的是借给病人看病之机挣钱；在乡医院担任专科主任医师时，想到的是救死扶伤，为医院创收，为乡医疗卫生事业做贡献；担任类风湿医院院长和专科医院院长之后，想的是发展专科医疗卫生事业，为病患送去温馨和健康，为社区医疗卫生事业，为构建和谐社会贡献力量，为医院创收的同时，创造较好的社会效益，同时，潜心研究类风湿防治医学理论，攻克难题，为全国类风湿疾病防治学术研究填补空白。

人生角色的转换，使我逐步开阔了视野，走出了大写的人生。

回乡两年后的崛起

从 1985 年门诊开业，接待了第一位病人开始，到 1987 年二月二龙抬头这天，我的门诊经历了整整两年的日日夜夜。这期间，除了本村的患病乡亲外，还有方圆十里、几十里慕名而来的患者前来就医。来自雄县、固安、文安、永清、新城等地的患者从早到晚把我的门诊挤得风雨不透，每天我一边诊断各类患者的病症，一边给病人开方、注射、安排输液，从早到晚忙得不可开交。

现在回想起来，真如陈毅将军那句诗说的那样："创业艰难百战多！"那时自己每天除了要坐门诊，还要挤出时间来经营自家那四亩责任田，当时我们全家的户口还在村里，我是个土生土长的"乡医"。每天早 8 点门诊开门之前，我便同父亲和妻子一起，戴上草帽、扛上锄头下地干庄稼活，春种、夏管、秋收秋种，一年四季，不误农事。那时既要开门诊，又要种好地，真是一个活脱脱的田间"红雨"。不同的是，红雨只是个赤脚医生，不种地，所以我比他更有一番"锄禾日当午，汗滴禾下土"的田间劳作感受，当然也更能咀嚼出"谁知盘中餐，粒粒皆辛苦"的人生滋味。

当时已经是改革开放时期，党的富民政策给农民带来了越来越多的好处，可是冀中平原上霸州西部的家乡，依然要以躬耕为业，将一年两季的粮食作为生活的主要来源。父辈种了一辈子地，依然觉得种地踏实，一分耕耘，准能换来一分收获。

无论春季还是夏秋时节，我都要披星戴月下田间，沐浴着春夏的暖风和秋露的初凉，去田间耕、耩、锄、刨，或种或收，从事各种田间管理。为了提高农田作物产量，我还从城里买来磷酸二铵和有机肥，不惜血本为责任田增加地力。一分耕耘换来一分收获，责任田果然年年高产。

1987年秋后，由于我开门诊为家里增加了可观的经济收入，便同父亲商量翻盖自家的老房，得到父亲的同意。当年秋后，我和父亲、妻子在不影响门诊经营的情况下，挤时间拆旧房，并从乡里、城里购进了砖瓦、水泥和木料等建筑物资。

万事俱备，只欠东风。当我做好一切准备工作之后，便找来亲朋好友和老乡亲以及村里的瓦匠、木匠，在一个秋高气爽的早晨，家里的新房建筑工程正式破土动工。

在农村，尤其北方农村，流传着这样两句话："土木之工，不可善动。"意思是说，大兴土木，不是轻而易举就能完成的事情。又说："拆房盖房，活见阎王。"意思是说，庄稼主儿拆房和盖房是极累的活儿，即使累不死也能把人累个半死儿，人就跟累死后见到阎王爷一样疲惫不堪。村里常年在土里地里跟土坷垃打交道的人尚且如此，一提拆房盖房就发怵，更何况我一个行医之人，既要不影响每天开门诊，还要和父亲、妻子一起操持着拆房盖房，那个劳累程度自是可想而知了。

盖房，在当时的农村来说是一件大事儿，更何况我那年在村里盖的是瓦房，也是村里盖起的第一处瓦房。半月之后，我家的五间大瓦房在村里拔地而起，随后又开始了装修，从挖槽、垒第一块砖起，到装修完工交付使用，总共花了三万五千块钱。本来盖房是村里人每天司空见惯的事儿，这下却成了村里少有的爆炸式"新闻"。

"看！人家王英头一个在咱村里盖起了瓦房。"

"跟王英比呀？他的门诊头一年就赚老（钱）啦！"

"看起来家财万贯，不如手艺在身。人家这几年兵可没白当！回来还开门诊，早晨往门诊一坐，那病人就一传十、十传百地从几十里以外往他的门诊里挤。他足不出户，手一伸，脉一号，听诊器朝病人身上一听，接着眼珠儿一转，小药方一开，药儿一拿，算盘珠儿再那么'噼里啪啦'地一响，人家那钱儿就进抽屉了。"

"王英打小我就看着有出息！怎么样？我没说错吧？三岁看大，七岁看老。"

头一个在村里盖瓦房这件事儿，在村里掀起了羡慕、夸赞的声浪，这让我感触良多。每个人都应该艰苦奋斗，自强不息，成就一番事业。俗话说，人争一口气，佛争一炷香。你要是在村里过好了，不必给谁一分钱，可是别人会看得起你；你要是混不上个流儿来，人家还是看不起你。人哪！

可是又有谁不想把日子过好呢？都想发财，没一个想受穷，但结果为什么会不一样呢？一是你会干啥就干啥，没有金刚钻别揽瓷器活；二是谋事在人，成事在天。你干任何事儿，要靠天时、地利、人和。就说我行医吧，从天时看，我复员回家正赶上改革开放，党的富民政策深入人心，允许干个体，这就为我提供了天时；再说地利，我的外祖父就是老中医，我上中学那会儿学的是赤脚医生，另外姑姑、姑父都是在县医院行医的，给了我不少帮助；人和呢，村干部和老乡亲欢迎，亲戚朋友帮衬支持，加上我在部队上对医学的进修，具备行医的能力，所以我成功了。

再有就是，我自复员回家那天就暗自发誓，一定要争口气！从头开始，不干出一番事业，绝不跟部队战友们联系！直到1995年，在我与人创办起霸州市类风湿医院并当上医院院长的时候，才在复员回家十年后踏上了重返绵阳之路。

常说，有志者，事竟成。志向，成了我当时在村里光宗耀祖、光耀门楣的助推器。

幸遇"伯乐"的人生机缘

我开诊所第一年声名鹊起，在村里带头脱贫致富，第二年在村里盖起了头一所大瓦房，这消息也传到了乡卫生院。因为我们岔河集村是乡政府所在地，我们家又住在乡卫生院后身，所以，"岔河集王英办的诊所异常火爆"的消息很快传到乡卫生院也是可想而知的。

记得那是 1988 年春季的一个下午，时任乡卫生院院长的郭志学来到我的诊所。当时，好像是上天有意给我提供了这样一个少有的闲暇时刻，我正在利用这个空闲整理开过的处方，把它们整理装订下，方便病人下次来看病时备查。

"忙着呢？"郭院长问道。

"哎哟！郭院长。"我抬头一看，乡医院的郭院长大驾光临了，赶忙起身伸过手去同他握手，并寒暄道，"郭院长您怎么有空来了？"

"来你这看看。早听说你这很不错。"郭院长说。

"托您的福还行吧！您有什么吩咐？"

"什么吩咐！快别这么说。这么回事，王英，我准备把你这诊所跟咱乡卫生院合并，从今以后你可以挂咱乡医院的牌子，算是咱乡医院的第二门诊部。今天我就为这事儿来的，你回头考虑考虑，也跟家人们商量商量。"

"行行，郭院长，我跟家里人商量商量，尽快给您个回话。"

送走郭院长，心里禁不住一阵激动。我的诊所从明天起，就可以挂岔河集乡卫生院第二门诊部的牌子了，这跟到乡卫生院去上班有什么区别？挂出"岔河集乡卫生院第二门诊部"的牌子，无疑是给自己做了个长期的不花钱的"广告"，我的门诊升级了，再也不是个人的了，不是个体门诊了，是乡医院的第二门诊，算是乡医院下属的一个科室了，病人以后肯定来得就更多了。我回家后跟全家人把这事儿一说，全家一致同意，说这是打着灯笼都难找的好事。

我当兵之前在村合作医疗站当赤脚医生那会儿就认识郭院长了，那时他刚从临津乡卫生院院长调任岔河集乡卫生院院长，那时我们关系就不错，我开门诊又是他给帮的忙。

第二天，我一上班就给郭院长回了话，随后就在自己的诊所门前挂出了"霸县岔河集乡卫生院第二门诊部"的牌子，此后，我的诊所病人明显又多了几成。

"去咱医院第二门诊部王英那看病的从早到晚天天满着，那些人插脚不下，拥挤不透！"这一情况又一次震惊了乡卫生院。现在回想起来，郭院长这人不但是善于发现人才的伯乐，而且也精明得很。于是，郭院长又对我实施了第二个锦囊妙计——收编。

1989年4月下旬的一天，郭院长又一次登门，向我谈了将我收入他的麾下的计划和优越条件。

"这样吧！王英，你跟着我去，到医院去上班，连你媳妇也去，医院给你们俩转为合同制工人，给你们上保险，药费可以报销。从明儿起，你这诊所就别进药了，把门诊的这些药卖一卖，卖剩下的咱医院收购了，你再要病人的欠账，处理完了就去上班。"

很快我就要成为一名乡卫生院的医生了？我简直不敢相信，那种荣誉感真是只可意会，不可言传。

两口子双双成了乡医院的人，这无论是在我们家，还是在村里乡亲眼里，又成了一条"新闻"。我也感到，自己经过几年的打拼，终于由打游击的"土八路"，被收编为"正规军"了，而且还是卫生院院长的"嫡系"。要知道，当时不知有多少在村里开诊所的乡村医生做梦都想成为正式医生，甚至有的可能想都不敢想，我却把它变成了现实。

　　我同家人、亲属把门诊里的东西倒腾回家，医院来了一辆救护车把剩下的药品全给拉走归了医院，几天后，我和妻子各换了一套整洁的装束，风风光光地去乡医院上班了。

　　当时的岔河集乡卫生院是全县业务量最大的西部乡镇卫生院，从今以后，我就是一名身穿白大褂儿的国营卫生单位的"白衣天使"了！人逢喜事精神爽，那种喜悦之情溢于言表，也可想而知。去乡卫生院上班的那天早晨，我走在通往乡医院的小路上，心想：

　　"我一定能够成为一名出色的著名医生！"

　　我被岔河集乡卫生院收编的当年，医院业务收入比上年整整翻了一番。确切地讲，医院翻的那一番就是我原来诊所的经济收入，因为我把原来自家门诊所有的患者全带到了乡卫生院。由于我的工作业绩突出，很快就由一名主治医生被提为内三科主任。

　　在乡卫生院工作期间，闲暇之余，我常到郭院长办公室探讨医院管理和人际关系方面的问题，受益匪浅，也常提些合理化建议，大多被采纳了，这又让他对我很是信任和器重。一次，《健康报》上一条关于今后乡医院发展必须走专科道路的消息引起了我的注意，我立即把这一新动向同郭院长说了，没想到正与郭院长不谋而合。他说：

　　"我也正在考虑这个问题。"

　　"那咱们自己办个专科医院？"我说。

　　郭院长欣然一笑，道："有道理！不过，我得好好运作一下。"

　　经请示市卫生局，我和郭院长一起，按照报纸上提到的成功创办专科医院的单位名单，按图索骥般去了稷山县骨髓炎医院和痔瘘医院，后来又去了山西太原南郊区金胜乡医院进行考察。回来后，用郭院长的话说就是"照猫画虎"，几经周折，创办了霸州市类风湿医院，从此，我由一名科主任晋升为医院院长，成为医疗单位的领导。后来，我们又创办了霸州市专科医院，且在全市、全省乃至全国产生了较好影响。

在我的人生道路上，我经历了自办门诊、被推荐到乡卫生院工作，进而与人创办类风湿医院和专科医院的从医"三部曲"，在这三步中，每一步都没有离开郭院长的教育、支持和帮助。郭院长是我的恩师，也是我的领路人。

一次出差的意外发现

1989 年以来，乡卫生院业务收入逐年猛增，1989 年比上年同比翻了一番，1990 年又比 1989 年增长了 50%，从院领导到每名员工无不为之兴奋，感到备受鼓舞。

尽管医院当时仍在 1976 年建造的破旧平房里，但业务经营的崭新形势和发展态势，条件反射般地为院领导和员工的精神面貌注入了新的生机与活力。1991 年开春，我在与郭院长的一次闲谈中建议道：

"这两年咱们医院业务不错，是不是盖栋二层小楼？"

"盖楼哪有钱呀？"郭院长说道。

"想法儿呗！"我又说，"拆拆借借，赊些砖瓦、木料、钢筋水泥，盖的时候再让建筑队垫支下工钱不就结了？"后来郭院长真的动了心，就跟市卫生局领导请示，局长何金堂一听高兴地说："可以呀！你们自己想想办法，我给你们跑跑省里再要点儿，楼就盖上了。"

1991 年，在医院办公楼主体工程即将完工之际，院领导商量楼的外皮究竟是刷涂料还是贴瓷砖，初次商议感觉刷涂料土气，贴瓷砖又太贵，捆着发麻吊着发木，没有定下来。我得知后心想，唐山出瓷砖，我们岔河集村的机房设备厂生产电脑桌，厂里常跑唐山销货，而且业务量很大，当时厂里的业务员叫徐中福，是我妻子的亲叔伯舅，我论乡亲辈儿管他叫哥，他每月要跟厂子里的车去唐山送三趟货。于是，我就开始琢磨，要是跟车去趟唐山采购，如果看着可以买的话，让厂子里的车给捎回来不是很好？反正厂子里的车回来空着也是空着，这样医院又省了运费。我把这个想法跟郭院长说了，郭院长一听认为有道理，就答应让我去趟唐山。

第二天，我搭厂里的送货车去了唐山。为了节省开支，我住在了二姑家，每天让表哥带着我转陶瓷厂。去唐山前我就已经打听好，本地的瓷砖价格，好的 7 角钱一块，一般的每块 3 角。几天后，我自己转到了一家大的陶瓷厂，他们生产的瓷砖专供深圳，每块 1 元钱，一看价钱这么贵，只好又到别的厂家去转，又转了十几家生产瓷砖的厂家，价格都不合适。第五天的时候，我来到沽冶区一家好像是刚刚办起的个人烧瓷砖的厂子，一看各类瓷砖都有，厂家问我要哪一等的瓷砖，一打听才知，这里的瓷砖分甲乙丙丁四等，就问四等瓷砖什么样。厂家拿来产品让我看，并解释说，别看标着四等产品，只是表面有麻子一样的斑点，价格 6 分钱一块，我一看很高兴，这比当地的瓷砖便宜得太啦！给郭院长打通电话一说，他拍板说可以买。我立刻按照楼房外皮面积购买了一定数量的瓷砖，随后，由村里厂子的送货车拉了四车回来。我出这趟差，连住宿带运费以及瓷砖货款，整整给医院节省了 2 万元开支。

后来村里一位乡亲开玩笑说，哪有你这么傻的？给医院省了住宿、交通费不算，运费还一分钱没花，你要是在每块瓷砖价格上加个毛八分的，自己不也落点儿？这是私下里的闲谈，我也没有在意，我自知从来没有办事图占便宜，昧心钱一分不挣。我开诊所的时候，每天最多看过 120 个病人，如果每人加上一元钱，就是 120 元，但我照样按规定，药品加利 15%，注射费收取 0.5 元，总感觉多收一分钱都上对不起苍天，下对不起百姓。自己一直坦荡做人，坦诚做事，不营私舞弊，活得光明磊落，问心无愧。去唐山采购瓷砖，由于一连七天在户外转厂子，风吹日晒，脸被晒得黑黑的，可我却感到很坦然。通过那次出差，郭院长等医院领导对我评价很好，也为 1992 年同郭院长一起创办类风湿医院和后来的专科医院奠定了基础，因为在郭院长眼里，把医院一把手的重任交给我，他放心。

到唐山采购建筑材料这件事，使我悟出了一个道理：诚信是做人之本，也是成功之基！同时，我还发现了这样一个恒等式：

理想 + 刻苦 + 诚信 = 成功人生。

晋祠：那炷袅袅的香

　　1992 年 5 月，我同郭院长赴山西太原类风湿病医院、稷山县骨髓炎医院和痔瘘医院、太原南郊区金胜乡卫生院考察创办类风湿医院事宜。考察之余，一贯不信奉神灵也不烧香请愿的我，为了一桩心愿破天荒地去了一趟位于山西太原西南方向 25 公里处的晋祠。我走进了晋祠……

　　晋祠，是全国重点文物保护单位之一，位于太原市西南郊 25 公里处的悬瓮山麓。

　　这里，山环水绕，古木参天，在如画的美景中，历代劳动人民建筑了近百座殿、堂、楼、阁、亭、台、桥、榭。在苍郁树木的掩映之下，清澈见底的泉水蜿蜒穿流于祠庙殿宇之间，历史文物与自然风景荟萃于此，令人目不暇接，流连忘返。

　　晋祠原是为纪念晋国开国君主唐叔虞而建，据《史纪·晋世家》的记载，周武王之子成王诵封同母弟叔虞于唐，称唐叔虞。叔虞的儿子燮，因境内有晋水，改国号为晋。后人为了奉祀叔虞，在晋水源头建立了祠宇，称唐叔虞祠，也叫作晋祠。

　　晋祠现已成为一个有着几十座古建筑的中国古典园林的游览胜地，其文物古迹很多，比较著名的有圣母殿和其中的 42 尊侍女像。晋祠的参天古树名曰周柏，又名"齐年柏"，相传为西周时所植，由于年代久远，树身已向南倾斜，但仍充满着生机。难老泉，素有"晋阳第一泉"之誉，与侍女像并称"晋祠三绝"。

　　来到圣母殿，我观赏着肃穆庄严的殿堂。圣母殿为祠内主要建筑，坐西向东，位于中轴线终端，是为奉祀姜子牙的女儿、周武王的妻子、周成王的母亲邑姜所建。邑姜塑像设在大殿正中的神龛内，其余 42 尊侍从像对称地分列于龛外两侧。圣母邑姜，屈膝盘坐在饰凤头的木靠椅上，凤冠蟒袍，霞帔珠璎，面目端庄，显示了统治者的尊贵与奢华。42 个侍从像，手中各有所奉，为王后服种种劳役，或侍奉文印翰墨，或洒扫梳妆，或奉饮食，或侍起居，或奏乐歌舞，等等。尊尊塑像造型生动，姿态自然，尤其是侍女像更是精品。宋代艺人满怀同情地塑造了一群终生被幽禁深宫，失去自由，埋葬了青春的女性。这些侍女像肢体身材适度，服饰美观大方，衣纹明快流畅；其年长者成熟，年少者稚嫩；身段丰满者宜人，苗条者婀娜；面庞圆润似珠，清秀似水；神态天真者烂漫，幽怨者传神，个个性格鲜明，表情自然，加之高度与真人相仿，更显得栩栩如生。这组塑像突破了神庙建筑中以塑造神佛为主的窠臼，生动表现了被禁锢深宫受尽役使的侍从们的精神面貌，是封建社会底层群体的一个真实侧面。

来到苗裔堂，我按照祠里的规矩，先掏出 5 元钱放入香案旁边的"功德箱"里，又花 1 元钱请了一炷香，点燃，恭恭敬敬地伸直了双臂，两手虔诚地一连三次举过头顶，随后插在香炉内，接着双手合十，心里默默地向神像发自内心地请愿……

苗裔堂，即奶奶庙，又名子孙殿，是老百姓祈求生男育女延续香火的地方，位于圣母殿右侧，创建年代无考，元致和元年（1328 年）重建，明正德六年（1511 年）再修。堂内塑像 22 尊，现存 19 尊，主像为七位娘娘，分管催生、送生、乳饮、引蒙、培育等，中间是送子观音。过去在堂前有一个极浅的清澈见底的小水坑，里面有捡不完的小鹅卵石。求子孙者，必从水中捞一块小石，以示求得，想多生几个就多捞几个。千百年来，日日如斯，香火旺盛，每个娘娘身上都披红戴绿，足见人们求子心切……

我的大女儿于 1985 年出生以后，母亲几次对我和妻子说，再要个小子，好传宗接代，母亲的话是有道理的。在当时的农村，仍然普遍认为，有了小子，才能香火不断。我又何尝不想要个儿子呢？将来海荣出嫁了，我这摊事业也有人继承。母亲的心愿我们理解，可妻子1988年患上了肾病综合征，生儿子的事儿只能先放一放，先紧着看病。我把妻子送到县医院住了三个月的院，用西医治疗不见好转，后来只好转院治疗，先后到了天津医科大学第二附属医院、北京中国中医研究院东直门医院和解放军总医院（即三〇一医院）。经过会诊，几家医院的专家都认为，只有透析（血液过滤）才能维持生命。我作为一个医生心里清楚，只要一透析，病人这一辈子就得一直透析下去。这样下去，病人终身痛苦，于是我决定采用中医中药进行治疗，就从王府井新华书店买来好多中医治疗肾病方面的书籍和资料，抱回来进行研究。通过看书和查阅资料，我自己开方给妻子用药治疗，一年后检查，各项指标全部正常。

妻子的病治好了，全家都高兴了，父母又提出，让我们再要个小子。可我想，我是一名党员，要二胎必须得有准生证，否则就违法，当年，我借春节拜年之际，到了一个在市里组织部门担任领导职务的亲戚家里咨询，亲戚说，这事很不好办，当时就没敢再要。后来，妻子于1992年正月意外怀孕，由于身体原因不能做人流，这时家里老人找人测算，说是个小子，心中不禁暗喜。看来，老天是要赐给我一个儿子，我就一天天期盼着妻子的生产。

那次去山西考察，听说晋祠里有个送子观音殿非常灵验，天天去那里求子的人接连不断，一向不迷信的我这才产生了信一把的念头。

这些年由于工作和学术交流的原因，我去过国内外不少的庙宇，每到一处，只是欣赏那里巧夺天工的建筑，领略中华古老的文明。对着佛像上香顶礼膜拜，对于我来说，晋祠的经历是唯一一次。

我可爱的二女儿出世以后，给全家带来了新的欢乐，自己不仅对生儿育女的传统观念改变了，而且认为宗教信仰有其科学的一面，包括我国从上古时期流传至今的《易经》、八卦，在很大程度上是有其科学含量的，虽然很深奥，但那不是封建迷信。生儿育女不是靠着向神灵请愿求来的，生育是一门科学，生儿育女可以预测，而且要符合一定的科学规律，顺应了这一规律，自然会成功。

一句话：信科学，不迷信。

村里秧歌队

从参军入伍离开家乡到六年后回到家乡，再由开办个人门诊到去乡医院上班，直至与人一起创办类风湿医院和专科医院再度离开家乡，老家岔河集一直是我梦牵魂绕之所。作为一个土生土长的农村娃，30 年来，我虽然人离开了家乡，可心里却一直牵挂着那方热土。

那里是生我养我的地方。

我时刻挂念着家乡，总想为家乡做点事，过去讲，衣锦还乡后，就要造福乡里。1997 年 5 月，听说村里要成立秧歌队，我心里特别高兴，感到为家乡出力的时候到了。我想，村里要成立秧歌队，肯定需要用钱置办服装、乐器，就找到村干部说明心意，得到由衷的欢迎。

秧歌舞，又称扭秧歌，历史悠久，是我国最具代表性的民间舞蹈形式之一，也是一种民间独具一格的集体歌舞艺术，其因舞姿丰富多彩，深受农民欢迎。秧歌舞具有自己的风格特色，一般舞队由 10 多人至上百人组成，扮成历史故事、神话传说和现实生活中的人物，边舞边走，随着鼓声节奏变换各种队形，再加上舞姿丰富多彩，深受广大观众的欢迎。

我拿出 2 万元钱交给村干部，为村里秧歌队购买了 60 套服装和鼓、铙、钹、镲、笙、管、笛、箫及其他打击乐器，并从市里请来老师教秧歌。这样，村里的秧歌队就算成立了，经过一段时间的学习排练，这支村级文艺小分队每逢年节或有什么喜庆活动时就拉出来，连扭带舞地一展风采。

秧歌舞表演起来生动活泼，形式多样，多姿多彩，红火热闹，规模宏大，气氛热烈，闹得热火朝天。每逢重大节日如新年等，城乡都组织秧歌队拜年问好，互相祝福，纵情娱乐。另外，不同的村子之间还会扭起秧歌互相拜访，比歌赛舞，可见扭秧歌对农民来说是多么的重要。

史载，秧歌起源于插秧耕田的劳动生活，它又和古代祭祀农神祈求丰收，祈福禳灾时所唱的颂歌、禳歌有关，并在发展过程中不断吸收农歌、菱歌（民歌的一种形式）、民间武术、杂技以及戏曲的技艺与形式，从而由一般的演唱秧歌发展成为民间歌舞。至清代，秧歌已在全国各地广泛流传。为示区别，人们常把流行地区或形式特征冠于"秧歌"前面，如"鼓子秧歌"（山东）、"陕北秧歌"、"地秧歌"（河北、北京、辽宁）、"满族秧歌"、"高跷秧歌"等，而南方的"花鼓""花灯""采茶"以及广东与香港流行的"英歌"，其名称虽异，但都属于"秧歌"这一类型，是从秧歌中派生出来的形式。

据《中国戏曲剧种大辞典》记载，由秧歌发展、演变而来的戏曲剧种，在全国剧种中所占的比例之高，是相当惊人的。可以说，秧歌为百戏之源。

按《柳边纪略》的记载，秧歌的演出时间是在元宵节夜晚，由一"持伞灯卖膏药者"为前导，后面跟着三四名"童子"装扮的妇女，又有三四名假扮的"参军"，他们手中都持"尺许长"的"两圆木"。秧歌表演中有少数民族的元素，最迟在元代已经形成。

关于华北秧歌，李炳卫等人编著的《北平指南》中记载了北京的"鞅哥会"："全班角色皆彩扮成戏，并踩高跷，超出人群之上。其中角色更分十部：陀头和尚、傻公子、老作子、小二格、柴翁、渔翁、卖膏药、渔婆、俊锣、丑鼓。以上十部，因锣鼓作对，共为十二单个组成。各角色滑稽逗笑，鼓舞合奏，极尽贡献艺术之天职。"

如今，村里秧歌队已经成立12年了，秧歌队员换了一茬又一茬，当年村里秧歌队里那些元老级别的老人们像李文如、张友明等已经先后故去，从此，村秧歌队里再也看不到他们的身影了，唯有他们的音容笑貌还永远地留在秧歌队员和全村父老乡亲们的心中，每当想到这些，我都禁不住一阵鼻子发酸……

"非典"岁月

送走陈师长的第二天,"非典"这一魔怪便席卷了全国,接着全国性戒严开始了。

医学上讲,非典型性肺炎,又称严重急性呼吸综合征(Severe Acute Respiratory Syndromes),英文简称 SARS,是一种因感染 SARS 相关冠状病毒而导致的以发热、干咳、胸闷为主要症状的新的呼吸道传染病,严重者出现快速进展的呼吸系统衰竭,极强的传染性与病情的快速发展是此病的主要特点。

这种后来被简称作"非典"的病原不清、家庭及医护人员极易被传染的病症,成为进入 21 世纪以来人类面临的严重威胁。2002 年岁末至翌年初,广东省接连发现此类症状的患者。2003 年 2 月,非典疫情在深圳、广州等地突然加剧。2 月 11 日,广东宣布,非典已感染了 300 多人,5 人死亡,此病仍未完全被遏制。随着春节期间大规模的人口流动,非典疫情开始在全国广泛传播和肆虐。4 月 11 日,世界卫生组织在日内瓦就非典型肺炎举行了新闻发布会,宣布目前有 19 个国家和地区向世界卫生组织申报了非典型肺炎病例。截至 4 月 10 日,全球共有 2781 个非典型肺炎病例,其中 111 例死亡。(《人民日报》2003 年 4 月 13 日第 3 版)2003 年 3 月初,疫情从广东悄然扩散到北京,北京很快面临着严峻的形势。面对首位非典患者,北京医护人员措手不及,没有思想准备,防护隔离措施跟不上,大批医护人员、家属被大规模连锁感染。4 月下旬,北京最多一天新增病例达 150 多人,加剧了京城蔓延的恐慌情绪。4 月底,全中国有疫情报告的省份达 26 个,广东、北京、山西、内蒙古、天津等地成为重灾区。

面对这场突如其来的灾难,党中央、国务院把人民群众的身体健康和生命安全放在第一位，及时作出了一系列的重大部署和决策，及时发出了"万众一心、众志成城、科学防治、战胜非典"的号召。4月2日，国务院举行常务会议，研究非典防治工作。13日，国务院举行全国非典防治工作会议。此后，各级政府多次召开专门会议研究部署防治措施。这些措施包括设立防治基金，支持非典防治科技攻关，建设各地预防控制中心，免费治疗患者，等等。在防治SARS最关键的时刻，胡锦涛总书记、温家宝总理和其他中央领导同志多次深入到防治非典的第一线，要求各级政府把防治非典作为工作的重中之重。4月14日，中共中央总书记、国家主席胡锦涛在非典重灾区广州市考察，表示全党和全国人民一起抗击非典的信心，后又在政治局常委会上强调，各级党政机关不得瞒报、缓报疫情。4月20日，国务院明确提出要及时发现、报告和公布疫情；卫生部决定疫情每天公布一次；卫生部和北京市主要领导人职务被调整。4月20日后，全国防治非典情况改观。国务院决定调整"五一"长假；向各省市派出督察组。北京市也采取有力措施防治非典，包括先后确定16家非典定点医院，对非典疫情重点区域采取隔离控制措施，颁布多项规章，等等。

据说，陈师长就因全国性戒严而被困在北京，在他妹妹家里住了两个多月。

专科医院是我市开发区唯一医疗机构，职责所在，自然应该承担起相应的防治任务。

那段时间是我最繁忙的岁月，会议一个接着一个，到市政府开会，参加市卫生局防控部署会议，执行市开发区下达的防控监测任务，我的手机24小时开机，以随时接受、协调、安排相关工作。为了配合全市对本地和外地流动人员、车辆的检查检测，我们专科医院按照上级部署的要求，先后派去10余位值班人员，包括市长途汽车站十字路口4人、市区与南孟镇交界处的金各庄路口6人、市火车站前8人，配合市医院、防疫站和中医院昼夜值班，检测过往行人体温，给过往车辆消毒，完成检查防控监测任务。

5月1日，经过8天的紧急筹建，北京市第一家专门治疗非典的临时性传染病医院小汤山医院开始接收病人，军队支援北京的医护人员1200余人陆续到位。6月2日，北京疫情统计首次出现新收治直接确诊病例、疑似转确诊病例、死亡人数均为零。6月13日，世界卫生组织宣布，从13日起解除对中国河北省、内蒙古自治区、山西省和天津市的旅游警告。6月24日，世界卫生组织解除对北京的旅行警告，同时将北京从非典疫区名单中移除。7月2日，广东最后3名非典型肺炎病人治愈出院，至此广东全省已无非典病例。

这期间，中共中央和国务院贯彻《中华人民共和国传染病防治法》，公布《突发公共卫生事件应急条例》，将非典列入中国法定传染病，在全国范围内实行群防群治。国务院和地方政府成立防治非典指挥部，统一调度人力物力财力，充分发挥城乡基层组织的作用，确保防治工作紧张有序进行，并组织对农民患者实行免费治疗，严防疫情向农村扩散。

在抗击非典斗争中，我国人民万众一心，社会各界同舟共济，广大医务工作者临危不惧，生死关头钟南山、姜素椿等医务工作者挺身而出，为防治非典作出了突出的贡献，邓练贤、叶欣等英雄献出了宝贵的生命。中华民族经受了又一次考验，终于战胜了非典。

抗击非典斗争的胜利，证明我国人民、我国社会、我国政府在非典的冲击下经受住了考验，证明在大敌当前的时刻，我国具备迅速动员、团结一致以取得胜利的能力。在这次非典斗争中凝聚起来的民族精神和一系列经验及教训，将成为未来社会发展的宝贵财富。非典的袭击也暴露了我国公共卫生的脆弱性，促使人们思考在我国这样一个人口众多、经济实力不足的社会中，建立一个完整、高效的公共卫生体系的紧迫性。尽管这是一项牵扯到观念、技术、经济、政治等诸多问题的庞大工程，但对于我国社会的发展和进步具有重大意义，需要所有人作出长久的努力。

在那段时间里，我坚持每天上午盯门诊为病人诊治，参加各种会议，下午处理其他院务，还要抽时间不定期到各监测检查点巡视、了解相关情况……

大写一个"义"

我成功创办类风湿医院，为全市乡镇医疗卫生事业走发展专科医院的道路提供了可供借鉴的成功经验，且为全市以及外地患者医治各种疑难杂症，为提高城乡居民健康水平而做出了突出成绩，这些成绩得到社会各界人士及人民群众的认可和赞誉。为此，我于1994年被推选为霸州市第三届政协卫生组委员，并开始担任本组副组长职务，自2004年起又担任组长至今。

全国人民政治协商会议（简称人民政协）是中国人民爱国统一战线的组织，是中国共产党领导的多党合作和政治协商的重要机构，是中国政治生活中发扬社会主义民主的一种重要形式。中国人民政治协商会议，是中国各族人民经过长期的革命斗争，在新中国成立前夕，由中国共产党和各民主党派、无党派民主人士、各人民团体、各界爱国人士共同创立的。

1949年9月21日，中国人民政治协商会议第一届全体会议在北平隆重举行，宣告中国人民政治协商会议正式成立。

霸州市政协自撤县建市以来，举行过五届全市委员会会议。历届政协都对其政治协商、参政议政、民主监督三大职能工作予以了高度重视，尤其是五届一次会议以来，市政协领导在积极发挥政协职能作用、构建和谐社会、发展地方经济、建言献策等方面做了大量工作。其中就包括每年在全市举行一次科技、文化、卫生"三下乡"活动，受到乡村干部群众的好评。

自1999年开始，历届市政协领导就开始组织科技、文化、卫生界别的政协委员每年开展科技、文化、卫生"三下乡"活动。卫生组委员也按照市政协领导的部署，积极行动起来，参与到市政协领导的"三下乡"活动之中，展示出卫生战线政协委员情系百姓、送医下乡的"白衣天使"风采。自2004年起，我被推举为卫生组组长后，积极遵照政协领导的部署安排，组织人员、车辆和医疗器械深入有关乡镇、村街开展下乡义诊活动。十年间，我共为690例农村患者进行义诊，为他们治愈了病症，解除了病痛，使他们重获健康。

东杨庄乡孙家坊村村民、48岁的中年妇女刘某，在我们前去下乡义诊那天来到我们的临时诊室求医，她说自己身患脉管炎病症多年，四处求医不见好转。经我诊断，此人患有血栓闭塞性脉管炎，由于火毒湿热内盛，复因外感风邪，以致营卫不和，气血凝滞，经络阻隔而发病。我认为，应该用清热解毒活血化瘀的办法予以治疗。于是，我立刻为其开了处方。病人服药十天后症状减轻，又到医院就诊，我建议她住院接受治疗。该病人于2008年6月18日住院，住院后继续服用上药治疗，住院8天后，患者自觉疼痛大减，并感到患足局部有热气放散，坏死组织部分脱落，新生肉芽组织生长良好。又服用上述中药九剂后，疼痛和散热感觉消失，患足局部有发痒感，伤口无脓液排出。此时我让患者停服中药，局部用蛋黄油，隔日换药一次，直至伤口完全愈合。7月20日患者痊愈出院。2009年11月随访时，患者已能参加体力劳动，未见复发。

对此病人进行治疗的医理是：血栓性闭塞性脉管炎中医称脱疽，并以临床体征分型（虚寒型、血瘀型、热毒型）施治。此例属于热毒型，在治疗方法上以清热解毒化瘀为主。处方中用大量土茯苓渗湿利水，使毒邪从小便排出，所以坏死的组织自行脱落。由于坏死组织脱落，患肢足趾骨暴露，虽然肉芽组织生长良好，但恐长期不能愈合，故将患侧暴露的趾骨全部切除，外涂蛋黄油以保护新生肉芽组织促使早期愈合。

2009年4月23日，我带领卫生组委员随市政协领导开展送医下乡活动，来到了南孟镇王村，义诊过程中接待了一个邻村闻讯前来求医的49岁中年妇女徐某。据她述说病情，我诊断她患有产后风湿病（俗称月子病），患病17年，用药无数，并未治愈。从脉象上看，她是由风、寒、湿邪侵袭肌表、经络，致气血运行不畅，故而应采取祛风通络、除湿宣痹的办法进行治疗。于是，我开了处方，该方已治疗了220例病人，总有效率在95%以上。

义诊后，该病人按照我的嘱咐，每隔十日即到专科医院找我诊治调理，两月后病症告愈，未见复发。

从医 30 余年的临床实践告诉我，开展义诊送医下乡，是我作为一名政协委员关注民生、回报社会的职责和义务，也是一个医生的天职。因为作为一名医生应该看到，病人需要医生，医生也需要患者，医生只有通过大量的病例才能不断完善自己，使自己的医术在临床实践中得到锻炼，并日渐高超。作为一名医院院长，也可以借此带头密切医患关系，搞好医院经营。更何况自己出身农村，是一个土生土长的农家后代，因而对于农民患者本身就有着一种深厚的感情，因此自己多年来一直全心全意为农民患者服务，解除他们的病痛，还他们以健康已经成了自己义不容辞的责任。

仁义礼智信，"义"乃"五常"之一也，是中华民族的传统美德，身为医者，悬壶以济世，而不仅惠及一二人等，以其医术兼济天下，此乃大写之"义"。

美丽的四川

20世纪90年代后，由于四川得天独厚的旅游资源，四川双流国际机场成为我国内陆第四大航空港，去四川旅游成了国内外游客的共同心愿。2008年4月12日，我携弟子高志军、张法标、李建新去四川游览了峨眉山、乐山、青城山、都江堰和杜甫草堂，圆了弟子们多年的梦想。

峨眉山，位于四川省峨眉山市境内，是集自然风光与佛教文化为一体的中国国家级山岳型风景名胜，名列《世界自然与文化遗产名录》。在我国的名山中，峨眉山可以说是最高的一个，山中山林茂密，树种多样，游人行走山间，举目四望，翠绿、碧绿、墨绿的树叶浓密葱茏，山体埋藏于厚厚的绿叶之中。从山麓到山顶，沿途古木参天，流泉飞瀑，景色清幽，随着季节的变化和山势的不同，以及阴、晴、风、雨、云、雾、霜、雪的渲染，风景美不胜收，自古就有"峨眉天下秀"之美誉。唐代诗人李白诗曰："蜀国多仙山，峨眉邈难匹"，明代诗人周洪谟赞道："三峨之秀甲天下，何须涉海寻蓬莱。"当代文豪郭沫若题书峨眉山为"天下名山"。

峨眉山山势雄伟，景色秀丽，气象万千，有"十里不同天"之妙喻。清代诗人谭钟岳将峨眉山佳景概为十景："金顶祥光""象池月夜""九老仙府""洪椿晓雨""白水秋风""双桥清音""大坪霁雪""灵岩叠翠""萝峰晴云""圣积晚钟"。新发现和创造的景观有"红珠拥翠""虎溪听泉""龙江栈道""龙门飞瀑""雷洞烟云""接引飞虹""卧云浮舟""冷杉幽林"，无不引人入胜。进入山中，重峦叠嶂，古木参天；峰回路转，云断桥连；涧深谷幽，天光一线；万壑飞流，水声潺潺；仙雀鸣唱，彩蝶翩翩；灵猴嬉戏，琴蛙奏弹；奇花铺径，别有洞天。春季万物萌动，郁郁葱葱；夏季百花争艳，姹紫嫣红；秋季红叶满山，五彩缤纷；冬季银装素裹，白雪皑皑。登临金顶极目远望，视野宽阔无比，景色十分壮丽，可观日出、云海、佛光、晚霞，令人心旷神怡。西眺皑皑雪峰、贡嘎山、瓦屋山，山连天际；南望万佛顶，云涛滚滚，气势恢宏；北瞰百里平川，如铺锦绣，大渡河、青衣江尽收眼底……

山中有阿弥陀佛铜像、三身佛铜像和报国寺内的脱纱七佛等珍贵的佛教造像；有贝叶经、华严铜塔、圣积晚钟、金顶铜碑、普贤金印等珍贵的佛教文物；峨眉山武术作为中国武术三大流派之一享誉海内外……这些丰富的文化遗产是中华民族文化宝库中的瑰宝。

乐山，古称嘉州，又称海棠香国，历史上属古蜀国。

乐山具有悠久的历史，远在 3000 多年前的巴蜀时代，曾是蜀王开明部族的故都。公元前 4 世纪，秦灭巴蜀，乐山隶属于蜀郡，因在成都的南面，故定名南安。

乐山大佛景区，是峨眉山著名风景名胜区，也是国家 5A 级风景名胜区，国内外游客的旅游胜地。乐山大佛是全国重点文物保护单位，入选了《世界文化与自然遗产名录》，专家赞誉"乐山大佛堪与世界其他石刻如斯芬克司和尼罗河的帝王谷媲美"。

乐山大佛又名凌云大佛，为弥勒佛坐像，乐山大佛是唐代摩崖造像中的艺术精品之一，是世界上最大的石刻弥勒佛坐像，古有"上朝峨眉、下朝凌云"之说。大佛为唐代开元名僧海通和尚创建，历时 90 载完成。大佛座像雍容大度，气魄雄伟，被诗人誉为"山是一尊佛，佛是一座山"。

对我来说，峨眉山和乐山大佛风景区是故地重游，然而，对于我的弟子们来说却是第一次饱览四川的美丽河山。到过之后，他们才真正感到了，的确是"峨眉天下秀，青城天下幽，剑门天下险，夔门天下雄"。

青城山，位于四川省都江堰市西南，古称"丈人山"，是道教的发祥地之一，也是我国著名的历史文化名山和重点风景名胜区，有"青城天下幽"之美誉。主峰老霄顶在四川名山中与峨眉之秀、剑门之险、夔门之雄齐名。2000

年，青城山与都江堰一同被列入《世界文化遗产名录》。

青城山，水秀、林幽、山雄，直上而去，高不可攀，冬天寒气逼人，夏天凉爽无比，蔚为奇观，日出、云海、圣灯是其三大自然奇观。其中圣灯（又称神灯）尤为奇特。上清宫是观赏圣灯的最佳观景处。每逢夏日雨后天晴，夜幕降临后，在上清宫附近的圣灯亭内可见山中光亮点点，闪烁飘荡，少时三五盏，忽生忽灭，多时成百上千，山谷一时灿若星汉。传说这是"神仙都会"青城山的神仙朝贺张天师时点亮的灯笼，称为圣灯。实际上，这只是山中磷氧化燃烧的自然景象。青城之幽素为历代文人墨客所推崇，当代国画大师张大千举家寓居青城山上清宫。他寻幽探胜，泼墨弄清彩，作品逾千幅，还篆刻图章一方，自号"青城客"。20世纪60年代，张大千在远隔重洋的巴西圣保罗画巨幅《青城山全图》，供自己及家人卧游。晚年自云"看山还是故乡青""而今能画不能归"，终生对故乡青城仙山充满着眷恋之情。

都江堰是四川著名的旅游胜地，山水园林城市，都江堰渠首傍城，五条河穿城而过，灵岩山于城区矗立，山水城林河堰相融。

都江堰水利工程位于成都平原西部都江堰市西侧的岷江上，是战国时期秦国蜀郡太守李冰率众修建的一座大型水利工程，是现存最古老且依旧在灌溉田畴、造福人民的伟大水利工程。都江堰水利工程也是全世界现存的年代最久、以无坝引水为特征的宏大水利工程。其鱼嘴分水堤、飞沙堰溢洪道、宝瓶口进水口三大部分和百丈堤、人字堤等附属工程，使川西平原成为"水旱从人"的"天府之国"。

杜甫草堂位于四川省成都市西门外的浣花溪畔，是中国唐代伟大现实主义诗人杜甫流寓成都时的故居。当年，杜甫为避"安史之乱"，携家入蜀，在成都营建茅屋而居，称"成都草堂"，现今草堂已是成都杜甫草堂博物馆，用来纪念中国唐代伟大的现实主义诗人杜甫。

杜甫先后在此居住近四年，创作诗歌流传至今的有240余首。其中的《闻官军收河南河北》现已成为不少地区学生的必修课。草堂故居也被视为中国文学史上的"圣地"。

草堂旧址内，照壁、正门、大廨、诗史堂、柴门、工部祠排列在一条中轴线上，两旁配以对称的回廊与其他附属建筑，其间有流水萦回，小桥勾连，竹树掩映，显得既庄严肃穆、古朴典雅而又幽深静谧、秀丽清朗。工部祠东侧是"少陵草堂"碑亭，象征着杜甫的茅屋，令人遐想……

出游期间，我同弟子们品味了四川多种多样、驰名中外的地方特色小吃，在逗留了5天之后于4月17日乘机返回。

5月12日下午2点28分，震惊世界的以汶川、北川为中心的强烈地震发生了。

那天中午，我因为午休三点才开机，刚开机就接到弟弟从天津打来的电话，问我知不知道半小时前在四川一带发生了7.8级地震，震中就是汶川、都江堰。

啊？！！！我惊呆了。

弟弟在电话那头，说现在央视正在热播相关报道，让我马上打开电视收看新闻，接下去他还说了些什么我就不知道了，也忘记了我当时是怎么挂断的电话。

打电话！我立即给我在绵阳和成都等地的战友们打电话询问情况，看他们受没受到损失，然而结果比我想象的要糟糕得多，电话一个也没有接通。

完啦完啦完啦完啦！绵阳完啦！德阳完啦！都江堰完啦！我的战友们完啦！……

肯定全部遇难啦！怎么办？！怎么办？！……

我坐立不安，心急如焚，恨不得立即一步跨到四川，去找到我的战友，一个个去询问他们受没受到损失，汶川的父老乡亲们受没受到损失，怎么样了？我不甘心，电话一直没停地往四川打，还是不通、还是不通！

战友们！你们到底有没有事？汶川、绵阳、德阳、成都的父老乡亲们，你们到底有没有事？直到当日晚9点，我一个家在成都的战友才用小灵通给我打电话过来。

"通啦！人没死。"这是给我的第一感觉．

接着，我迫不及待地询问他们那里的情况，他说家里电话、手机不通了，说位于震中的汶川、都江堰、北川的房子全毁了，山体滑坡严重，通向灾区的道路大部分被毁，几个县城都被夷为平地，损失惨重，还说温总理已经在第一时间赶到了成都，代表党中央、国务院慰问灾区，正在指挥抢救被困群众……

我忽然想到 30 年前在一五〇师医院服役期间我们卫生班的女卫生员小孟，她怎么样呢？这次地震她碍不碍事？她也是我多年未见的战友，很挂念，就从战友口中打探到她的下落。我给她打通了电话，当她知道是我时，只叫了一声"班长"就呜呜地哭泣起来，哽咽道：

"我们这儿居民房屋全震塌啦！我们的厂子也完啦！老的少的死的死、伤的伤，这几天我们一直在救伤员……"

听着她如泣如诉的声音，一种难以割舍的战友情使我的泪水也禁不住扑簌簌夺眶而出，定定神儿又安慰她说：

"别哭了，过两天我去看你们。"

"不要来了，这里余震不断，没有住处。"她忙说。

"那怎么行？看到你们我才放心。"我说。

5 月 17 日，将在杭州举办全国第十三届风湿病学术会议。我收到中华医学会的邀请，已于 4 月 29 日预定了从天津飞往杭州的机票。

怎么办！？是去四川救援，还是去杭州参加会议？一头是四川绵阳受灾地区，至今我的战友在那里生死未卜，不去救援于情交代不了；另一头是中华医学会组织的会议，我还担任着中国中西医结合防治风湿病联盟副主席的职务，身为联盟领导却不参加会议，于理又说不过去。真是捆着发麻，吊着发木，进退两难。这期间，我一直跟四川绵阳那边联系，可通信一直中断，没有联系上。在这样一种忧心忡忡的心境下，我焦急地想，联系不上绵阳，想去也没办法去，可在家里苦等干着急也无济于事，不如一边赶赴杭州，一边在途中联系，联系上再说。在这种情况下，我怀着一种不平静的心情，于 5 月 17 日去天津，然后乘机去了杭州。

5 月 21 日，我从杭州回来的第二天，经过一番筹备，带着 4 顶帐篷、4 张折叠床和 6 箱 "84" 消毒液，同另一位战友一起，开车直奔四川而去。我们从霸州上高速一路南下，途经河北、河南、陕西、甘肃、四川五省，纵穿海拔 3200 米的秦岭山脉和长达 10 公里的隧道，渴了喝口矿泉水，饿了啃口方便面，昼夜兼程，经过 23 个小时的长途跋涉，终于到达了四川省绵阳市。

呀！这就是梦牵魂绕的四川吗？

我又一次惊呆了：到处是断壁残垣、片片废墟，空气中弥漫着一股难闻的气味……

不过，四川已不再哭泣，她挺住了，变得更加坚强了，她正在党中央、国务院及本省市各级领导的关注下，同入川执行抗震救灾任务的部队官兵一道，解救危难群众，携手重建家园，并以微笑和感激的神情，接纳着来自全国各地和国际友人的救援和物资……

汶川一带包括什邡、北川、安县、绵阳和德阳，是我们当年服役的解放军某师各团的驻防区，我在师医院卫生班服役期间，曾多次下基层、下连队，到乡村义诊，也曾多次随部队来此参加军事演习和野营拉练，十分熟悉这里的一草一木，十分熟悉和眷恋这里的道路交通、风土人情和秀丽山川……

然而眼前这番景象却让我很难过，感到自己应该做点什么。于是，我去了绵阳九州体育馆，通过灾区接待处向四川灾区捐赠了带去的帐篷、折叠床和消毒液；通过四川省红十字会向都江堰灾区捐资 7000 元；去汉旺镇慰问了在那里执行救灾任务的解放军某部官兵；慰问了当地受灾的一所小学，给小学生们送去了价值 1500 元的文具；最后，分别看望了家在灾区的战友们，为小孟家里送去了一箱消毒液、一顶帐篷、一张折叠床，留下了 1000 元钱……

就要离开四川了，我的心不由得沉重起来，真的不愿离开！这里毕竟是我 30 年前曾经战斗过的地方，而且从那时起，我就把这里当作了自己的第二故乡。自己把青春和汗水留给了这方热土，这里有我终生难忘的战斗岁月！尤其当我看到昔日风华正茂的战友们都已人到中年，当年卫生班里天真活泼的小孟，如今已是本地一家国家重点企业的中层领导干部，由于连日的奔波劳累变得苍老了许多……

北归途中，我的脑海里一直萦绕着在四川灾区所见所闻的一幕幕情景，回忆着一个个战友的容貌……

奔驰的车子行驶在高速公路上，一辆辆满载抗震救灾物资的车辆鱼贯南下。

地震无情，大爱无疆！忽然想起胡锦涛总书记在地震灾区说的一句话："任何困难也难不倒英雄的中国人民！"

是的！当时我想，我们完全相信：在以胡锦涛为总书记的党中央领导下，四川灾区，有全国人民的大力支持，一定能够战胜灾害，重建家园！

从四川灾区回来后的一个晚上，我做了一个梦，梦见自己又去了四川，四川灾区又变成了一个个更加美丽的新兴城市。

第五章·我的专家之路

一段特殊的"大学经历"

一般来说，系统的知识只能在大学里才能学到，但在社会这所没有围墙的"大学"里，也能学到知识，甚至可以听到比大学里还要精彩的课程，这样的机遇对于每一个渴望知识的人来说是弥足珍贵的。

我就有这样一段为期三个月的特殊的"大学经历"。

事情要从 1990 年 8 月中旬的一天说起，这天下午，乡卫生院前来就诊的病患者明显比上午稀少起来，我像往常一样，又在内三科我的办公室里翻看起医学专著来，这时，郭院长走进来，对我说：

"准备下，明天去廊坊参加一个卫生干部培训，用医院的那辆救护车送你去。"

"去多长时间？"我问。

"仨月。"郭院长说。

仨月的培训，机会难得！听郭院长说，全市卫生系统只给了三个名额，另外两人都是乡镇卫生院院长级别的卫生干部，一个是褚河港乡卫生院院长姜茂华，一个是煎茶铺镇卫生院院长李兆明。按理说，应该郭院长去，且应该由他带队去，因为当时郭院长兼着市卫生局副局长，我当时只是岔河集乡卫生院一名参加工作一年多的科室主任，且是一名合同制工人。在全市乡级卫生院里，岔河集乡只是我市西部的一个小乡，能够要到这样一个名额指标是很不容易的，更何况这次培训的是乡镇卫生院领导干部，郭院长居然让我去，可见他对我的器重和良苦用心！我享受的是廊坊市卫生系统卫生干部的待遇呀！想到这里，禁不住欣喜若狂。可又一想，不行！来医院看病的病人一般找我的多，自己又刚被提了科室主任，我要是走了，一走仨月，那些来找我看病的病人怎么办？想到这，我又犹豫起来，算了，去跟郭院长说，不去了，培训无非是念念书本上的医学理论，让给别人吧。后来又一想，还是不能失去这次学习培训的机会。听说，这次培训是廊坊市卫生局卫生干部管理学校从北京请来的专家教授给讲课。随着社会的发展，需要不断更新自己的知识结构，应该利用每一次培训学习的机会去"充电"。于是，我就用钢笔草拟了一个"便条"：

因去廊坊市卫生干部管理学校深造，暂停诊三个月。

王　英

写好后，我请医院里一位有硬笔书法功底的医生帮我用楷书工工整整抄写了一遍，为了防止被风刮掉，我把它贴在了办公室门上方里面的玻璃上。

第二天，我如期去廊坊参加了培训。到后一听课，果然不同凡响。

廊坊市卫生干部管理学校从北京协和医科大学请来刚刚回国的大学教授给我们讲课，那课讲得可说是堂堂精彩！

我非常庆幸，不禁暗想，这回培训自己来对啦！

我有生以来第一次听到如此高层次、高规格、高质量的医科大学的课程，真是培训三个月，胜读十年书。比如，一位教授讲到对各种休克病人的抢救与治疗，失血性休克怎样抢救，难治性休克如何救治，还有呼吸衰竭性休克、肾功能衰竭性休克、肝功能衰竭性休克、脏器衰竭性休克等类型性休克应该如何抢救与治疗；如何使用抗生素；等等。我由衷感到自己所听到的，是全国乃至世界医学领域里最好的导师级课程。

培训结业前夕，正赶上在北京举办的第十一届亚运会结束，培训主办方领导、廊坊市卫生局卫生干部管理学校雷校长带着我们去北京参观了亚运场馆，听到在此次亚运会比赛期间，中国的亚运健儿为祖国夺金争光扬国威，不禁心潮澎湃，为我们伟大祖国改革开放所取得的辉煌成就，以及中华民族的崛起感到由衷的骄傲和自豪！

那次难忘的"大学经历"让我受益终身，也让我的医术发生了质的变化，在全市"三个第一次"引进当时全国乃至世界上均属前卫的医学成果。

首先是率先引进了盐水配液输青霉素成果。在学习培训期间，听教授讲，输青霉素类抗生素不能使用葡萄糖液，要使用 0.9% 的生理盐水配液，因为给病人输青霉素，如果半小时内输不进去，抗生素的有效成分就分解了，抗生素药效将会降低 30%。当时我听了备受鼓舞，心想，回去后一定引进这一科研成果。我于 1991 年第一个改用 0.9% 的生理盐水配用输青霉素类抗生素药液，比市医院提前了四年，18 年后，至今一些个体门诊仍在沿用用葡萄糖配青霉素类抗生素药液。

其次是关于心衰和呼吸衰竭病人的抢救。过去一般对充血性左心室心衰病人的抢救，只是从医理上强心利尿，只用西地兰和速尿，或给点儿抗生素类"能量"合剂。在培训期间，我明白了，在用西地兰和速尿抢救充血性左心室心衰病人时，同时必须应用降低心脏前后负荷的药物，才能使心衰尽快得以纠正。在我培训回来以后，第一个运用这一医理和治疗方案，当年先后抢救了 10 余个肺气肿合并心衰病人。由此，我感到，科学真的是第一生产力。

最后是第一个在治疗糖尿病病人上实现了新突破，即治疗过程中，必须同时治疗糖尿病并发症。以前治疗糖尿病一般只用降糖药，糖尿病本身是代谢性疾病，可以引起多脏器损伤，合并多种疾病，比如高血压、高血脂，加上降糖药的毒副作用，可使肝肾功能损伤，因此，在降血糖的同时，也要降压、降脂，保护其肝肾功能。多年来的临床实践发现，久治不愈的糖尿病患者如果不注意对病症的并发症治疗，会因为眼底动脉硬化而双目失明。我的临床实践证明，糖尿病与其并发症兼治，可使并发症不发生或推迟发生。

培训期间那张"便条"达到了应有的告知目的，且起到了变相的"广告"作用。由于患者知道了我去廊坊参加卫生干部培训班，对我产生了一种神秘的期待感，加之我培训回来后在医术水平上的显著提升和对前沿尖端医学科研成果的突破性引进，使得找我来看病的人不仅没有减少，反而比原来增多了。

张药商与亳州之行

1992 年，类风湿病医院在采取中药治疗风湿病过程中，用了大量中草药，而这些中草药又大都是从享有全国四大中草药药都之一美誉的安徽省亳州市购进的。因此，我与亳州药商张先志先生成为故交，与其交往的经过也就成了一个很值得一提的话题了。

那是 1992 年类风湿医院刚刚开业的时候，医院面临的最大困难就是资金问题，购进药品各医药公司概不赊欠，经营业务一时陷入困境。7 月中旬的一天，一位自称安徽亳州张先志的人走进我的办公室。我问其来意，他自我介绍是一位药商，洽谈业务期间，得知可以赊销，这让我喜出望外，就拉出了一个需要购进的 100 余种、数量近 4 吨、价值 7 万元的中药清单给他。他接过单子看了看，说："没问题！"这大大出乎我的意料，不禁心说，这下可行啦！面前这位张先生简直就是财神，帮了医院的大忙。因为当时购入时中草药价格低廉，但进药不久，市场上如全蝎、蜈蚣、土鳖、水蛭、海马、乌蛇、白花蛇、黑蚂蚁等虫类药的价格就开始猛涨，价格比原来上涨了十倍或几十倍。尽管说好年底付清货款，可两个月后，我见医院经营形势效益可观，便从第三个月开始，陆续分期付清了他的货款。

当时，另外一些中草药如七叶一枝花、白花蛇舌草、半枝莲等也都成了抢手货，价格暴涨，常规用药板蓝根、银花、连翘、丹参、当归、牛膝无一不涨价。但是当时张先生一分钱价格没涨，货款一分没要。事后，我愈加感到，张先生是类风湿医院的"救命恩人"。

受人滴水之恩，亦当涌泉相报。在以后的业务经营中，类风湿医院以及我本人与张先生结下了深厚友谊，这也对医院发展起到了决定性作用。交往过程中，张先生曾经多次来医院，每次来都邀请我去他们那里看看。我知道，亳州是中国四大药都之一，也早就想去安徽亳州考察一下那里的中草药市场，这样就促成了我的亳州之行。

1996年10月17日，我踏上了去往安徽亳州的行程。

亳州，位于皖西北边陲的华东大平原地带，南襟江淮，北望黄河，是一座具有3000多年历史的文化古城。1986年撤县建市，同年成为国家历史文化名城，是中国优秀的旅游城市。

我是从霸州火车站乘车沿京九线去往安徽亳州的，等车进入亳州地界时，我被眼前的景象惊呆了，只见田野里生长着一望无际的各种中草药，好一派药都风光！

亳州历史悠久，源远流长，是中华民族古老文化的发祥地之一。上古时，"亳"地属古豫州，成汤为诸侯时即居于此。《史记》载："自契至成汤八迁，汤始居亳。"商曾几度迁都，人们将汤所都之地统称为"亳"，包括南亳（今河南商丘南）、北亳（今山东曹县一带）、西亳（今河南偃师一带）。周代，此地称"焦"。秦统一中国，推行郡县制，在此置谯县，隶属砀郡。秦末陈胜、吴广于大泽乡起义后，由于一时难以攻取北面的彭城，便占据谯县。西汉时，谯县隶属豫州刺史部所辖之沛郡。东汉时，沛郡改为沛国。建安末年，析沛国之一部置谯郡，曹操以谯郡一带为基地，不断在军事和经济上扩充自己的力量。曹操在谯郡等地实行屯田，大力开展"军屯""民屯"，促进了谯郡地区农业生产的发展和经济实力的增长。魏文帝皇初二年（221年），谯被封为陪都，与许昌、长安、洛阳、邺并称为"五都"。北魏正始四年（507年）置南兖州。北周大象元年（579年），因南兖州地处古南亳近临，故"遥取古南亳之名以名州"，改南兖州为亳州，亳州之名，始见于此。

隋唐时期，几次更名，或亳州，或谯郡。明初，亳州降州为县，隶属颍州。弘治九年（1496年），亳县又升为州。清初，亳州隶属江南省凤阳府。康熙六年，江南省划为江苏、安徽两个布政使司。民国元年亳州改为亳县，民国 37 年成立亳州市，1949 年市、县合并，恢复亳县建制，隶阜阳行政公署。1986 年 3 月，撤亳县建亳州市，其隶属关系和辖区不变。1998 年 2 月归省直接管辖。2000 年 5 月设立地级亳州市。

张先生陪我逛了药都庞大的中草药市场。自东汉末年神医华佗开辟第一块"药圃"开始，勤劳智慧的亳州人依华佗之灵气，靠土地之肥沃，借交通之便利，种植、经营中药材之风日益繁盛，经久不衰。

在中国《药典》上冠以"亳"字的就有"亳芍""亳菊""亳桑皮""亳花粉"四种，其中亳芍、亳菊被列入安徽四大名药，亳产白芍产量占全国总量的 75%。近年来全市中药材种植面积已发展到 100 多万亩，种植 400 多个品种，新开发 208 种，从事种植、加工、购销中药材的人员达 100 万之众，形成近千个中药材种植专业村。市区内建有全国规模最大、设施最好、档次最高的"中国（亳州）中药材交易中心"。该专业市场年交易额达 100 亿元以上，亳州已是名副其实的全国最大的中药材集散地，药业经济已成为当地富民强市的重要支柱。因此，亳州赢得了"数天下药都，药材天地，岐黄事业，此城最古；量人间风采，神医故里，医药文化，吾地独优"的美誉。1995 年，江泽民总书记欣然题写"华佗故里，药材之乡"，更加提高了亳州的知名度和影响力。

历史悠久的亳州，史称"境大货穰，体视大帮"，为"江北胜地，南北要脊"，是淮西一大都会，也是成汤、庄子、曹操、华佗、道教至尊陈抟、著名诗人李绅、巾帼英雄花木兰的出生地。悠久的历史和灿烂的文化，给亳州留下了众多古迹和丰富的文化遗产，其中曹操古运兵道、天静宫和蒙城尉迟寺遗址等享誉海内外。在亳州，我逗留了四天，不仅考察了当地的药市，还游览了那里的名胜景点。

在亳州，张先生还给我介绍了很多卫生界和医药界领导以及一些病患。听说我是来自河北霸州的当地名医，借来此考察市场之际给人看病，患者纷纷慕名前来寻医问诊。我先后为 30 余人看病，都是些疑难杂症，风湿类病人居多。印象最深的是一位年仅 15 岁的小女孩，刚上初中，经张先生和其父母介绍，女孩是个斑秃病人，脱发脱得连眉毛都没有了，家人为其四处求医，去过当地不少医院诊治都没见好转。

斑秃俗称"鬼剃头"，医学认为是肝肾两虚所致，我在岔河集本村行医时曾经治愈多例。

中医称斑秃为"油风"，该病往往与神经紧张、刺激、创伤等有关系，起病突然，患部头发迅速成片脱落，脱发部位呈圆形或不规则形，头皮平滑光泽，严重者头发全部脱光，偶有痒感或无任何自觉症状。此多因肾水不足，不能上济心阴，心肾不交，血虚不能荣养肌肤，腠理不固，风邪乘虚而袭入所致。风盛血燥，发失所养则脱落。肾其荣在发，发为血之余。所以，医者多以滋补肝肾、养血宁心、祛风生发为治。据此，我给小女孩号完脉之后，开了方子。

半年后，据知情人讲，这女孩头上生出了新发，我听了很高兴，心想，这说明被西医定为不治之症的斑秃病被我找到了答案。

1997 年，小女孩全家带着一面锦旗专程来霸州向我致谢。

北戴河遐思

1993年夏，我去北戴河参加第四届全国类风湿病防治学术研讨会议，住在河北省总工会秦皇岛疗养院宾馆。一天下午，当日的学术研讨内容结束，我回到了自己下榻的宾馆房间，隔着房间，只见窗外大雨滂沱，水天相接，茫茫一片，不见其他。蓦地，忽然想起毛主席的那首著名诗词《浪淘沙·北戴河》，想到了1000年以前另一位汉末三国风云人物——诗人曹操，想起了他那首著名的《步出夏门行》。两位杰出的伟人在我脑海里跃然浮现，交相辉映，闪烁着夺目的智慧光芒。

《浪淘沙·北戴河》作于1954年夏，是年夏天，毛主席来到北戴河，一边修养，一边工作。一天，北戴河海滨狂风大作，洪波汹涌，激浪重重。主席来到海边，极目幽燕苍穹，蓦然思及魏武，兴致倍增，要下海游泳。因为风浪太大，卫士们出于安全考虑试图加以劝阻。毛主席豪迈地说，风浪越大越好，可以锻炼人的意志。就在那白浪滔天的一片汪洋之中，在狂风暴雨之中，毛主席畅游了一个多小时，上得岸来，精神抖擞，毫无倦意，触景生情，脱口吟就了这首光辉的辞章：

大雨落幽燕，白浪滔天，秦皇岛外打鱼船。一片汪洋都不见，知向谁边？往事越千年，魏武挥鞭，东临碣石有遗篇。萧瑟秋风今又是，换了人间！

身为一位人民领袖，与古代的封建帝王有着本质区别，他心里装着他的人民。他在大雨滂沱、白浪滔天的幽燕大海上，想到的是"秦皇岛外打鱼船"，想到的是在如此恶劣环境中仍在打鱼的劳动人民，这样的胸襟是任何高高在上的古代君王所不可能有的。少年时期就有着齐家治国平天下，解民众于倒悬之志的毛泽东，为了人民的利益，为了新中国的诞生，奋斗了大半生，从未削减过"与天奋斗、与地奋斗、与人奋斗"的决心。正因为有此感，才使其借景抒情，讴歌劳动人民在大风大浪中的坚强意志，表达了领袖对渔民破浪前进勇敢精神的赞赏。

领袖蓦然间回望历史，抒发出对千年前魏武曹操文韬武略的礼赞，抒发出雄豪慷慨的情调和一代伟人的气度。尽管彼时与此时的风雨相差无多，然而在今日"萧瑟秋风"中，人类社会与千年前相比，已发生了翻天覆地的巨变。全词仅有 54 个字，却精辟地讴歌了新时代、新社会、新主人。自始至终，全篇字字珠玑，以一胜百，数十字足敌万言，仅以一句"换了人间"，就道出了新旧时代的天壤之别！全词蕴含着一种坚定的信念，即中国人民一定能够依靠自己的拼搏精神，战胜险风恶浪，排除万难，赢得社会主义经济建设的胜利，开辟与创造出社会发展史上美好的新时代。

毛主席提到的魏武帝曹操，既是一个伟大的政治家、军事家，也是一位杰出的诗人。"东临碣石，以观沧海。水何澹澹，山岛竦峙。树木丛生，百草丰茂。秋风萧瑟，洪波涌起……"《步出夏门行》组诗，表现出曹操的雄心壮志和积极进取的精神。曹操抒发雄心壮志的成功之处，就在于他以写大海的辽阔雄伟气势，写出以统一天下为己任的雄伟抱负。开篇写东临碣石，以碣石这一意象自比秦皇汉武，进而抒发自己内心的壮志，想象自己也能像秦皇汉武那样建立起统一中国的伟大功业。同时回首自己的戎马生涯，不禁感慨万千，心潮翻滚。极目远眺，尽收大海风光，满腹豪情就在他的胸中，而此时此刻这壮阔之景，正是其远大志向的寄托之景。面对大海的浩瀚，诗人不禁为大海雄浑浩荡、波翻浪滚的景象所感染。与此同时，又出现挺拔的山岛，直插空际，给人以不可动摇之感，象征不可动摇之志。同时，以山岛的静衬托海水的动，以海水翻滚之大气势，抒发豪迈阔大的志向。同时，其写岛上树木葱郁，给人以强烈的生气勃勃的精神感受。接着所写的秋景，却似乎有着另一番景致，以一种反常的笔调写出了诗人的不同情趣，可能是以秋天作自比，虽然人老但那进取精神却如那葱郁之木，始终郁郁葱葱，象征着那叱咤风云、囊括宇宙之凌云斗志永不熄灭。"洪波涌起"，大海波涛冲天，澎湃的海浪奏着雄壮之音，把大海包罗万象、吞天载地的壮志表现了出来。接下来写的是雄浑境界的高峰："日月之行，若出其中，星汉灿烂，若出其里。"每天太阳和月亮从东方升起，绕天一周，又向西方落下去，好像从海里升起又落到海里去一样。星汉灿烂的银河，斜贯天空，好像连她也是发源于这茫茫大海。诗人刻画出大海吞吐太阳月亮，囊括宇宙的壮丽景象，好像是由于大海的广阔无垠，日月才不停地运行。海天相连使得太阳、月亮、无涯无际的银河这些最伟大的形象都在大海的包容之内，造成了一种大海吞吐日月、包容星汉、兼容宇宙的形象。作者如果没有包容宇宙的胸襟和宏伟不凡的抱负，可能拥有如此硕大无比的境界吗？在海魂之神貌中，那气宇不凡的英雄气概和奋发昂扬、横扫群雄，统一中国的豪情壮志，由此可见一斑。

诗篇是作者年过半百时在破乌桓的回师途中写的，气势磅礴，雄浑。欣赏此文，能给人一种登山顶、临大海、横空万里、豪情满怀的感觉，可见其英雄气概十足，志向宏大高远。正如宋敖陶叔所说："魏武帝如幽燕老将，气韵沉雄。"此诗虽短但全诗的意象却丰富饱满，联想奔涌而至。诗人反用庄子"吾闻楚有神龟，死已三千岁"的话，说神龟虽长寿也难免一死；用韩非子"飞龙乘云，腾蛇游雾，云罢雾霁而龙，蛇与同矣"中的"腾蛇"作比喻，说明其虽能乘云驾雾，本领大，然而一旦云消雾散，就和苍蝇、蚂蚁一样灰飞烟灭了。世间任何生物都难免一死。生命总是有限的，不必为人生有限而忧戚伤怀。然而，这样也正为诗文提供了另外的一种意蕴，有了"及时当勉励"的言外之意。"老骥伏枥，志在千里"把自己比喻成千里马，虽然老了，即使在马棚里，驰骋千里的雄心还是有的。有志于建功立业的人，到了晚年，壮志也不会消沉。寿命虽然有限，但只要自强不息，抓紧时间还是可以大有作为。诗人进一步提出"烈士暮年，壮心不已"，直接抒发了心中的感慨，不满足现有功业，到了晚年也还是要老当益壮，锐意进取，去实现统一天下的理想。在雄壮之意象"神龟""腾蛇"与悲愤之意象"老骥""烈士"的对比中，更加突出了那种壮志豪情，促使人勃勃欲发，精神振奋，从而唤起人们的共鸣，激励人们把有限的生命贡献给无限的事业。诗人接下来写道："盈缩之期，不但在天，养怡之富，可得永年"。人的生命长短，并不是由天定的，只要身心修养得法，乐观豁达，顺应自然规律，就能够延年益寿。这无非是说人们不必为寿命而担忧，也不要因年老而消沉，不要放弃自己的凌云斗志。这些都突出了其坚强的意志和不断进取的人生观。此诗读起来，给人一种高歌猛进、振奋鼓舞的感受，由此可见其内心志向的远大。

文如其人，诗如其人。毛主席和曹操，千年之隔，论及胆略卓识与经天纬地之才，均是一代伟人。"任凭风吹浪打，胜似闲庭信步"也好，"老骥伏枥，志在千里"也罢，都异曲同工地表达了要把大写的人立于天地之间的真谛！

难忘香山红叶时

1994 年 11 月 1 日，中国科协第二届青年学术年会卫星会议——中国康复医学会首届青年学术会议在北京香山疗养院如期召开，会议的主要议题是"类风湿关节炎"的康复治疗，内容包括理疗、按摩、药浴、针灸。

那次在北京参加的全国青年首届康复医学研讨会是我第一次参加的全国性学术交流会，感到如登顶香山，大开了眼界，学到了许多专业医学知识，一些非常前卫的观点更新了我的专业知识结构。同时我也结识了许多专家学者，例如，康复医学领域的资深专家张树杰教授（已故），他是我国中西医结合治疗风湿类疾病的奠基人之一，也是我国中药药浴方法治疗风湿病的奠基人之一。

研讨会期间，我们游览了香山。

香山公园位于北京海淀区西郊，是北京著名的森林公园。据载，1186 年，金代皇帝在这里修建了大永安寺，又称甘露寺。寺旁建行宫，经历代扩建，到乾隆十年定名为静宜园。静宜园曾两次惨遭抢劫和焚毁，新中国成立后陆续修复了大部分名胜。主要景点有鬼见愁、玉华山庄、双清别墅等。玉华山庄位于山脉中部，是庭院型风景点，院内古树参天，榕树成行，泉流淙淙，亭台层层，是幽雅宜人的好去处。香山红叶最为著名，每到秋天，漫山遍野的黄栌树叶红得像火焰一样。这些黄栌树是清代乾隆年间栽植的，经过 200 多年的繁衍，现已形成拥有近 10 万株黄栌树的树林风景区。每年 10 月中旬到 11 月上旬是观赏红叶的最好季节，红叶延续时间通常为一个月左右。半山亭、玉华山庄和阆风亭都是看红叶的好地方。700 年前的金代，始建皇家的行宫和香山寺。元、明两代屡加修建，使得皇家园囿初步形成规模。清代乾隆年间，对香山大兴土木，使之成为规模宏大的皇家园林——"静宜园"，名列清代著名景观"三山五园"之内。

香山景点之一是西山晴雪碑，从平台北望，上写"西山晴雪"，乾隆十六年（1751年）立，也是"燕京八景"之一。相传金明昌年间，初名"西山积雪"，元时改为"西山晴雪"，明时又改称"西山霁雪"。清乾隆时又恢复使用了元时名称。景碑现仍立于香山公园内半山亭北、朝阳洞山道右侧。西山风景优美，唐宋以来已成为寺院荟萃之地，著名的西山八院，就是在金代开辟的园林。"西山积雪"就是当时西山雪后的著名景观。据史载，早在800多年前，金世宗就曾在香山一带建造大永安寺，还兴建行宫。后来他的嫡孙，直接继承他的皇位的章宗完颜璟，又在此地相继构筑了祭星台、会景楼等建筑，说这里是章宗定西山积雪的景点，似属无可非议。可以想象，每当雪后初晴，从这里凭高临远，但见山峦玉列，峰岭琼联，旭日照辉，一派红装素裹，倍极壮丽，应该说，"晴雪"要比"积雪"更富有诗情画意。

元代著名书法家鲜于枢之子鲜于必仁曾有燕京八景诗，其中，《西山晴雪》中描写道："玉嵯峨高耸神京，峭壁排银，叠石飞琼。地展雄藩，天开图画，户判围屏。分曙色流云有影，冻晴光老树无声。醉眼空惊，樵子归来，蓑笠青青。"

明代，西山晴雪又改为西山霁雪。明永乐年间初为翰林院侍讲的邹缉《西山霁雪》诗描写道："西山遥望起岧峣，坐看千峰积雪消。素采分林明晓日，寒光出壑映晴霄。断崖稍见游麋迹，深谷仍迷野客樵。应日阳和气回早，登临未惜马蹄遥。"可以想象到，大雪初霁，凝华积素，千岩万壑，宛然图画的美好景色。

乾隆来到静宜园后写了《西山晴雪》诗，将"西山霁雪"改为"西山晴雪"，诗中写道："银屏重叠湛虚明，朗朗峰头对帝京。万壑晶光迎晓日，千林琼屑映朝晴。寒凝涧口泉犹冻，冷逼枝头鸟不鸣。只有山僧颇自在，竹炉茗椀伴高清。"也许是乾隆认为自己写得很美，或是想对燕京八景再称颂一番，乾隆十六年（1751年）又依《西山晴雪》诗叠旧韵赋诗："久曾胜迹纪春明，叠嶂嶙峋信莫京。刚喜应时沾快雪,便数佳景入新晴。寒村烟动依林梟,古寺钟清隔院鸣。新傍香山构精舍,好收积玉煮三清。"将诗刻在"西山晴雪"碑上,立在香山山腰半山亭北,朝阳洞登山道右侧。

我在游览香山过程中对普明妙觉殿很感兴趣,因为它曾经与一位中国民主主义革命先驱密切相关,他就是孙中山。1925 年 3 月 12 日,孙中山先生在北京逝世,他的灵柩曾停放在碧云寺最高处的金刚宝座塔内,四年之后,中山先生的灵柩移往南京紫金山时,曾在此殿设灵堂,举行了隆重的公祭和哀悼,之后,这里被辟为"孙中山纪念堂",供人们瞻仰。悬挂在门楣上的匾额是由宋庆龄亲笔所书的"孙中山纪念堂"六个大字。

在香山寺东南半山坡上,有一处别致清静的庭院,即双清别墅。院内两道清泉,常年流水不息,一股流向知乐濠,一股流向静翠湖,此即"双清"二字之缘由。院内池旁有八角亭及参天银杏树。1917 年河北省大水,督办熊希龄办香山慈幼局,在此建别墅,始称"双清别墅"。1949 年 3 月 25 日,毛主席随党中央由河北平山县西柏坡来平,住在此处,直到 11 月份才迁居中南海。在此发表了一系列重要文件。著名的七律《人民解放军占领南京》即吟成于此处的八角亭内:

> 钟山风雨起苍黄,百万雄师过大江。
>
> 虎踞龙盘今胜昔,天翻地覆慨而慷。
>
> 宜将剩勇追穷寇,不可沽名学霸王。
>
> 天若有情天亦老,人间正道是沧桑。

在那次全国首届青年康复医学研讨会上,我发表了自己的关于类风湿关节炎治疗课题的学术研讨论文,论文题目是《类风湿关节炎的康复治疗》。我提出:"类风湿关节炎是世界性疑难杂症,用任何单一的医方或一种治疗方法都不可能治愈,因而必须采取中西医结合与康复疗法为一体的一种新的治疗方案，才能使其早期治愈，控制中期发展，改善晚期症状，矫正畸形关节。"我的这一观点在会上一经提出，便引起反响，得到不少资深专家的认可，特别是得到我国老一辈康复医学创始人刘琨的肯定。

参加研讨会的时候，正是类风湿医院创办两周年之际，为了缩短病人的治疗期，减少其治疗期间的病痛，我正在千方百计探索新的临床治疗方案，设立了药浴室。十余年过去了，当时接受过医院药浴治疗的风湿类疾病病人，尤其强直性脊柱炎的病患者无一复发。药浴康复治疗法对于产后风湿病、类风湿关节炎和强直性脊柱炎三种疾病治疗效果最佳。据本院资料统计，采取药浴治疗法进行治疗的病人5年间达2000余人次，三种疾病的治愈率达到了50%。

开封论"痹"

当年武侠小说大师金庸曾登顶华山与人论"剑"，14 年前，我也曾同全国各路中医药学防治风湿病专家一道，云集河南开封旁征博引、谈古论今，从医学学术上探讨防治"痹症"的妙策良方。

1994 年 11 月间，我在北京香山参加由中国康复学会举办的全国青年首届医学研讨会时发表的《类风湿关节炎的康复疗法》的论文被编入会刊论文集公开发行后，引起了中国中医药学会的关注，学会于 1995 年 6 月末给我发函，邀请我参加在河南开封举办的第二届全国中医疑难杂症学术研讨会。

被中医称作痹症的风湿病，在历代中医的治疗方法上，主要是以毒攻毒，重用大辛大热之药。历代中医药学家用此方者居多，中医名著《黄帝内经·痹论篇》中有述："风、寒、湿三气杂至合而为痹也。"所有痹症都由此而得。但现代免疫学说认为，在风湿病里，有的疾病并非由于受风、受寒、受湿引起，它属于一种自身免疫性疾病，比如，类风湿性关节炎、强直性脊柱炎和系统性红斑狼疮、皮肌炎等。如按中医痹症论观点，采用大辛大热之药去治疗则适得其反。故而，传统中医必须与现代医学相结合。

传统的产后风湿（月子病）以及腰腿疼等怕冷怕凉病症，则需要用大辛大热之类药物治疗才能见效。而治疗产后风湿在用大辛大热类药物的同时，必须重用甘草和活血化瘀药，如当归、白芍、丹参、牛膝，补气药如黄芪。因为所有产后病人大多有淤症和气血两虚症状，如单纯用大辛大热药物非但不能治愈，患有产后风湿的病人用此方治疗后，会大汗淋漓，反而会使病人的身体更加虚弱。我在从医实践中逐渐形成了自己的一个不完善的医学理论观点和治疗体系。

参加此次全国性会议，对于渴求知识的我来说，是又一次的久旱逢甘霖。虽然经过一年的临床实践，在中医治疗痹症方面自学到了不少相关理论，同时也积累了一些临床经验，但是总有一种困惑和求知欲，这种欲望总在激励着我不断地去拜访良师益友，去同他们交流，以不断丰富提高自己的学识和医术。正好就此机会，我撰写的一篇题为《中医治疗痹症的临床体会》的论文应运而生了。

此次会议安排在汴京宾馆，参加会议的人员来自全国各地，共计270余人，由于时间短暂，内容安排紧凑，不能一一将自己的相关医学理论和临床经验之谈在会议上发表。我的论文虽然没能在会议上与来自全国的各路医学专家发言交流，但被编入了《大会论文汇编》。

河南开封，古为汴梁，乃八朝古都，自夏朝、战国、五代、北宋至金，历经千载，柳色如烟。开封是诗人笔下的繁华梦都，是小说家笔下的盛世汴京，是《清明上河图》描绘的动人画卷。在这幅驰名中外的画卷里，有名震天下的开封府，有耳熟能详的大相国寺，有忠烈满门的天波杨府。

关于开封的印象，总是和赵匡胤一套太祖长拳打下来的北宋江山有着密不可分的关系。尽管开封号称八朝古都，但对这座城市影响最深的无疑还是那繁华的大宋王朝。中山北路宋都御街，再现了从皇城宣德门至南熏门的十里繁华，古色古香，甚至连字号招牌都名出有典。天下首府开封府，从黑面青天包拯到欧阳修，从王安石到苏轼，北宋时期有近一半名臣做过开封府尹。从信陵君的故居、北齐的建国寺到大唐的相国寺，最终睿宗题写的"大相国寺"匾额留在了这座古刹。大相国寺历经数次洪灾而重建，却始终在中国佛教界占有重要的地位。北宋杨家将妇孺皆知，天波府一门忠烈，庭院森森。开封城南朱仙镇，南宋名将岳飞曾在此抗金，但最终断送在秦桧手中。明代在岳飞曾经战斗过的地方修庙祭祀，五奸跪忠，碑碣林立。今天开封市根据张择端的《清明上河图》再现了当年的汴京盛世，建成了一座北宋都城主题文化公园，门楼街景，店铺船坊，其间穿插各种宋代风格表演，穿梭于此，仿佛走过了时光的隧道。北宋尚菊，这一传统流传至今，菊花不仅成为开封市花，也让菊文化在此流传。每年 10 月，开封都会举行盛大的菊花节。此外，在环城公园听一曲河南坠子豫剧，也能更好地感受到这片土地上的文化。

开封府为北宋时期天下首府，威名享誉天下，包龙图扶正祛邪、刚直不阿，美名传于古今。一曲"包龙图打坐在开封府"令人荡气回肠，引起几多遐思神往。

开封府位于开封包公湖东湖北岸，占地 60 余亩，建筑面积 1.36 万平方米，气势恢宏，巍峨壮观，与位于包公西湖的包公祠相互呼应，同碧波荡漾的三池湖水相映衬，形成了东府西祠、楼阁碧水的壮丽景观。

开封府依北宋李诚《营造法式》建造，以正厅（大堂）、议事厅、梅花堂为中轴线，辅以天庆观、明礼院、潜龙宫、清心楼、牢狱，英武楼，寅宾馆等 50 余座大小殿堂。作为主题景区，开封府坚持动静结合、雅俗共赏、历史与演义相映成趣的经营理念。在开封府，除了能够看到大批珍贵史料、逸事和陈展外，还能够看到开衙仪式、"包公断案"、演武场迎宾表演、喷火变脸等丰富多彩的表演活动，真切地体会到"游开封府，品味大宋文化；拜包龙图，领略人间正气"。

大相国寺，是开封的一处名胜古迹，位于开封市自由路西段，原为战国时魏公子信陵君故宅，北齐天宝六年（555 年）始建建国寺，后毁于战火，唐景云二年（711 年）重建，次年，唐睿宗为纪念他以相王身份入继皇位赐以今名，并御书"大相国寺"匾额。明末大相国寺毁于黄河水淹，清乾隆三十一年（1766 年）再重建。大相国寺是历史上的名寺之一，唐宋时规模宏大，仅中庭两庑即可容纳万人。明之前，寺内还藏有大量稀世之宝，如唐画圣吴道子、塑圣杨惠之和北宋大文豪苏轼的手迹等，是一座名副其实的文化艺术宝库。古典小说《水浒传》中所描绘的鲁智深倒拔垂杨柳、林教头结识鲁智深等精彩故事，便都发生在大相国寺的菜园里。

清代重建的相国寺规模远逊于唐宋，其格局基本保存至今，即在一条中轴线上，由南至北，依次建有碑楼、二殿（天王殿）、正殿（大雄宝殿）、八角琉璃殿、藏经殿。寺前院东侧还建有钟楼。正殿为清建筑，重檐高耸，顶以黄绿琉璃瓦覆盖，殿与月台皆以白石栏环护，上下对比鲜明，益显色彩斑斓。八角琉璃殿俗称罗汉殿，高亭耸立于中央，游廊回护于四周，顶盖琉璃瓦，角悬迎风铃，造型别致，世所罕见。殿内有一尊四面千手千眼观音像，高约 7 米，全身贴金，乃清乾隆年间工匠用一棵大银杏树雕成，精美绝伦，巧夺天工。殿内还有 12 尊罗汉像，皆铜铸，形态各异，栩栩如生。藏经殿亦为清建筑，高大雄伟，气势不凡。其垂脊挑角处皆饰以琉璃狮，而且下悬铃锋，风吹铃响，如奏编钟，十分悦耳动听。钟楼内的巨钟高约 4 米，重逾万斤，铸于清乾隆三十三年（1768 年）。据说，每当清秋霜天时击撞此钟，其声传得最远，故"相国霜钟"闻名遐迩，成为"开封八景"之一。

开封是北宋的首都，龙亭就是北宋的皇宫。今天的龙亭公园里有赵匡胤宴请大臣的蜡像，人物活灵活现，还是挺有意思的。不过 20 世纪 90 年代时龙亭后墙坍塌过一次，现在还可以看出翻修的痕迹。游览龙亭最好的时期是每年 10 月菊花花会期间，有很多种异彩纷呈的菊花展览。秋高气爽之时，赏开封美菊，登龙亭之顶，看潘杨二湖波光粼粼，实在是一大美事。

龙亭公园门前是宋都御街，全部是仿古建筑，有一家卖的米线很好吃，游玩累了可以去尝尝过桥米线。当年李师师会宋徽宗的樊楼也在宋都御街上，据学建筑的同学说，这个樊楼很有研究价值。宋都御街街口的两个骑大象的武士，手里拿着红缨枪，90 年代时还被人偷走过，后来找回来了。

包公祠是为纪念我国古代著名清官、政治改革家包拯而恢复重建的。它坐落在碧波荡漾、风景如画的包公湖西畔，是国家旅游局开发建设的中原旅游区的重要景点之一。自金、元以来，开封就建有包公祠，以纪念这位先贤。包公祠占地 1 公顷多，是一组典型的仿宋风格的古典建筑群。它气势宏伟，风格凝重典雅。祠内主要建筑与景观有大门、二门、照壁、碑亭、二殿、厢廊大殿、东西展殿、假山瀑布、石雕百龙亭与喷泉、小桥流水、嶙峋奇石。其中大殿内高 3 米多、重达 2.5 吨的包公铜像引人注目，只见包公蟒袍冠带，正襟端坐，一手扶持，一手握拳，仿佛要拍案而起，一身凛然正气，是集历史性、思想性、艺术性于一体的包公写照。铜像两旁陈列着反映包公生平和清廉品德的历史文物与典籍。二殿展有包公的出仕明志诗、开封府题名记碑、包公家训、包公书法手迹、墓志铭等。开封府题名记碑上刻有北宋开国以来 148 年中 183 任开封府尹的姓名和上任年月（可谓京官的花名册），唯有包公名下有一条深深的凹痕，这是因为人们观赏碑刻时总在其名下指指点点，日久天长磨出来的，它正是历代人民爱戴包公的见证。东西展殿则以图文并茂的形式，展示包公的传说逸闻、历史故事，特别是东殿的群组蜡像《铡美案》与真人大小一样，色彩鲜明、形神俱备、毫发毕现、栩栩如生，备受中外游客赞扬。

天波杨府是北宋抗辽英雄杨业的府邸，位于开封城内西北隅，天波门的金水河旁，故名"天波杨府"。因杨业忠心报国，杨家将世代忠良，宋太宗赵光义爱其清正刚直，不善巧言谄媚的性格，敕在天波门的金水河边建无佞府一座，赐金钱 500 万盖"清风无佞天波滴水楼"。并亲笔御书"天波杨府"匾额，下旨凡从天波府门前通过的官员，文官落轿，武官下马，以示敬仰。

天波杨府建筑布局由东、西、中三个院落组成，其建筑规格按当时正一品武官级别修建，与杨业受封太尉和大同节度使的官职相符。

杨业（俗称令公）的祖先是麟州（今陕西神木市）人，到杨业时迁往太原，其父杨信是五代时抗辽的著名将领，曾镇守过河曲（今山西河曲）和麟州。杨业原名重贵，是五代末年北汉政权的将领，由于他勇敢善战，人称"杨无敌"，北汉统治者刘继元替他改名刘继业。北汉时期，杨业做过建雄节度使，镇守今山西代县，由于契丹的侵扰，双方经常发生武装冲突。北宋政权建立后，杨业一度劝说刘继元归附宋朝，共同抵抗契丹，刘继元没有答应。公元 979 年，宋太宗赵光义围攻太原，北汉割据政权垮台，杨业恢复原姓，成为北宋王朝的一名将军。这时，他已 50 多岁。宋太宗知道他熟悉北方边疆情况，委派他为代州（今山西代县）刺史。

　　杨业的妻子佘氏，是一个很有军事才能的人。她出身于云州（今山西大同）大族，祖父、父亲和两个兄弟都是边关将领，在后周和北宋先后镇守过府州（今陕西神木东北），多次与契丹交战，保护北方的边防门户。出身于武将世家的佘氏，善骑射，能征战，曾帮助丈夫杨业镇边建功。今山西保德折富村还有折太君墓，即佘太君墓，这是由于"折""佘"读音相近的缘故。

　　在古都开封，自北宋以来素有"文包武杨"之称，杨家将的英雄故事在北宋时已在民间广泛流传。著名文学家欧阳修曾称赞杨业、杨延昭"父子皆名将，其智勇号称无敌，至今天下之士，至于里儿野竖，皆能道之"。杨家将的故事千百年流传下来，家喻户晓，说明中国人民自古以来就具有光荣的爱国斗争传统。人民总是怀念、尊敬历史上抗敌爱国的英雄人物。杨家将的故事经过千百年的流传，在中国历史上久负盛名，他们的英雄业绩将伴随着中华民族的发展永存史册，光照后人。

　　潘杨二湖，其中杨家湖就是纪念杨家将的，潘家湖是以某个奸臣命名的，可是我忘了名字。所以开封有种说法，就是"潘浊杨清"，当地报纸也有个针砭时弊的小栏目叫"潘杨湖"。潘家湖里有座断桥，不知与西湖断桥有何渊源。

　　开封，是全国菊花之乡，我应邀参加学术研讨会时，全国第四届菊花展正在那里举办，会议期间，与会人员大饱眼福。

　　游古都，论痹症，祭忠良，观菊展。开封一行，我满载而归。

参加"庐山会议"

1997年，香港回归，国之大喜年。

当年4月，我接到通知，国家卫生部药政司在全国著名风景区——庐山举办全国首届药房管理工作会议。

登庐山，参加国家级行业会议，不禁心驰神往。

6月3日，我由家乡霸州火车站乘车沿京九线直抵九江，换乘大巴车到达庐山。

庐山，东偎鄱阳湖，南靠南昌滕王阁，西邻京九大通脉，北枕滔滔长江，形成了世所罕见的壮丽景观。"春如梦、夏如滴、秋如醉、冬如玉"，构成了一幅充满魅力的立体天然山水画。此外，中华民族源远流长的历史和数千年博大精深的文化孕育了庐山无比丰厚的内涵，使她不仅风光秀丽，更集教育名山、文化名山、宗教名山、政治名山于一身。

据载，自司马迁"南登庐山"始，陶渊明、李白、白居易、苏轼、王安石、黄庭坚、陆游、朱熹、康有为、胡适、郭沫若等1500余位文坛巨匠都曾登临庐山，且先后留下了4000余首诗词歌赋，这就奠定了其文化名山的历史地位。唐代诗人李白曾作《望庐山瀑布》："日照香炉生紫烟，遥看瀑布挂前川。飞流直下三千尺，疑是银河落九天。"宋代词人苏轼曾作《七绝·题西林壁》："横看成岭侧成峰，远近高低各不同。不识庐山真面目，只缘身在此山中。"毛泽东曾作《七律·登庐山》："一山飞峙大江边，跃上葱茏四百旋。冷眼向洋看世界，热风吹雨洒江天。云横九派浮黄鹤，浪下三吴起白烟。陶令不知何处去，桃花源里可耕田？"又作《七绝·为李进同志题所摄庐山仙人洞照》："暮色苍茫看劲松，乱云飞渡仍从容。天生一个仙人洞，无限风光在险峰。"名篇佳作数不胜数。

翻开史册可见，从慧远始建东林寺，开创"净土法门"，到集佛、道、天主、基督、伊斯兰教于一身的宗教圣地的形成；从朱熹重建白鹿洞书院弘扬理学，到教育丰碑的构建；从"借得名山避世哗"的隐居之庐，到20世纪初18个国家风格的庐山别墅群的兴建；从胡先骕创建中国第一个亚热带山地植物园，到李四光"第四纪冰川"学说的创立；从20世纪中叶庐山成为国民政府的"夏都"，到新中国政治名山地位的确立……庐山的历史遗迹，代表了中国历史发展的大趋势，处处闪烁着中华民族历史文化的光华，充分展示了庐山极高的历史、文化、科学和美学价值。她是千古名山，得全国人民厚爱及世界的肯定，获一系列殊荣：首批国家重点风景区、全国风景名胜区先进单位、中国首批5A级旅游区、全国文明风景区、全国卫生山、全国安全山、中华十大名山、我国第一处世界文化景观，我国首批世界地质公园。

美庐一号位于掷笔峰麓，松柏茂密，溪水潺潺，环境优美。蒋介石曾在庐山创办军官训练团，美庐一号于1937年落成，新中国成立后改名"人民剧院"，外表壮观，内饰华丽。1959年中国共产党八届八中全会、1961年中央工作会议和1970年九届二中全会均在此召开。毛泽东同志主持了这三次重要会议。现在，这里已辟为庐山会议纪念馆，里面保存着当年许多珍贵的实物、照片、材料和根据纪录片制作的录像片，供游人观看。右侧不远处的"庐山大厦"为外观4层、内有6层的钢筋水泥建筑，原为国民党军官训练团的中下级军官住所，正面额上原有蒋介石题写的"庐山传习学舍"几个大字。位于会址和大厦中间的一座宫殿式建筑即为1935年落成的庐山图书馆。

仙人洞是庐山著名景点之一，位于锦绣谷的南端，有参差如手的"佛手岩"。在佛手岩的覆盖下，一洞中开为仙人洞。幽深处有清泉下滴，称"一滴泉"。洞壁有"洞天玉液"等石刻题词。洞中央"纯阳殿"内置吕洞宾石像，传说八仙中的剑仙在此修道成仙。每当云雾缭绕之时，骤添几分仙气。至清代，佛手岩成为道家的洞天福地，改称"仙人洞"。毛泽东同志的著名诗句

"天生一个仙人洞，无限风光在险峰"使仙人洞景点名扬四海，这里是来庐山的客人必游并留影之处。

庐山是"以丰富的文化背景和美丽的自然环境并存的世界名胜"。19世纪末20世纪初，庐山出现了英、俄、美、法等18个国家风格的别墅近千幢，"代表西方文化侵入中国的大趋势"。20世纪30年代，庐山成为南京国民政府的"夏都"。1937年，周恩来代表中国共产党再次上庐山与蒋介石会谈，后来发表了关于团结抗日的重要讲话。中华人民共和国成立后，毛泽东三次登上庐山，主持召开了世人瞩目的三次中共中央会议。庐山的自然美景，孕育滋养了庐山丰富的历史文化，二者交相辉映，相得益彰，充分体现了庐山作为天下名山的独特魅力。

登顶庐山，极目远眺，茫茫云海处，一览众山小。触景生情，不禁心潮起伏，浮想联翩：啊！祖国。香港回归，如离家多年的赤子重回母亲怀抱，伟大的国度因喜形于色才显得分外妖娆！

风景这边独好，江山如此多娇！

走上国际讲坛

1997 年 11 月，我应越南政府卫生部的邀请，前去参加"亚太地区传统医药学暨药房管理学术研讨会"。趁着这次机会，我对越南也有了更深入的了解。

越南，位于中南半岛东部，北与我国接壤，西与老挝、柬埔寨交界，东面和南面毗邻南海，地形有山地、丘陵、平原和高原，北部地区由高原和红河三角洲组成。东部分割成沿海低地、长山山脉及高地，以及湄公河三角洲。

河内是越南首都、历史名城，位于红河三角洲西北部，坐落在红河右岸和红河与墩河的汇流处，从南方到北方，从内地到沿海，此处均是必经之地。河内拥有越南北方最大的河港，有好几条铁路在这里相连接，是北方公路的总枢纽，郊区有白梅机场和嘉林机场，水、陆、空交通便利。这里地处亚热带，濒临海洋，气候宜人，四季如春，花木繁茂，姹紫嫣红，素有"百花春城"之称。

考古学家研究发现，越南在距今 40 万年的远古时代就已经有人类生活的痕迹了。这里的人类在石器时代就已经学会了畜牧和种植水稻。

传说越南历史上第一个国家文朗国是在青铜器时代建立的，以东山文化为代表，出土文物中最著名的是铜鼓。文朗国延续了 26 个世纪，形成了 18 代雄王当权的雄王时代。公元前 3 世纪，秦征服百越。自此，越南归于中国封建王朝统治长达 10 多个世纪。

胡志明市旧称西贡，在 20 世纪 40 年代前，西贡被称为"东方的巴黎"。虽然《西贡小姐》和《情人》等经典电影只是西贡的一幅剪影，但她的活色生香已令人无限神往。虽然在 1976 年西贡就已经改名为胡志明市，但深深迷恋于她旧日繁华与风情的人们仍然喜欢称她为"西贡"。法国殖民时期，西贡是欧洲人踏上这片土地的第一站，也是越南政治和经济的中心。法国人在这里用心经营，建造了无数美丽的法式建筑，也把法国式的生活习惯和情趣烙印在西贡人的举手投足之间。

河内的名胜古迹居全国之冠。著名的游览胜地有胡志明陵、巴亭广场、主席府、胡志明故居、还剑湖、西湖、独柱寺、文庙、医庙、玉山寺、镇武观、镇国寺、金莲寺等。宽阔的巴亭广场是越南人民崇敬的领袖胡志明主席宣读《独立宣言》，宣布越南民主共和国成立的地方。如今，广场中间，建有胡主席陵墓。位于市中心的还剑湖碧波荡漾，把城市点缀得格外美丽。

胡志明是越南人民的伟大领袖，逝世于 1969 年 9 月 2 日，享年 79 岁。为了纪念胡志明主席，越南党和政府决定在巴亭广场修建胡志明陵，永久保存胡志明的遗体，以供后人瞻仰。胡志明陵由苏联专家设计，其建筑风格是列宁陵和越南民族风格的糅合，外墙装饰使用了名贵的花岗岩和大理石，内部结构使用多种越南最名贵的木材。

胡志明陵两侧伸展开巨大的观礼台，半个多世纪前，胡志明在这里宣读了《独立宣言》，建立了越南民主共和国。夜色中的胡志明陵与白日所见迥然不同：前者肃穆、宁静，后者博大、宽广。走进陵墓，胡志明的遗体安放在水晶棺中，保存完好。

在这次学术研讨会上，我获得了优秀论文奖。

"天下第一"的那一幕

桂林山水甲天下。

1997年12月7日，全国第四届中西医结合学术会议在广西桂林召开。会议安排在距桂林市区20公里的海军桂林疗养院举行，我如期抵达。

桂林是世界著名的风景游览城市和历史文化名城，地处湘桂走廊南端，毗邻广东省。

夏商周时期，桂林是"百越"人的居住地。秦始皇设置桂林、象、南海三郡，为"桂林"名称的最早起源。东汉时属始安侯国。三国时先属蜀，后归吴。隋唐时属岭南桂州总管府。五代十国时先后属楚和南汉的桂州。宋时，前属广南西路桂州，后属静江府。元时属广西行中书省静江路。明清时均属广西省桂林府。民国时属广西省。

桂林市地处南岭山系的西南部，形成千峰环立、一水抱城、洞奇石美的独特景观，被世人美誉为"桂林山水甲天下"。最具有代表性的景点有象鼻山、伏波山、南溪山、尧山、独秀峰、七星岩、芦笛岩、甑皮岩、冠岩、明代王城、榕湖、杉湖等。而漓江山水最精彩的一段则在阳朔境内，桂林其他县区的龙脊梯田、兴安灵渠、资江漂流、五排河漂流、八角寨、宝鼎瀑布等数不胜数的美景同样令人惊喜。

桂林山水，因其举世无双的喀斯特地貌成为世界著名的风景游览城市，桂林的山，平地拔起，千姿百态；漓江的水，蜿蜒曲折，明洁如镜；山多有洞，洞幽景奇；洞中怪石，鬼斧神工，琳琅满目，由此形成了"山青、水秀、洞奇、石美"的"四绝"。

桂林除了景色优美，还是座历史文化古城。2000多年的历史，使它具有丰厚的文化底蕴。秦始皇统一中国后，设置桂林郡，开凿灵渠，沟通湘江和漓江。桂林从此便成为南通海域、北达中原的重镇。宋代后，它一直是广西政治、经济、文化中心，号称"西南会府"，直到新中国成立。漫长的岁月里，桂林山水的奇山秀水吸引着无数的文人墨客，他们写下了许多赞美桂林山水的脍炙人口的诗篇和文章，刻下了2000余件石刻和壁书，历史还在这里留下了许多古迹遗址。

千百年来，桂林山水一直是人们向往的旅游观光宝地。现在，一个以桂林市为中心，包含12个县的大桂林山水风景区已形成。这里有浩瀚苍翠的原始森林，雄奇险峻的峰峦幽谷，激流奔腾的溪泉瀑布，天下奇绝的高山梯田……在这片神奇的土地上，生活着壮、瑶、苗、侗、仫佬、毛南等十多个少数民族。大桂林山水的自然风光、民族风情、历史文化深深地吸引着中外游客纷至沓来，流连忘返于神奇美妙的桂林山水中。

桂林最经典的自然山水景观"三山两洞一条江"是桂林山水精华的代表，"三山两洞"具体包括了象鼻山、伏波山、叠彩山、芦笛岩以及七星岩。象鼻山、伏波山、叠彩山，是被漓江串起的三颗明珠，早在隋唐时期便有"车马为之阻塞"的游览盛况。被誉为"大自然艺术之宫"的芦笛岩是桂林观光溶洞的代表，也是访问桂林的各国元首的必游之洞。桂林的景点很多，"三山两洞一江"可是必到之处。

漓江发源于兴安县猫儿山，从桂林到阳朔83公里水程，漓江像蜿蜒的玉带，缠绕在苍翠的奇峰中，造化为世界上规模最大、景色最优美的岩溶景区。乘舟泛游漓江，可观奇峰倒影、碧水青山、牧童悠歌、渔翁闲钓、田园人家……一切都是那么诗情画意。

此次在山水风景天下第一的桂林开会，参加会议的都是国内中西医结合风湿类疾病防治医学的专家，又有一流的会议组织者，他就是王兆铭教授。王教授于1995年身患脑干梗塞（脑血栓）疾病尚未痊愈，由于身体原因，会议推迟了一年。开会那天，王教授的病情恢复只有 70%。所以，当老教授走上会场主席台时，全场顿时报以长时间热烈的掌声……

王教授的敬业精神，天下第一！

今朝风流

1998 年 12 月 25 日，我应邀去海南参加国际中西医结合学术交流暨成就颁奖大会。

海南岛位于我国南端，北隔琼州海峡与广东相望，改革开放后，建为海南省。

海南是中国唯一的热带海岛省份，辖海南岛和西沙群岛、中沙群岛和南沙群岛的岛礁及其海域，省会为海口市。海南省风景秀丽，气候宜人，是中国最重要的热带旅游胜地。

12 月 24 日，我踏上了赴海南省海口市的征程。到达海口，来到灯火辉煌、身披节日盛装的海口市燕山宾馆，一问才知，原来当晚是平安夜。

平安夜，我平安抵琼，所闻所见，不禁心旷神怡起来：海南的夜色真的是太美啦！

历史上海南岛有几种古称：珠崖、儋耳、琼台。据文献记载，"珠崖"源于"郡在大海崖岸之边，出珍珠"，故名"珠崖"；"儋耳"源于海南岛古部落的绣面习俗，即在脸面上刻上花纹，涂以颜色，耳朵上戴有装饰用的耳环而下垂，因而得名；"琼台"源于"境内白石有琼山，土石皆白而润"，宋神宗熙宁年间于琼州置琼管安抚都监台，遂称为琼台。根据考古发现的新石器时代的遗址和历史文献来推断，至少在 6000 年以前海南岛上就有人类活动。据《琼州府志》记载，秦代海南属其遥领的范围。

海南岛的地形，以南渡江中游为界，南北景色迥然不同，南渡江中游以北地区和雷州半岛相仿，具有同样宽广的台地和壮丽的火山风光。南渡江中游以南地区，五指山横空出世，周围丘陵、台地和平原围绕着山地，环环相套，南部沿海，山地直逼海岸，气势十分雄伟。

在海南，有一处最负盛名的旅游胜地——天涯海角。它原名下马岭，南向三亚湾。海滩之上，奇石累累，或成群簇立，或孤石突兀，散布在数千米长的海滩上。其中有一浑圆巨石，上面刻着"天涯"二字，在其旁的一块卧石之上，又镌有"海角"二字，构成天涯海角旅游区的主体。二石之左，拔地而起一石柱，大有擎天之势，上刻"南天一柱"四个大字。适逢潮水涨来，海浪拍击礁石，溅起层层雪浪，发出轰轰响声，游人亲临此境，确有到了"天之涯、海之角"的真切感受。

在海南岛生长着各种热带植物，尤其椰子树更是随处可见。海南岛上的椰子树南北部有所差异，生长在北部的椰子树树干较粗而矮，而生在南部的椰子树则细而高。海南岛东海岸的椰子树生长得比西海岸好些，自文昌市到崖县数百公里的海岸带上，椰林无边无际，郁郁苍苍，十分壮观。尤其是有"椰子之乡"之称的文昌市境内的东郊椰林，是海南岛椰林中的佼佼者。游览东郊椰林，可尽情领略热带海洋、椰林海滩之迷人风光。

都说到海南一定要去三亚海湾。那里苍山、碧海、银沙、巨石、礁盘浑然一体，椰林、波涛、渔帆、鸥鸟、云霞相映生辉，阳光、空气、海水、绿色、沙滩五种旅游要素一应俱全，满眼诗情画意。

三亚海湾以前名不见经传，如今却以其得天独厚的自然风光，以"东方夏威夷"的美名享誉中外。它位于三亚市东，背依山峦，面临大海，海碧天澄，沙鸥翔集。洁白细软的沙滩，且滩面平坦，海湾外侧有五个小崖的庇护，海湾内风平浪静，十分适宜海水泳浴。三亚海湾一年四季适于游泳，即使在隆冬季节，祖国北方千里冰封、万里雪飘，而人们在亚龙湾海滩仍可以赤裸着身体，尽情享受着沙滩、海水与阳光，品尝椰子、西瓜和雪糕……

海南岛东南部河流有两源：南支乐会水为干流，发源于五指山，北支定安水，源出黎母岭。两水会合于琼海市始称万泉河，流经嘉积至博鳌入南海。

一首名歌《我爱五指山，我爱万泉河》，一部名剧《红色娘子军》使琼海市万泉河风景名胜区美名远扬，成为来琼中外游客的必游之地。

万泉河是海南岛第三大河，发源于五指山，沿河两岸是典型的热带雨林景观和巧夺天工的地貌，令人叹为观止。万泉河是中国未受污染、生态环境优美的热带河流，被誉为中国的"亚马孙河"。

万泉河的上游两岸，山峦起伏，峰连壁立，乔木参天，奇伟险峻，有莽莽苍苍的热带天然森林保护区，有琼侨何麟书先生创办的"琼安橡胶园"和琼崖工农红军云龙改编旧址、石虎山摩崖石刻等自然历史人文景观。

万泉河出海口风光更为迷人。那里集三河（万泉河、龙滚河、九曲江）、三岛（东屿岛、沙坡岛、鸳鸯岛）、两港（博鳌港、潭门港）、一石（砥柱中流的圣公石）等风景的精华于一地，既有海水、沙滩、红礁、林带，又有明媚阳光、新鲜空气，清柔流泉，是目前世界河流出海口自然风光保护最好的地区之一。

风光旖旎之所，聚集了来自港澳台地区及各地从事中西医理论和临床医学的专家300余人，共收到学术论文900多篇，经过专家评审，大会录用了300多篇，我的论文《慢性痛风性关节炎病例分析》入编《'98国际中西医结合学术论文集》。

当次日早晨太阳光照进海南的时候，来自全国的医药界风流人物在这里接受了表彰。

也曾"独立寒秋"

2000 年 10 月中旬，我应邀参加中国中西医结合学会风湿病专业委员会换届选举会议，来到了湖南长沙。由于王兆铭教授年事已高，委员会换届，领军人物由另一位中国中西医结合学会风湿病专业委员会的奠基人、哈尔滨医科大学第二附属医院副院长张凤山教授继任。会上，我由中国中西医结合防治风湿类疾病全国协作组成员晋升为领导成员。

会议期间，我饱览了湘江两畔的锦绣景色。

面临湘江，背倚橘子洲头，不禁心潮澎湃，心中暗想：循着一位伟人的足迹，在这天气渐寒的深秋，若干年后回首往事，也会颇感慰藉：我也曾于此独立寒秋！

湘江，是湖南省的最大河流，为长江主要支流之一，发源于广西海洋山，流经湖南衡阳、湘潭、长沙等地，至湘阴县入洞庭湖后归长江。其干支流大部可通航，旧时是两湖与两广的重要交通运输线路。

湘江是长沙的母亲河，滔滔南来，汩汩北去。俯首是溶溶秀水，举目是巍巍青山。"西南云气来衡岳，日夜江声下洞庭"，是对岳麓山的绝妙概括。大自然的鬼斧神工，营造出誉满天下的岳麓山自然景观。这里古木参天，四时景色各不相同，春天杜鹃吐艳，夏季岩树荫浓，秋天漫山红遍，冬季松峦裹素，"翠落重城内，屏开万户前"，"霜叶红如锦，松声响作涛"，历代迁客骚人留下许多题咏与赞叹。

橘子洲，又称橘洲，位于长沙市区对面的湘江江心，是湘江下游众多冲积沙洲之一，也是世界上最大的内陆洲。它西望岳麓山，东邻长沙城，四面环水，绵延数十里，形状是一个长岛，是长沙重要名胜之一，介名山城市间，浮袅袅凌波上。

橘子洲因盛产美橘而得名。湘江水流平缓，河床宽阔，由于下游受洞庭湖水顶托，因而形成绿洲片片。橘子洲久负盛名，春来，明光潋滟，沙鸥点点；秋至，柚黄橘红，清香一片；深冬，凌寒剪冰，江风戏雪，是潇湘八景之一"江天暮雪"的所在地。一代伟人毛泽东曾在此留下千古诗词《沁园春·长沙》：

独立寒秋，湘江北去，橘子洲头。看万山红遍，层林尽染；漫江碧透，百舸争流。鹰击长空，鱼翔浅底，万类霜天竞自由。怅寥廓，问苍茫大地，谁主沉浮？携来百侣曾游，忆往昔峥嵘岁月稠。恰同学少年，风华正茂；书生意气，挥斥方遒。指点江山，激扬文字，粪土当年万户侯。曾记否，到中流击水，浪遏飞舟？

张家界是湖南省的省辖地级市，位于湘西北部，澧水中上游，属武陵山脉腹地，也是我国第一个国家森林公园，由张家界国家森林公园、索溪峪风景区、天子山风景区三大景区构成了武陵源自然风景区，唐代诗人王维曾有诗云："居人共住武陵源，还从物外起田园。"1992 年，张家界被联合国教科文组织列入《世界自然遗产名录》。

张家界，山峦重叠，奇峰三千，秀水八百，山大多是拔地而起的，山上峰峻石奇，或玲珑秀丽，或峥嵘可怖，或平展如台，或劲瘦似剑。既有千姿百态的岩溶地貌奇观，又有举世罕见的砂岩峰林异景。武陵山脉坡陡谷深，天门山伟岸挺拔，天子山素有"云涛、月辉、霞日、冬雪"四大奇观，黄石寨有天书宝匣、定海神针、南天一柱、雾海金龟等景观，是张家界最大的凌空观景台。金鞭溪因流经金鞭岩而得名，溪流清澈见底，纤尘不染的碧水中，鱼儿欢快地游动，红、绿、白各色卵石在水中闪亮。阳光透过林隙在水面洒落斑驳的影子，给人一种大自然安谧静美的享受。溪谷有繁茂的植被，溪水四季清澈，被称为"山水画廊""人间仙境"。有诗赞曰:"清清流水青青山,山如画屏人如仙,仙人若在画中走,一步一望一重天。"金鞭溪穿行于深壑幽谷之间,溪的两边千峰耸立,高入云天,树木繁茂,浓荫蔽日,溪水潺潺、琉璃飞瀑,奇花异草与珍禽异兽同生共荣,构成极为秀丽、清幽、自然的生态环境,有"世界最美的峡谷""最富有诗意的溪流"的美誉。

韶山,是伟大领袖毛泽东的故乡,是全国著名革命纪念地,现为湖南省辖县级市。韶山现已基本形成了以毛泽东故居、毛泽东铜像、毛泽东纪念馆、毛泽东诗词碑林、毛泽东纪念园等人文景观为主体,以韶峰、滴水洞、黑石寨等自然景观为基础的旅游业,集旅游、瞻仰、娱乐、休闲于一体,且历史文化、伟人文化、生态文化内涵丰富。

"韶"乃虞舜时乐名。《尚书·益稷》曰:"箫韶九成,引凤来仪。"史载:"韶山,相传舜南巡时,奏韶乐于此,因名。"(《湖南省志·地理志》引《嘉庆一统志》卷三五四)《辞海》据此诠释韶山:"相传舜帝南巡时,奏韶乐于此,故名。"

韶山是毛泽东青少年时期生活、学习、劳动和从事革命活动的地方。新中国成立以来,这里一直受到党和国家的关心与重视,在党的领导下,韶山经过韶山人民半个多世纪的艰苦创业,已由一个偏僻落后的山村,变为工农业迅速发展,教育、科技、文化、卫生水平普遍提高,纪念景点众多、服务设施完备的国家级风景名胜区。

韶山,群山环抱,峰峦耸峙,气势磅礴,翠竹苍松,田园俊秀,山川相趣。韶峰为南岳七十二峰之一,色彩神奇;青年水库融蓝天,映青山,碧波荡漾;慈悦庵的六朝松,神秘的"西方山洞"——滴水洞及虎歇坪、八景屏等著名景观,点缀着灵秀山川。

韶峰,是韶山的最高峰,位于韶山西南角,比第七十二峰的长沙岳麓山高出200多米。南岳山脉绵延横亘湘中大地,从衡山北行至湘潭、湘乡交界处,突然高耸,撑天立地,拔起一座险峰,有如寒光闪闪的利剑,又似巨鲸泅海喷吐的水柱。

花明楼的自然风光虽然略显普通，但其依然成为一个著名的旅游风景点，因为这里是刘少奇的故乡。

1898 年 11 月 24 日，刘少奇诞生于花明楼炭子冲的一户人家，这是一户典型的农家，刘少奇故居是一栋土木结构的四合院房子，前面有一口水塘，树林环绕在房子周围。院子里有 30 多间茅瓦房，除了居室外，有很多是农具室、猪栏屋、烤火屋，此外还有专门供孩子读书用的书房。

在距离故居 500 米处的北冲尾塘还建有刘少奇的纪念馆，馆中陈列了数百件文物资料，包括刘少奇生前看过的书籍和一些日常用品。

观湘江胜景，感伟人风采。江山如此多娇！怪不得这里诞生了两位领袖级风流人物！这不能不让人相信，地灵之所出人杰。

领袖也！人杰哉！辉煌人生之神！

银川，我对你说

2002 年 8 月，全国第五届中西医结合治疗风湿病研讨会在银川召开。我应邀赴会。

银川，是宁夏回族自治区首府，它有着丰厚的历史积淀。早在 3 万年以前银川就有了最早的居民点。汉代时建起的北典农城，为银川建城之始，后改称兴庆府为其首府。元、明、清三代都沿用明制为宁夏府治。民国时期成立宁夏省，银川系省会，时称宁夏省城。1958 年，宁夏回族自治区成立，银川市为自治区首府，是自治区政治、经济、文化中心。

银川是全国历史文化名城之一，其雄浑的贺兰山与黄河之水一起造就了银川平原，在这块土地上孕育了生生不息的文明。历史的年轮、多元的文化在这里积淀，中原文化、边塞文化、河套文化、丝路文化、西夏文化、伊斯兰文化等多种文化激荡交融，浓郁的回乡风情，雄浑的大漠风光，秀丽的塞上水色，古老的黄河文明，神秘的西夏文化，构成了"雄浑贺兰、多彩银川"的城市形象，形成了"塞上湖城、西夏古都、回族之乡"的鲜明特色。

银川是过去西夏都城的所在地，西夏城旧称"横城堡"，位于黄河东岸的灵武市，是明清河东八景之一"横城古渡"的旧址，距今有 500 多年的历史，据史书记载，康熙亲征噶尔丹时就是在此渡河。

游西夏皇城，赏西夏乐舞，品西夏美宴，观黄河落日……穿过城门便进入了 800 年前的"西夏皇城"，厚厚的城墙完全隔绝了尘世的喧嚣，高高的角楼使人心中一下子产生了莫名的敬畏。尤其是当夕阳洒在由厚厚砖土构筑的城墙上时，只要稍微闭上眼睛，就仿佛时空倒置，李元昊、唐卡、西藏佛经、佛画……这些神秘符号迅速闪过脑海。

西夏王陵，是西夏历代帝王的陵寝，位于西夏区贺兰山东麓，随地势布列着西夏国的一座座帝王陵和王侯勋臣、贵戚的陪葬墓，连同佛寺遗址和那些西夏砖瓦窑，构成了一组完整的建筑群体，是我国现存规模最大、地面遗迹保存最完整的帝王陵园之一。西夏王陵建筑风格独特，且面积大而陵墓集中。风景区据说达50多平方公里，其中的王陵高大雄伟，被称为"中国的金字塔"。

西夏博物馆是我国第一座以西夏皇家陵园为背景，真实形象地展示西夏王国兴衰历史的博物馆。

那次，我去了银川的西部影视城和沙湖，但没去游览贺兰山，颇感遗憾。贺兰山脉位于宁夏回族自治区与内蒙古自治区交界处，雄伟，若群马奔腾。称为"贺兰"，故名贺兰山。

贺兰山是银川的标志之一，亿万年沧海桑田的变迁，造就了贺兰山巍峨、苍劲、粗犷的外貌，这座南北绵亘200余公里的山脉，诠释着千百年来这片土地上波澜壮阔、大气磅礴的发展进程。

贺兰山千仞峭壁巍然屹立，彰显着包含万物、博大虚怀的气象，滔滔黄河接纳百川，汇聚千流，滋养着这里的银川人，也使这座城市保持着生机与活力。

雄浑的贺兰山在宏大壮阔的外在气象之下，展示着厚重和坚实……

银川市境内贺兰山东麓，分布着极为丰富的岩画遗存。20世纪80年代贺兰山岩画被大量发现并公布于世后，在国内外引起了强烈反响。1991年和2000年，联合国教科文组织所属的国际岩画委员会在亚洲召开的两次年会，都选择在银川举行。1996年，贺兰山岩画被国务院公布为全国重点文物保护单位，1997年，国际岩画委员会将贺兰山岩画列入非正式世界遗产名录。

贺兰山也曾是历代兵家刀光剑影、鼓角争鸣之地，宋代名将岳飞在他的《满江红》中留下了"驾长车，踏破贺兰山阙，壮志饥餐胡虏肉，笑谈渴饮匈奴血"的词句。

沙湖，也是宁夏的代表性景点，沙湖旅游区在市西，有"塞上江南"的美誉。沙湖拥有宽阔的水域、沙丘、芦苇、荷池，这里栖居着白鹤、黑鹤、天鹅等十数种珍鸟奇禽。登上观鸟塔，只见群鸟嬉戏，水边苇秆间和芦丛底部更有鸟巢无数，每年春季，五颜六色的鸟蛋散布其间，堪称奇观。

湖水如海，柔沙似绸，天水一色，沙湖犹如一颗璀璨的明珠，镶嵌在美丽富饶的宁夏平原上……

提起沙湖，人们感叹最多的是它沙水相依的奇观，沙与水原本该是势不相容的，但在这里，一切都浑然天成。沙围着水，水环着沙，它们如此平和地依偎在一起，仿佛是相守走过千百年的恋人，没有波澜壮阔的激情，一切只在默默无言的守护中。然而，如果只是这样的风情，沙湖大概也不会使众多游客流连忘返，沙水相依终究只是它沉寂的外在，正是沙湖中种类繁多的飞鸟和游鱼为这里带来了生命的灵性。

据说到了秋季，伴着落日的余晖和摇曳的苇花，成群的鸟儿从水面掠过，颇有"落霞与孤鹜齐飞，秋水共长天一色"的诗意。百万只鸟儿在这里流连，成为沙湖景色一绝。那飘忽的动感让人几乎产生了一种错觉，以为自己也会变成一只鸟，融入这群精灵的飞舞中。这个时候坐在可容纳数百人的观景台上，鹳鸣鹤舞，天鹅翔集，百鸟争鸣，声闻数里。众鸟飞时，声如轻雷，盘旋回折，遮天蔽日。群鸟落处，形似云布。真是人随鸟转，鸟为人鸣了。

来到银川，禁不住默默地对银川说：能够踏上你这地灵之所，就是我的成功！此次会议由张凤山教授主持，会上我大声宣读了带去的学术论文——《寒湿痹丸的临床研究》。

当我登上大会主席台宣读我的论文时，心里又在想：啊！银川。今天我要在这里，向来自全国的风湿类疾病研究者、专家教授和学者们公布我的临床研究成果了！这篇论文是我潜心研究20余年的医学成果，也是我对医治风湿类疾病临床经验的总结。

啊！银川。你的壮美是集千秋百代之大成，我的成果却是20余载医学实践和人生履历的总结。带着人生的阅历来解读你，才会别有一番滋味，并从中汲取一种自强不息的精神。

重游桂林

2002 年 12 月 2 日，全国药学专家云集桂林，参加由中华医药学会举办的全国合理使用抗生素讲习班。我又一次来到桂林参加全国性会议。

来自南京药科大学、桂林医科大学和北京医科大学的三位教授先后为我们授课，我们享受了只有研究生才有的待遇，因为授课的三位教授都是博士生导师。

那次在桂林的所见所闻，使我明显感到桂林变得更美了。据悉，自 2001 年开始，市政府着重完善城市基础设施和公共设施，绿化、美化城市环境，把触角延伸到小街小巷和社区。

大规模的城市改造之中，两江四湖是最亮丽的一笔，其环城水系是桂林城区的灵魂。绸缎似的江，翡翠般的湖，令人感到舟行碧波上，人在画中游。得天独厚、无可比拟的天然优势，使得两江四湖成为桂林城区的主打名片：中国人居环境范例奖、国家 AAAA 级景区、广西十佳景区……层层的光环，打造出桂林市民绝美的后花园。

导师们的课程开阔了与会人员的视野，使我们明白了抗生素就其定义讲，是在很低的浓度下能够杀灭病原微生物，比如细菌和支原体、衣原体的代谢产物或合成的类似物。能够杀灭生命体的东西是比较多的，比如家里使用的消毒的东西也能杀灭生命体，但其只能叫消毒剂，这种消毒剂不能用在人体里面，只能在体外的环境消毒使用。抗生素是可以在很低浓度下在人体里使用的毒性比较低、安全性比较高的药物。抗生素的作用就是杀灭感染我们的微生物，目的是把病原体杀灭，控制疾病，以最终治疗疾病。

在 20 世纪 70 年代，我国的抗生素药物有 80% 是从粮食中发酵提炼而成，如青霉素、庆大霉素等；另外 20% 的抗生素是化学合成，如磺胺类药的复方新诺明片（百炎净），喹诺酮类药物如环丙沙星，等等。这些药物的制作原料大多来自粮食，然而，当时我国温饱问题尚未得到解决，因而将粮食提纯成抗生素药品就受到局限，这就造成了当时卫生医疗单位的抗生素药物紧张和限制使用，形成了重点受控药物的指标分配制格局，就青霉素而言，每个医生每月只发给 30 支的处方权。

改革开放以后，由于党在农村的惠民政策大大调动起农民的生产积极性，全国粮食产量有了突飞猛进的增长，不仅用粮食来提纯制作抗生素药品被解禁放开，价格也变得低廉起来，还有头孢类抗生素（如头孢氨苄）类药物等换代产品不断问世。新型抗生素的诞生，是医药领域的科技进步，但此类药物的滥用，会使得病患者的脏器受到损伤。比如，头孢类抗生素主要是杀灭革兰氏阳性球菌，如溶血型链球菌、金黄色葡萄球菌、肺炎双球菌等，用于治疗此类阳性球菌疾病疗效较好，而对革兰氏阴性杆菌如大肠杆菌、痢疾杆菌、结核杆菌等是无效的，如果用之非但无效还有害于病人脏器。

这种非科学地使用抗生素以致愈演愈烈达到滥用的地步，究其主要原因是我国基层医务人员基础药理知识贫乏，有很多医生不懂其作用和药理，或受利益驱动，觉得价格越贵就越好，置病患者经济负担加重于不顾，违背医德片面追求单位和个人的医疗业务收入和经济效益的提高。对此，尽管国家卫生部发通知、办讲座，三令五申强调禁止仍未奏效。

随着我国经济的发展，抗生素药价降低、换代产品繁多、种类齐全，本是医药医疗领域的一大进步，然而这种滥用现象的愈演愈烈，不仅浪费了药源，浪费了粮食资源，给病患者增加了无谓的经济负担，且使得病人出现了医源性疾病恶性循环的结果。据此，我由衷感到，卫生部此次办班是非常重要的，其意义是非常重大而深远的。

目前出现的这种对抗生素的不规范使用现象，产生了诸多负面影响。一方面是引起了细菌耐药性的增强，其发展速度远远快于我们新药开发的速度。

长此以往，我们可能会退回到七八十年代以前的状态，没有抗生素使用，人类将再一次面临很多感染性疾病的威胁。比如，结核病是结核杆菌引起的传染病，很多年前大家觉得控制得非常好，但是现在耐药的结核菌非常多，治疗起来就很困难。这就可能引起死亡率的增加，而且治疗耐药性结核病花费的社会资源是治疗一个非耐药结核病的十倍以上，造成的社会负担是非常重的。另一方面，抗生素也是药物，进入人体以后发挥治疗效果的同时也会引起很多的不良反应。用的药物越多，引起不良反应的机会越高。我国药物不良反应监测中心的记录显示，我们国家的药物不良反应三分之一是由抗生素引起的，这个比例和抗生素的使用比例是一致的。抗生素的种类比较多，引起的不良反应涉及身体的每一个系统，所以抗生素的合理使用是迫在眉睫需要解决的问题。

在欧美发达国家，抗生素的使用量大致占到所有药品的 10% 左右。而我国的医院最低也要占到 30%，基层医院可能高达 50%。抗生素滥用是我们不可回避的问题，究其社会原因有以下几方面：第一，由于处于社会初步发展阶段，国家的研究能力、原创能力不强，药品以仿制为主，众多的药厂都在生产抗生素。第二，同一种抗生素有上百家的药厂生产，这样市场销售就可能存在恶性竞争，这种竞争会导致抗生素不合理使用的情况出现。第三，医学发展专业分工越来越细，每个医生都有自己专业方面的问题，抗生素是常用药，部分医生合理使用抗生素的能力不如本专业那么强，这样就会存在误用或者滥用的情况。第四，患者和患者家属习惯性地服用抗生素治病。比如感冒了，按照医学的观点，很多感冒都属于病毒感染，严格意义上来讲，没有什么有效的药物，只是对症治疗，不需要使用抗生素。但大家可能都有过这种经历，感冒以后习惯在药店买一些感冒药，同时加一点抗生素来使用。实际上抗生素在这个时候是没有用处的，是浪费也是滥用。第五，我们国家药品规定方面的问题，很早以前就分了处方药和非处方药，抗生素应该属于处方药，但在药品销售过程中，大家去买药的时候有人需要出示处方吗？除了中药的药剂，西药只要讲出名字就可以买到，甚至有医药超市让自己选药，这样无疑会导致抗生素的滥用。第六，抗生素在畜牧业的大量使用。我们经常会听到我国出口的食物因被检测出抗生素残留而被拒绝在海关之外的报道。据我了解，畜牧业使用抗生素的量远远超过人类使用量的总和。环境中有如此多的抗生素存在，细菌早已接触过抗生素，已经产生耐药性了，人体想要再获得耐药菌的感染治疗就比较困难了。这不仅是我们国家的问题，也是个全球性的问题。

桂林会议，使我们清晰地了解合理使用抗生素的三大要素和七大原则，从理论上规范了以前的临床诊疗药理，并为以后应用抗生素药物的临床实践奠定了基础。

第二次来到桂林，故地重游令我感到，漓江依然清澈见底，而江边两侧的建筑却一改旧貌，焕然一新，且新建了"刘三姐大观园"等一些人文景点。在漓江西岸的鸳鸯滩下，有一处风景区叫"杨堤风光"。杨堤两岸翠竹成林，连成十里的绿色翠屏，摇曳在青山、秀水、飞瀑、浅滩之间，给人以清幽、宁静之感。从杨堤村后的人仔山眺望杨堤，映入眼帘的更是一幅绚丽多彩的自然风光：洲上阡陌纵横，庄稼如茵；山村竹树葱茏，炊烟袅袅；水上渔筏摇曳，鸬鹚斗水；山涧牛羊欢叫，牧笛悠扬。如果遇到阴雨天气，就能目睹漓江著名的"杨堤烟雨"景观，群峰但见绿水之间，景物隐约迷离……

烟台"授业"

那场全国性的"非典"肆虐了四个多月，史无前例的全国封控从 2003 年 4 月直到 7 月下旬才宣布解除。"非典"封控刚刚解除没几天，原中国人民解放军北京丰台干休所医院刘院长就给我打电话，约我去烟台玩玩儿。

烟台，是山东省的一个地级市，地处山东半岛中部，依山傍海，气候宜人，冬无严寒，夏无酷暑，东连威海，西接潍坊，西南与青岛毗邻，北濒渤海，与辽东半岛对峙，并与大连隔海相望，形成拱卫首都北京的海上门户，既是我国首批沿海开放城市之一，也是环渤海经济圈内以及东亚地区国际性港城、商城、旅游城。

这个城市由于降水充沛，空气湿润，气候温和，一年四季林木葱茏，明媚如画。春天，满山苍翠，花香袭人；夏日，郁郁葱葱，一片生机；秋季，果林红叶，五彩纷呈；冬时，银装素裹，玲珑剔透。

烟台之名源于烟台山。明代为防倭寇侵扰，当地军民于临海北山上设狼烟墩台，也称"烽火台"。发现敌情后，昼则升烟，夜则举火，为报警信号，故简称"烟台"。烟台山及其城市由此得名。

烟台旅游资源丰富。优美的自然风光和人文景观，每年吸引了大批中外游客前来观光旅游。1998 年烟台成为首批 54 座"中国优秀旅游城市"之一。

驰名中外的蓬莱阁坐落于蓬莱城北濒海的丹崖山巅，为中国古代四大名楼之一。丹崖拔海而起，通体赭红，蓬莱阁与浩茫的碧海相映，时有云雾缭绕，传说八仙过海的故事就发源于此。主要景观有"仙阁凌空""海市蜃楼""狮洞烟云""渔梁歌钓""日出扶桑""晚潮新月""万里澄波""万斛珠玑""铜井金波""漏天滴润"等十大胜景。

八仙渡海口位于海水浴场东侧海中，西与蓬莱遥遥相望的八仙渡海口，是根据八仙过海神话传说填海新建的景区。

芝罘岛横亘于市区北部海面，三面环海，南面连陆。岛北崖壁陡峭，怪石嶙峋，岛南山坡平缓，林木葱茏。传说秦始皇东巡三次登临芝罘岛，留下千古遗迹。

刘院长那时刚退休，在北京丰台部队干休所医院任院长之前曾是中国人民解放军总后勤部山东烟台疗养院院长，也是我在四川绵阳当兵时的老首长。那时由于我在师部门诊工作的原因，我们之间除了首长与士兵的上下级关系之外，还有着密切的私人关系，可谓至交。

刘院长的相约是有"动机"的，对于他来说，确实是玩儿，或者说是重返"老根据地"，他到那里自然会很受欢迎，因为毕竟在那里当过一任"一把手"。我呢，按他的说法，是去给他们那里的风湿科"指导"一下。这样看来，刘院长不是纯粹意义上回到他的"老根据地"来玩儿的，对疗养院的医务人员说，他这次来是给他们请来一位全国知名的风湿病专家，给他们提供一个难得的学习机会。这叫师出有名。

烟台疗养院建院于 20 世纪 50 年代，是清一色的苏式建筑风格。我和刘院长到那以后受到真诚的欢迎和热情款待，被敬为上宾是可想而知的。先是隆重的欢迎仪式，然后来到了摆满水果和茶盏的高级会客室里座谈，一番接待之后，我和刘院长便在疗养院几位领导的陪同下参观了疗养院的风貌，最后参观了风湿科。这是一个以理疗为主，以纯西医方式治疗风湿病的医疗单位，我在接下来的几天里，除了游览烟台海滨、蓬莱仙阁和威海刘公岛景区外，还把中医中药治疗风湿病以及药浴治疗风湿病的医术，毫无保留地传授给了他们，这使得他们的风湿科如虎添翼，医疗水平大大提高。

"授业"期间，我特意游览了刘公岛。

刘公岛位于威海湾口，面临水云连天的黄海，背接湛蓝的威海湾，素有"东隅屏藩""海上桃源"和"不沉的战舰"之称，是中国近代第一支海军——北洋水师的诞生地。1894 年，中日甲午海战就发生在该岛东部海域。如今，它已成为著名的旅游观光地和爱国主义教育基地，岛上有江泽民同志题写的"中国甲午战争博物馆"牌坊，有北洋水师提督署和丁汝昌寓所旧址，有甲午海战期间功不可没的北洋水师铁码头和古炮台，有纪念甲午英烈的北洋水师忠魂碑，有展示中国兵器发展史的中华兵器馆，有保持原始风貌的国家森林公园，有通过声光电等现代手段再现甲午海战壮烈场面的甲午海战馆。中国甲午战争博物馆收藏了大量珍贵文物，如从海底打捞的巨型舰炮，重 20 多吨，令人叹为观止。馆内通过文物、图片、蜡像、沙盘、模型等多种形式，生动再现了当年北洋水师及甲午战争的历史场景，使人如临其境。

只有人生事业的成功者才会有不断开阔视野的机遇，而开阔视野的机遇又奠定了一个人事业的成功。

"金牛"的感慨

2003 年金秋十月，由中华医学会风湿病分会举办的全国第九届风湿病年会在四川成都召开，地点是金牛国宾馆。

金牛国宾馆坐落于成灌公路城乡接壤要津三环路口，与金牛山庄毗邻，总体规划设计为中西合璧，集旅游、度假、庆典等于一体。

1958 年春天，川西平原上还盛开着黄灿灿的油菜花，绿油油的麦浪在微风中轻轻荡漾，川西的竹林如雾似幔，迷人而令人感到处处新鲜。中央工作会议就在风景如画的四川省委招待所，即现在的金牛宾馆举行。当时的省委招待所周围还是风景秀丽的田园风光，城市的三环路还没有扩展到这里，是世外桃源般的清幽舒适之地。

金牛既然称为国宾馆，建筑规模和规格可想而知，自然是宏伟气派、富丽堂皇，除了主题办公楼，东为大礼堂，西侧相向是四星级宾馆，四周栽有黄桷树，环境清幽，别墅楼区苏式、日式、欧美式建筑风格异彩纷呈。

会议的主题为"相聚成都，真情永驻"，在欢快融洽的气氛中开始了它的议程。

会议开幕的第二天晚上，陈理法师长责成曾在一五〇师后勤部任部长的刘建礼在西南财经大学豪华的第四餐厅里招待了我，老首长以东道主身份对我盛情款待，令我激动不已。

陈师长先是作了一个答谢的开场白，对我在他到霸州期间的热情招待再次致谢，这让我想起了许多，想起了我的六年军旅生涯，想到了自己事业的成功，也想到了眼前这位可敬可佩的老首长，一谢一答，推杯换盏，加上昔日其他战友的重逢和兴奋的碰杯，在那次丰盛的晚宴上，我又喝高了。

借着乙醇对大脑的刺激效应和令人激动的氛围，我的思想和感情如决堤的洪水一般放纵奔流开了，油然生出诸多的感慨：我王英，一个农村青年，凭着自己的努力和拼争，成长在巴蜀，解甲归田后经过一番拼搏又成功于冀中家乡，几经求索之后没能在部队提干，重新回到人生的起点，在那里重新创业，获得成功后赢得了别人的瞩目和赞誉。尤其具有戏剧性的是今天，我于故土成功之后，又返回14年前曾经战斗过的巴蜀大地，由当年一名到部队大熔炉里锻炼、在大学校里接受教育的战士和学生，成长为一位医学专家，不久前还被请到了鲁南地区部队疗养院风湿科去传授自己的医术和研究成果，而且指导帮助他们开辟出一个新的专科医疗领域。这难道不是自己人生事业的成功吗？

"我是人生事业的成功者！"

今天，在这个场合，当着自己的老首长，更要一展身手。昔日我的事业成功了，今天在酒场上我也要有礼、有勇、有智、有谋，展示出昔日当兵时"酗酒"的实力和军人风采，觥筹交错，风扫残云……

次日酒醒后，我仍沉浸在昨晚的激动心情中，想起古人曾经说过的一句话："将相本无种，男儿当自强！"

当你金秋时节在自己耕种过的田垄上收获那丰收的果实的时候，当你作为一个母亲在十月怀胎一朝分娩的痛苦之后看到自己呱呱落地的婴儿的时候，当你在田径场上全力冲刺第一个撞绳的时候，你会有什么感觉？即便你高兴得流泪了，那也是你拼搏成功之后才有的幸福激动的泪花。

冰城记忆

2004 年 8 月。

我国北方著名冰城哈尔滨。

首届国际中西医结合风湿病学术会议在这里的医科大学多功能会议厅召开。参加会议的有来自全国各省、市、自治区和港澳台的多年从事中西医结合治疗风湿类疾病的专家学者，还有来自美国、日本、韩国、俄罗斯、印度、泰国、菲律宾等国家的专家学者，共计 400 余人。

这次在冰城召开的会议由新一届中西医结合学会风湿病专业委员会主任委员张凤山主持。召开如此规模的国际性中西医结合风湿病学术会议，是前任主任委员王兆铭教授多年的心愿，尽管其早就酝酿过，但由于身体原因一直没有促成。此次会议，王兆铭教授也抱病来到会场，当他坐着轮椅被人推上大会主席台时，全场报以热烈的掌声，而后，他在会议上做了精彩的学术讲座，受到与会人员的一致好评。

哈尔滨是黑龙江省省会，东北北部的政治、经济、文化和交通中心，东北北部地区最大的中心城市。特殊的历史进程和地理位置，造就了这座具有异国情调的城市的独特魅力。哈尔滨荟萃了北方少数民族的历史文化，融合了中外文化，是我国著名的历史文化名城和旅游城市，素有"共和国长子""北国冰城""天鹅项上的珍珠""东方莫斯科""东方小巴黎""冰城夏都""丁香之城"等美称。

据《金史·本纪卷二》载，哈尔滨一词源于女真语"阿勒锦""哈喇宾""哈喇宾忒"，汉译为光荣、荣誉、名誉等含义。

近年来，哈尔滨市社科院地方史研究所所长王禹浪集十年研究成果又提出了"天鹅论"。他采用多学科综合研究手段，由语言学切入，上溯历史语源，又在地理学、文献学、地名学、考古学、民俗学、民族学等方面作深入考证，以大量历史文献和文物为依据，提出"哈尔滨"是女真语"天鹅"的意思。

这一具有很强现实意义的研究成果，对塑造城市形象，增加城市知名度，提高市民文化品位都有明显的促进作用。哈尔滨，这个美丽的名字蕴含了如此美好的寓意。洁白、勇敢就成了哈尔滨先民的精神写照，这样的血液流淌在每个哈尔滨人身上，因而，当有人问起他们家乡名字的含义时，他们都会说，美丽的"天鹅"就是我们的家园。

中西合璧的城市风貌，粗犷豪放的北方民族风情，一道道亮丽得令人流连忘返的景观，成了对哈尔滨魅力的生动解读。一年一度的哈尔滨之夏音乐会、冰灯游园会、冰雪大世界等大型活动显示了哈尔滨深厚的文化底蕴。防洪纪念塔、文庙、极乐寺、圣·索菲亚教堂、俄罗斯风情的中央大街、萧红故居等文物古迹和哈尔滨极地馆、东北虎林园、亚布力滑雪旅游度假区、原始森林等多处人文自然景观，与其周边的镜泊湖、五大连池、扎龙自然保护区一起，构成了中国北方别具一格的特色旅游地，因而，哈尔滨于1998年被国家旅游局评选为首批"中国优秀旅游城市"。

太阳岛位于哈尔滨松花江北岸，为江漫滩湿地草原型风景名胜区，是全国著名的旅游避暑胜地。

关于太阳岛的由来，民间曾流传两种说法：一说这是个圆形的岛，形似太阳，故称太阳岛；一说岛内坡冈上全是洁净的细沙，阳光照射下格外炽热，故称太阳岛。太阳岛被江水环绕，景色十分秀丽。春季，原野芳草萋萋，绿叶萌枝，鸟雀齐鸣，春风吹拂，游人如饮醇酒，每每流连忘返；夏季，绿荫幽草，碧水白沙，繁花似锦，蝶飞蛙噪，是避暑胜地；秋季，秋高气爽，水天一色，金叶覆径，旷野红枫；冬季，千里冰封，万里飞雪，马拉爬犁、冰雪运动、冰雕雪塑，使这冰雪世界更是生机盎然。

哈尔滨冰雪大世界，始创于1999年，是哈尔滨市政府为迎接千年庆典神州世纪游活动，充分发挥哈尔滨的冰雪时节优势，隆重推出的规模空前的超大型冰雪艺术精品工程。这一工程，向世人展示了北方冰城冰雪文化的独特魅力。全园整体规划以"盛世中华，腾飞龙江"为主题，分为腾飞龙江、西部掠影、盛世中华、春绿南疆、龙腾虎跃、欢乐之夜等六大景区，设置景点、景观及活动 2000 余项。其场面恢宏壮阔，造型大气磅礴，景致优美绝伦，如同一幅大型的冰雪史诗画卷展现在世人面前。

在那次"冰城会议"上，我的论文《中西医结合治疗风湿性关节炎 200 例临床观察》在大会上宣读发表，并入编《首届国际中西医结合风湿病学术会议论文汇编》。会议期间，我游览了哈尔滨的圣·索菲亚教堂和防洪胜利纪念塔。

始建于 1907 年 3 月的圣·索菲亚教堂，原为沙俄东西伯利亚第四步兵师的随军教堂。同年，由俄国茶商出资，在随军教堂的基础上重新修建成全木质结构教堂。

教堂平面呈拉丁十字布局，是典型的拜占庭风格建筑。正门顶部为钟楼，7 座响铜铸制的乐钟恰好是 7 个音符，由训练有素的敲钟人手脚并用，敲打出抑扬顿挫的钟声。伴随着悠扬的广场音乐，广场鸽在教堂上空飞过。

圣·索菲亚教堂为远东地区最大的东正教教堂，以其精美的建筑艺术和丰富的历史文化内涵享誉中外。其以独有的异国情调和城市风情，在人们心目当中产生了独有的魅力，即将走上婚礼殿堂的新人，都要到教堂前拍照留念。1997 年，哈尔滨市政府对教堂进行保护性修复，并对周边环境进行综合整治，后命名为"哈尔滨市建筑艺术馆"。饱经沧桑的圣·索菲亚教堂恢复了历史原貌，成为城市一道亮丽的风景线。

哈尔滨防洪胜利纪念塔，位于哈尔滨市道里江岸中央大街终点广场，是为纪念哈尔滨市人民战胜 1957 年特大洪水于 1958 年 10 月 1 日建成的。它由苏联设计师巴吉斯·兹耶列夫和哈工大第二代建筑师李光耀共同设计。

纪念塔由立体塔身和附属的回廊组成。塔基用块石砌成，意味着堤防牢固、坚不可摧。塔基前的喷泉，象征勇敢智慧的哈尔滨市人民，正把惊涛骇浪驯服成长流细水，兴利除患，造福人民。

塔身中部浮雕雕刻着防洪筑堤大军，从宣誓上堤、运土打夯、抢险斗争到胜利庆功等场面，集中描述了人们在防洪斗争中所表现的英雄气概。其罗马式回廊由 20 根擎天柱连成弧形相衬托。塔顶是由工农兵和知识分子组成的圆雕，塔身下部是群像浮雕，描绘了哈尔滨人民战胜洪水的生动场面。

塔基前有两层水池，夏季池内的喷泉象征着英雄的哈尔滨市人民已把汹涌的波涛驯服成涓涓细流。这座塔现在已成为英雄城市哈尔滨的象征，来哈尔滨的人无不到这座塔下拍照留念。

松花江水映衬着这座雄伟的防洪纪念塔，纪念塔与美丽的太阳岛构成了一道驰名于世的壮丽景观。

厦门：会诊"重症"

厦门，是福建省的一个副省级城市，位于福建东南部，西部与漳州毗邻，北接泉州，东南与金门岛隔海相望。厦门因远古时为白鹭栖息之地而称"鹭岛"。宋太宗太平兴国年间，因岛上产稻"一茎数穗"又名"嘉禾屿"。厦门由厦门岛、鼓浪屿、内陆九龙江北岸的沿海部分地区以及同安等组成，是一个国际性海港风景城市。

2005 年 11 月，中国医师协会在厦门召开了全国医疗纠纷与医院管理研讨会，这次会议具有重大的现实意义和深远的历史意义。协会对一个发生在全国由来已久的"深度重症"准确地找到了"病原"，且探索出"对症下药"之"良方"。

改革开放以来，全国医疗卫生事业得到了飞速发展，我国的医疗水平也在很大程度上跻身于世界先进行列，但是也出现了一个愈演愈烈且不容忽视的问题，这就是随着我国"白衣天使"在新时期职责的变更和进化，国家与国际接轨的相关政策的出台，使得全国范围内改革开放前后的医患关系发生了质的变化，医患之间的矛盾日益加深，这是当今全国普遍存在的一个"通病"，而且这一病症已经到了需要进行"专家会诊"和"重症监护"的程度，此病症不从根本上加以解决，势必影响我国医疗卫生事业的发展与进步。

细分析起来，出现这一流行性"症状"的原因，从源头上看，是由于我国改革开放前后医疗卫生机构职能的改变及相关政策的出台，出现了一种"医源性疾病"。纵观我国医疗卫生机构的职能，从新中国成立到改革开放前这段时期，国内医疗单位是纯公益事业型，是由国家财政拨款的非营利单位，但由于受国家财力所限，用于医疗卫生事业的投入少，所以直接影响了我国医疗技术水平的发展。仅从 20 世纪 80 年代看，我国医疗技术水平比西方一些国家至少要落后 20 年到 30 年。改革开放以后，为了改变这种与飞速发展形势不相适应的局面，党中央、国务院对症下药，强化了医疗卫生机构的营利职能，出台了一系列关于医疗行业改革的方针政策。医疗诊费、手术费、医药价格在物价部门的干预下名正言顺地提升了，与此同时，医疗单位的干部员工工资也与效益挂钩，得到了大幅度上调。这一系列方针和政策的出台，带来了喜人的变化，由于 B 超、彩超、CT、高压氧舱、核磁共振等高科技医疗设备的引进，医院的医疗水平提高了，经济效益提高了，医院发展了，与改革开放前的境况已不可同日而语了，同时医务人员的个人收入也十分可观了。然而，医患关系日趋紧张的负面效应也凸显了出来，且在日趋恶化。

在日常患者诊治和临床医疗工作中，出于预防传染等新的医疗理念，医疗器械出现了一次性使用方式，使用先进医疗设备及科学检测手段的费用以及手术费、医药费等需要病患者支付的费用开支猛增。同时，即使危重病人因抢救无效死亡，病患者家属也要付出高昂的医疗费。向医疗单位寻衅滋事，干扰正常工作的现象也屡见不鲜。这种日益增多的社会不稳定因素，很快引起了有关部门的重视，卫生部、民政部、公安部联合下文以期维护正常医疗秩序，结果不但没有奏效，这种现象反而愈演愈烈。鉴于此，中国医师协会在全国最早开放的城市厦门召开会议，以"全国医疗纠纷与医院管理研讨"为题，对这一流行全国的"重症"进行一次专家学者大"会诊"。

会议期间，协会组织与会人员乘船游览了大担岛、小担岛和鼓浪屿。

大担岛，位于金门的西方，其状似哑铃，全岛分南、北两山，中央以平低沙滩为界。据报道，台军在这个前线岛屿驻军已经不多，军事价值也不大，只有象征意义。金门地方人士多年来争取接管，并开放观光。大陆观光船平均每小时有三四艘到大担岛水域活动，假日时更多。金门旅游业从业者也以到该处水域游览作为招揽游客的卖点。

大担岛上的"三民主义统一中国"心战墙闻名海内外，目前厦门观光船穿梭在大担岛水域观光,坐船只要 40 分钟就可以到达大担岛,赶上潮水大的时候,大游船能贴到离岛只有二三十米的地方。岛上有一个很大的碉堡,滩头上插满铁制的杆子,像是用来阻碍登陆艇的。碉堡一侧的树丛中露出两个棚子,那是台军的望哨所。

小担岛,位于福建东南海域中的浯屿岛之北,据现存于浯屿岛上的清道光四年石碑《浯屿新筑营房墩台记》载:"浯屿之北有小担,又北有大担,并峙于港口海中,实为厦岛门户。……大小担之间门狭而浅,惟浯屿与小担其间洋阔而水深,商船出入恒必由之。浯屿之南汉亦浅,可通小艇,其东有九折礁,舟人所畏也。然正西则有隈澳,可避风。山坡平衍,居民数百家,而大担小担皆无之,故海人舣舟必于浯屿。"

鼓浪屿,原名圆沙洲、圆洲仔,因岛西南有海蚀洞受浪潮冲击,声如擂鼓,明朝雅化为今名。由于历史原因,中外风格各异的建筑物在此地被完好地保留,有"万国建筑博览"之称。小岛还是音乐的沃土,人才辈出,是钢琴密度最高的岛屿,又得美名"钢琴之岛""音乐之乡"。

鼓浪屿位于厦门岛西南隅,与厦门市隔海相望,与厦门岛只隔一条鹭江,岛上气候宜人,四季如春,无车马喧嚣,有鸟语花香,素有"海上花园"之誉。主要观光景点有日光岩、菽庄花园、皓月园、毓园、环岛路、鼓浪石、鼓浪屿钢琴博物馆、郑成功纪念馆、海底世界和天然海滨浴场……供人观光、度假、旅游、购物、休闲、娱乐。

我游览了日光岩、皓月园和龙头山寨三个景点。

日光岩又叫晃岩,为鼓浪屿最高点,山上巨石嵯峨,叠成洞壑。树木葱郁,亭台掩映。拾级而登,先至莲花庵,"一片瓦"巨石嵌空,形成殿堂,庵旁巨石镌刻"鼓浪洞天""鹭江第一";庵后有"鹭江龙窟""古避暑洞"诸胜,中间即郑成功龙头山寨和水操台遗址,有蔡廷锴、蔡元培题咏。登临绝顶,山海奇观,风光无限,厦门、鼓浪屿、大担、小担诸岛尽收眼底。

皓月园,位于鼓浪屿东部的覆鼎岩海滨,沿鹭江之滨铺开,这是以海滨沙滩、岩石、绿树、亭阁展布的庭园。园以《延平二王集》中"思君寝不寐，皓月透素帏"的诗句取名"皓月"。

龙头山寨，与厦门的虎头山隔海相望，一龙一虎把守厦门港，叫"龙虎守江"。这里原有一座"旭亭"，早已圮毁。台湾石国球写过一篇《旭亭记》，描写了日光岩的壮美景色："山罗海绕，极目东南第一津，水光接天，洪波浴日，皆为梵刹呈奇。"

见习西医"南京风湿病峰会"

2006 年 5 月 15 日，中华医学会、中华医学会内科学分会和中华医学会风湿病学分会在南京召开"全国自身免疫性疾病专题研讨会暨第十一次全国风湿病学学术年会"。

千百年来，奔腾不息的长江不仅孕育了长江文明，也催生了南京这座江南城市。几次来到南京，深感南京承载着千载沧桑的厚重历史。

春秋战国时期，南京地处"吴头楚尾"，吴国曾置冶城于此。越王勾践灭吴后，令越相范蠡修筑越城于秦淮河畔，为南京最早古城。楚威王灭越，尽取吴故地，筑城于石头山，置金陵邑，遗址在今石头城，即南京城西草场门至清凉门之间。秦灭楚后，秦始皇东巡，以金陵有天子之气，遂改金陵为秣陵以贬斥之。汉初秣陵相继为楚王韩信、吴王刘濞之封地。汉武帝封江都王刘非之子刘敢为丹阳侯，刘胥行为胡孰侯，刘缠为秣陵侯。

吴、东晋、宋、齐、梁、陈合称六朝，故南京被称为六朝古都。今天的南京仍有六朝建康城遗址。建康城为当时世界上最大的城市，人口达百万，经济发达，文化繁盛，且在江南保存了华夏文化之正朔。

明末清初，清军攻克南京，改南直隶为江南省，应天府为江宁府，设两江总督于江宁。咸丰三年（1853 年），太平军攻克江宁，改江宁为天京，以为都城，在今南京总统府一带修太平天国天王府。后清兵再克天京，太平天国运动失败，天王府被付之一炬。

1912 年，孙中山在南京就任中华民国临时大总统后，以南京为首都。

1927 年，北伐军攻克南京，不久南京国民政府成立。

抗日战争爆发后，日军第三舰队司令官长谷川清下令对南京等地实行

"无差别级"轰炸。不久，日军占领上海，以20万兵力分南北两路会攻南京，中国军队以10多万之众浴血苦战，英勇反击侵略者。日军向南京各城门发起猛烈攻势，攻破中华门，占领了南京，之后，对南京城进行了长达一个多月的血腥屠杀，共杀害我30多万同胞，南京城三分之一被纵火烧毁，财产损失不计其数，史称"南京大屠杀"。

1949年4月23日至24日，中国人民解放军占领南京，成立南京市人民政府。

南京，襟江带河，依山傍水，钟山龙蟠，石头虎踞，山川秀美，古迹众多。单是这城外的栖霞山便有无限风光。此山位于南京城东北，又名摄山，南朝时山中建有"栖霞精舍"，因此得名。山有三峰，卓立天外，又名凤翔峰；东北一山，形若卧龙，名为龙山；西北一山，状如伏虎，名曰"虎山"。

栖霞山上有一寺庙，坐落在栖霞山中峰西麓。南齐隐士明僧绍舍宅为寺，称"栖霞精舍"，后为江南佛教三论宗的发祥地。栖霞寺是南京地区最大的佛寺，现有山门、天王殿、毗卢殿、藏经楼、鉴真纪念堂等主体建筑。栖霞山上不仅有栖霞寺，还有南朝石刻千佛岩和隋朝名构舍利塔，山深林茂，泉清石峻，景色令人陶醉……

此次参会人员是来自全国各地的研究生和国内外专家学者、教授以及医药厂家代表共计1500余人。参加这样的纯西医专题会议和风湿病学学术会议，对于我来说，是一个很难得的学习机会，尤其听了外国专家的精彩演讲，更使我感到，在防治专科疾病领域真是别有洞天。

义乌的荣耀

2006 年 9 月 20 日，我受中国中西医结合学会风湿病专业委员会邀请，赴义乌参加第六届中国中西医结合风湿病学术会议暨中国中西医结合防治风湿病联盟成立大会。

义乌，位于浙江省中部，南通广东、福建，西接长江腹地。春秋时这里属越国，秦代建县名乌伤，属会稽郡。传说秦时有个颜乌，事亲至孝，父死后负土筑坟，一群乌鸦衔土相助，结果乌鸦嘴喙皆伤，故称乌伤县，后改县名乌孝。

义乌，东靠中国最大城市上海，面对太平洋黄金通道，也是目前全球最大的小商品集散中心，被联合国、世界银行等权威机构确定为世界第一大市场。义乌成为市场大市、经济强市，得益于市场的持续繁荣，近年来义乌打出购物旅游品牌，取得了骄人的业绩。义乌被游客评为浙江省最具吸引力的十大旅游目的地和浙江省十大旅游休闲城市；义乌国际商贸城被国家旅游局授予中国首个"AAAA 级购物旅游区"荣誉称号；义乌购物旅游已逐渐成为浙江省社会经济发展的一大亮点和长三角旅游经济圈的一块特色品牌。

市场是义乌发展购物旅游经济的最大特色和优势，景点是义乌打出购物旅游品牌的自然资源载体。其景点众多，首推德胜岩。

德胜岩位于义乌城北，上山游览，一路风光无限，因山峦稠叠又称稠岩。义乌古称稠州，即得名于此。稠岩虽不高，但登岩远眺，群山连绵不断，景色蔚为壮观，是古往今来登高览胜的好去处。在义乌，没有什么山比德胜岩更出名了，德胜岩的出名不在于它的风景，而在于它是义乌的开端，更是义乌的精神象征。据说古代孝子颜乌就住于此山……

义乌历史悠久，是地灵人杰之所。据《金华府志》记载：东汉建武三十年（54年），汉光武帝刘秀赐封皇太孙刘辉于乌伤，为"义阳王"，号"乌伤郡王"，以镇越中。刘辉是义乌历史上有姓氏记载的第一任县官，至今已有1900多年的历史。义乌孕育了众多历史名人，"初唐四杰"之一骆宾王，宋代名将宗泽，金元四大名医之一、滋阴学创始人——朱丹溪，刚直之士徐侨，元代国史总裁官黄晋，清初治河专家朱元锡，现代教育家陈望道，文艺理论家冯雪峰，历史学家吴晗等一批名人志士灿若星辰。历代群贤以其妙手文章、精忠报国的精神以及在科学上的杰出成就而闻名于世。

一代名医朱丹溪，名震亨，自幼聪明过人，酷爱读书，一心想在仕途上发展，谋求一官半职，但由于当时社会的黑暗，屡考不中。由于其生于书香门第，家中藏有医书，再加上他天资聪明，渐渐入门，并拜名医罗知悌为师。朱丹溪治病坚持临症视情，辨证施治，修订了《大观方》，因地、因时、因人制宜，制定了"相火论"，被誉为"滋阴大师"，他还根据临床经验，写下了大量治疗杂病的理、法、方、药，仅《丹溪心法》就记载1337方，被称为治疗杂病的"锦囊妙法"。他的《格致余论》《丹溪心法》《局方发挥》《伤寒论辨》《外科精要发挥》《本草衍义补遗》等十几部著作，成为祖国医学宝库中的璀璨明珠，并广泛流传至日本，现日本还有"丹溪学社"。后人把他与刘完素、张子和、李东垣三名医师合称为"金元四大医家"。

朱丹溪的墓坐落于仿赤岸镇东朱村北墩头庵旁。1992年，当地集资修建了朱丹溪陵园，园中塑有丹溪铜像，常有游人前来瞻仰。

当我从遐想中回到现实的时候，乘坐的客机已经进入浙江省义乌市上空。

客机开始徐徐降落……

此次会议的一个重要议题是，中国中西医结合学会风湿病专业委员会第三次换届选举，委员会主任委员由广州南方医科大学吴启富教授接替前任主任委员张凤山。在此次会议上，原中国中西医结合防治风湿类疾病协作组改为中国中西医结合防治风湿类疾病联盟，同时，我被推选为首届中国中西医结合防治风湿病联盟副主席。我在大会上作了演讲交流，会上分享的论文《云克配合中药汤剂治疗类风湿性关节炎临床疗效观察》被编入《第六届中国中西医结合风湿病学术会议论文选编》。

站在黄浦江边

2007 年 5 月 15 日，由中华医学会风湿病分会主办的全国第十二届风湿病学学术年会，在上海国际会议中心召开。

上海，位于我国大陆海岸线中部的长江口，是中国第一大城市，四个中央直辖市之一，大陆经济、金融、贸易和航运中心。它拥有全国最大的工业基地、最大的外贸港口，居住和生活着 2000 余万人，具有深厚的近代城市文化底蕴和众多的历史古迹。今日的上海已经发展成为一座国际化大都市，并致力于建设成为国际金融中心和航运中心，2010 年这里将举办第 41 届世界博览会。

开会那天，主办单位举办了隆重的开幕仪式，全国歌舞、曲艺、戏曲界名流云集上海国际会议中心会场，一台异彩纷呈的文艺演出为大会增添了喜庆色彩。

此次会议的主题是"风湿病与血管炎"，参加年会的有来自全国各地和国外的西医风湿病专家、教授和学者，共计 1200 余人。作为一名从事风湿类疾病理论研究与临床治疗 30 年的医生，我参加此类国际性专题学术会议，是为了丰富自己的医学理论与实践研究的经验，开阔视野。

会议期间，我游兴大发，虽然已经是第四次来上海了，但是看到我国改革开放的前沿都市所取得的辉煌成就，仍忍不住要饱览这座城市的美丽风景。

黄浦江始于上海市的淀山湖，在吴淞口注入长江，是长江入海之前的最后一条支流。它流经上海市区，将上海分割成了浦西和浦东。

游览中，我看到了横跨黄浦江两岸的杨浦大桥、南浦大桥和上海东方明珠广播电视塔。两座大桥，像两条巨龙横卧于黄浦江上，中间是东方明珠电视塔，正好构成了一幅"二龙戏珠"的巨幅画卷，而黄浦江西岸一幢幢风格迥异、充满浓郁异国色彩的建筑，与浦东一幢幢拔地而起、高耸云间的现代建筑相映生辉，令人目不暇接。

吴淞口是黄浦江与长江的入海口，是黄浦江、长江和东海三股水流交会的地方，据说这里在涨潮时节可以看到著名的"三夹水"奇观，黄浦江从市区带出的青灰色的水，长江带来的夹有泥沙的黄色水，以及绿色的东海水，泾渭分明，形成色彩鲜明的"三夹水"，实为一大奇景。

游船从外滩浦江游览码头开始直到吴淞江口，途经这里的各式"水上饭店"，顺江而下。外滩上，风格迥异、错落有致的西式建筑一一映入眼帘。入夜，华灯齐上，灿烂华丽。船过了苏州河，我看到了上海港国际客运站，来自世界各国的客轮鸣笛和我擦肩而过，甚是有趣。

滔滔的黄浦江不仅是上海灿烂文化的象征，也是上海历史的见证者。古往今来许多历史文化名人都在黄浦滩上留下了光辉的足迹。

接着，我又到了浦东新区。

浦东因位于上海的母亲河——黄浦江的东岸而得名。20世纪90年代前，这里曾是大片的农田、渔村，经济社会发展远远落后于浦西。1990年国家实施开发开放浦东战略，历经17年的开发建设，浦东成为中国改革开放的窗口和上海现代化建设的缩影。

20世纪80年代中期，时任上海市市长汪道涵率先提出开发浦东，得到市委、市政府的赞同。由此，上海的发展思路也从最初考虑把浦东作为上海中心城区第二产业的扩散地，提升至在上海建设"四个中心的核心功能区"上来。

1990年三四月间，时任国务院副总理的姚依林带队，对浦东进行专题调研，不久，时任国务院总理的李鹏即在上海大众汽车投产仪式上宣布：中国政府决定开发开放浦东。

随后，上海市委、市政府按照中央的战略部署，制定了"开发浦东、振兴上海、服务全国、面向世界"的开发方针。

2005年，国务院正式批准浦东进行国家综合配套改革试点，从此，上海浦东改革开放进入了新阶段。经过十余年的精心谋划和开发建设，浦东开发开放取得了举世瞩目的成就，初步建立了外向型、多功能、现代化新城区框架，浦东已成为"中国改革开放的窗口"和"上海现代化建设的缩影"。

为香港骄傲

2007 年 12 月 7 日至 9 日，第四届华夏风湿性疾病诊断治疗学术会议在香港特区中心美丽华大酒店多功能会议厅隆重召开。来自海峡两岸暨香港、澳门以及海外的专家、教授、学者 500 余人齐聚一堂，学习交流。

香港自秦朝起明确纳入中央政权的管辖，直至 19 世纪中叶清朝对外战争战败后，其地区逐步被割让及租借予英国成为殖民地，香港从而开通港口发展。中英两国为落实香港前途问题，于 1984 年签订《中英联合声明》，决定 1997 年 7 月 1 日中华人民共和国对香港恢复行使主权。中方承诺在香港实行"一国两制"，香港将保持资本主义制度和原有的生活方式，并享受除外交及国防以外所有事务的高度自治权，也就是"港人治港、高度自治"。

香港全境被侵占的三个部分（香港岛、九龙、新界）依据是不同时期的三个不平等条约。1840 年第一次鸦片战争后，英国强迫清政府于 1842 年签订《南京条约》，割让香港岛。1856 年英法联军发动第二次鸦片战争，迫使清政府于 1860 年签订《北京条约》，割让九龙半岛，即今界限街以南的地区。1894 年中日甲午战争之后，英国逼迫清政府于 1898 年签订《展拓香港界址专条》，强租新界，租期 99 年，至 1997 年 6 月 30 日结束。新界的租借，让当时香港的面积扩大了十倍之多。

来香港参加此次会议，是我第二次到香港，第一次是在香港回归祖国之前，那时我有一种离乡背井、身居"国外"之感，并为香港在受着英帝国的殖民统治而脸上无光且心内屈辱，尽管它当时是一个繁华的国际金融贸易大都市。而此次来到香港，感觉与上次初到香港时有了天壤之别。因为此时此刻，我是站在我们中国的香港、我们自己的国土上，因而有一种扬眉吐气、自豪骄傲之感：在香港重回祖国怀抱前夕，英国有关领导人曾经杞人忧天地认为我们管不好香港这个世界金融贸易中心，然而，我们管理了整整十年，香港变得比原来更加稳定繁荣。

这样想来，我决意，一定好好看看位于香港市中心的金紫荆广场和维多利亚港湾，以不虚此行。

金紫荆广场位于香港会展中心旁，是为纪念香港回归祖国而建。广场位于湾仔香港会议展览中心新翼人工岛上，三面被维港包围，在维港的中心位置，与对岸的尖沙咀对峙，是观景的好地方。

1997 年 7 月 1 日香港特别行政区成立，中央政府把一座金紫荆铜像赠送给香港。金紫荆铜像被安放在会展中心旁，面对大海，这个广场也被命名为"金紫荆广场"。

这座铜像正式名称为"永远盛开的紫荆花"，寓意香港永远繁荣昌盛。

在金紫荆广场一角还矗立着香港回归纪念碑，与金紫荆铜像遥相呼应。纪念碑由 206 块石板层叠而成，每块石板代表 1842 年至 2047 年间的每个年份。整个纪念碑分为基石、碑柱和柱头三部分，基石和碑柱采用坚实耐久的麻石作为材料，柱头物料则是青绿色锻铜，柱身正面刻上时任国家主席江泽民的题字。香港回归纪念碑顶部白环象征香港的主权归还中国，而上面的 50 个环代表香港特别行政区的生活方式保持 50 年不变。金紫荆广场是不少中国内地游客到香港旅游时必到的旅游景点。

维多利亚港湾地处香港岛与九龙半岛之间，港阔水深，自然条件得天独厚，可以停泊远洋巨轮。它有三个主要出入水道，是进入香港的门户，维多利亚港区开放的码头和货物装卸区，进出港的轮船停泊时间只需十几个小时，效率之高为世界各大港口之冠。香港港口的助航设施以及港口通信设备也是十分先进和完备的。

维多利亚港湾的夜晚是令人迷醉的，灯光奇妙，恍若仙境。晚八时，《幻彩咏香江》的激光表演正式开始。随着音乐的节奏，那些高楼大厦顶端的激光灯束演化成不同的造型，吸引了不少游人驻足欣赏。

隔着辽阔的海域，对面是灯火辉煌的香港本岛。密集的摩天大楼高耸入云，直逼浩瀚星空，一座座、一排排、一片片，簇拥相连，错落有致，威严伟岸，端庄肃穆。楼群林立之间，霓虹闪烁，灯火蜿蜒，纵横交错，瞬息万变，流光溢彩，倒映在水中央。晚风轻拂，波光晃动，灯影摇曳，绚丽多姿，构成一幅飘忽而斑斓的图画……

海港两岸更是璀璨异常，疑似银河落入凡间，愈夜愈美丽。

北京的"影响"

2007年，我在中西医结合防治风湿病方面所取得的成就及影响，引起了北京"和谐中国影响力人物"组委会的关注，我被邀请参加2008年元月19日至21日在北京召开的"和谐中国·2007年度影响力人物年会暨颁奖盛典"。

北京是我们祖国的首都，四个中央直辖市之一，全国第二大城市及政治、经济、交通和文化中心。她有着3000余年的建城史和850余年的建都史，是全球拥有世界文化遗产最多的城市。她拥有众多的名胜古迹和人文景观，以其古老又时尚的全新面貌，迎接着每年过亿的旅客。

此次会议在全国政协礼堂和北京大学百年讲堂召开。

全国政协礼堂坐落在西城区阜成门内大街南侧，始建于1954年，属欧式建筑风格，外形庄严、典雅、大方，内部厅堂华丽，是新中国较早的重要建筑之一。1956年建成后，党和国家的许多重要活动在这里举行，其中最重要的活动当属中国共产党第八次全国代表大会，政协礼堂是当时大会的主会场。1995年政协礼堂进行了整体加固改造，1996年竣工后，政协礼堂全面开放，是一处集会议、演出、娱乐、餐饮、健身、休闲、社交为一体的综合性多功能场所。

近年来，和谐中国影响力人物组委会怀着高度的社会责任感，以弘扬民族精神为己任，成功地举办了多项大型系列宣传活动，隆重推出了袁隆平、钟南山、任长霞、吕日周、吴仁宝、张瑞敏、张继钢、杨伟光、王选、梁雨润、宋鱼水、夏家骏、史光柱、牛根生、南存辉、李双江、刘兰芳、蔡国庆、刘媛媛、王宝强等一批在全国具有影响力的人物，中央政治局委员、中央军委副主席迟浩田，全国人大常委会副委员长彭珮云、布赫、铁木尔·达瓦买提，全国政协副主席杨汝岱、郑万通、张克辉、张怀西、阿不来提·阿不都热西提、孙孚凌、王文元等党和国家领导人莅临大会并颁奖，彰显了不同凡响的创意和规模。

此次活动在北京隆重召开，获奖者受到了国家领导人及部委有关领导的颁奖、亲切接见并合影留念，中央主流媒体对活动进行了广泛宣传，对部分获奖代表作了宣传。主办单位还为获奖者颁发了特别制作的金质勋章和精美奖牌。

此次活动的创新论坛专题演讲在北京大学的百年讲堂举行。

北京大学，创建于 1898 年，是中国近代第一所国立大学，被公认为中国的最高学府，也是亚洲和世界最重要的大学之一。在中国现代史上，北大是"新文化运动"与"五四运动"的发祥地，也是中国多种政治思潮和社会理想的最早传播地，有"中国政治晴雨表"之称，享有极高的声誉和重要的地位。

北京大学最初也是当时的最高教育行政机关，行使教育部职能，统管全国教育事宜。它传承着中国数千年来国家最高学府——"太学"（国子监）的学统，创立之初身兼传统太学与现代大学的双重身份，既是中国古代最高学府的延续，又是中国近代高等教育的开端，可谓"上承太学正统，下立大学祖庭"。北大自建校以来一直享有崇高的名声和地位。

北京大学还是中国最早传播和研究马克思主义的发源地，也是中国共产党最早的活动和宣传基地，为民族的振兴和解放、国家的建设和发展、社会的文明和进步作出了不可磨灭的贡献，在中国走向现代化的进程中起到了重要的先锋作用。爱国、进步、民主、科学的传统精神和勤奋、严谨、求实、创新的学风在这里生生不息、代代相传。

1917 年，著名教育家和民主主义革命家蔡元培出任北京大学校长，他"循思想自由原则、取兼容并包之义"，主张思想解放和学术繁荣，北京大学从此日新月异。陈独秀、李大钊、毛泽东以及鲁迅、胡适等一批杰出人才都曾在北大任职或任教。

百年讲堂位于北京大学校内，是为庆祝北京大学建校 100 周年而建，是一座设施先进、功能齐全的现代化、多功能讲堂。其附属设施主要有化妆间、排练厅、多功能厅、纪念大厅、观众休息厅、四季庭院、会议室、贵宾接待室等。建筑设计构思精巧，层次分明，错落有致，质感强烈，有鲜明的时代特征，与周围的建筑群浑然一体，相得益彰，达到了与校园环境的和谐统一。

走进北京大学，获奖人物在创新论坛上进行专题演讲，展示时代风采，让来自海内外的代表共同分享他们的成功经验；步入"和谐中国·2007 年度影响力人物"星光大道，摄影师、摄像师将为您留下美好而难忘的瞬间；在"和谐中国·2007 年度影响力人物宣言"上庄重签名，共同见证中华民族走向复兴的梦想与辉煌。

在那次活动中，我被授予"2007 年度百名影响力人物"荣誉称号，全国政协文史办主任、中国文化产业促进会副会长马威为我颁发了奖牌和证书。此外，我还被编入《影响力人物》杂志社编辑出版的《和谐中国·2007 年度影响力人物颁奖盛典珍藏特刊》，在本年度获奖名单中榜上有名。

20 日晚，我参加了由影响力人物组委会筹办的 2008 年新春团拜会，与邀请的专业演员和与会代表欢聚一堂，同进晚餐，共迎新春。

步入人民大会堂

2008 年 10 月 17 日至 20 日，由中西医结合学会风湿病专业委员会主办、南方医科大学中西医结合医院协办的中国中西医结合学会风湿病专业委员会成立二十周年庆祝会暨全国第七届中西医结合风湿病学术会议，在北京人民大会堂隆重召开。

首都北京，自秦汉以来，到新中国成立之前，一直是中国北方的军事和商业重镇，历史上的名称有蓟城、燕都、燕京、幽州、南京、中都、大都、京师、顺天府、北平、北京等。1949 年，傅作义将军与中国共产党达成和平协议，率领 25 万国民党军队起义，中国人民解放军进入北平市，实现了对北平的解放。同年 9 月 27 日，中国人民政治协商会议第一届全体会议通过《关于中华人民共和国国都、纪年、国歌、国旗的决议》，北平更名为北京。

走进人民大会堂，我禁不住心潮起伏，思绪万千：人民大会堂是什么地方？是全国人民代表大会开会的地方，是全国人民代表大会和全国人大常委会的办公场所，也是党、国家和各人民团体举行政治活动的重要场所，还是国家领导人和人民群众举行政治、外交、文化活动的场所。

我从一名乡村赤脚医生、部队医院卫生班班长、村门诊医生、乡卫生院内科主任、霸州市类风湿医院院长、市政协委员、市专科医院院长一直到中国中西医结合防治风湿病联盟副主席，从事中西医结合防治风湿病理论与临床治疗 30 年，风风雨雨一路走来，能够步入如此辉煌的殿堂参加全国同行业学术会议，这是我过去想都不敢想的事情。

然而，今天我做到了，这标志着我人生事业的又一次辉煌与成功！

会议在人民大会堂新闻发布厅举行。应邀出席会议的主要领导有：国家中医药管理局局长吴刚，著名中西医结合专家、中国工程院院士陈可冀教授，中国工程院院士陈香美教授，国医大师、风湿泰斗朱良春教授，中国中西医结合学会秘书长穆大伟教授，以及中国中西医结合学会风湿病专业委员会主任委员、本次会议组委会主席吴启富等。

在此次会议上，我当选为会议组委会副主席。

大会主要议程之一是对全国从事中西医结合风湿病理论研究和临床治疗20年以上并作出突出贡献者进行表彰和奖励。共有三个奖项：（一）中国中西医结合治疗风湿类疾病终身贡献奖（5人）；（二）中国中西医结合治疗风湿类疾病突出贡献奖（11人）；（三）推动中西医结合治疗风湿病学术发展贡献奖（17人）。会上，我被授予"推动中西医结合治疗风湿病学术发展贡献奖"荣誉称号，国家中医药管理局局长吴刚同志为我颁发了荣誉证书。

大会接下来的议程是学术交流，我在会上宣读了自己的论文《中西医结合治疗类风湿关节炎临床观察》，与诸位专家交流，最后论文被编入《全国第七届中西医结合风湿病学术会议论文汇编》。

东京的考察

2009 年 11 月 7 日，我应国际华夏医药学会邀请，从首都机场乘机到达山东烟台，又由烟台换乘国际航班抵达日本大阪关西机场，开始了为期 6 天的医学考察。国际华夏医药学会每年组织一次国外专题考察。此次赴日本考察，是由医药学会崔副会长带队去东京癌病医院研究所进行考察。

考察期间，我们先去参观了大阪公园、大阪大亚免税店，随后去了最繁华的商业中心——心斋桥商业街和关西地区最大的奥特莱斯名品卖场，后又乘车游览了清水寺古街，欣赏了西阵织和服馆，了解了日本民族传统服饰——和服复杂的制作过程，欣赏了和服时装的精彩表演。第三天，我们乘专车去了箱根，饱览了美丽的芦之湖胜景，远眺富士山的美丽景色，倍觉雄伟壮观。箱根国立公园景色宜人，大涌谷火山口的喷泉热气奔腾，在那里我们目睹了硫磺山的奇观。在富士山五合目和忍野八海，入住温泉酒店，身着和服，浸泡在温泉里，品味着日本料理，感受着东瀛的异国风情。

东京是一座充满活力的城市，这里人口密集，是物资与信息的巨大集散地，就像所有的国际大都市一样，这里每天都有着日新月异的变化。城市的开发也已经开始从中心走向市郊，海滨区域、河流两岸、平民住宅区、高档住宅区以及卫星城市的建设，使得东京作为一个大都市发展日趋完善。不仅如此，在东京还保留了很多历史文物古迹和一些传统的仪式、活动，现代与传统的共存成为这座城市的一大特征。或许可以从它 500 多年的历史入手了解这座城市。

东京经历了 15 世纪后半期江户城的建成，17 世纪初江户幕府统治日本的开始，19 世纪后半期的明治维新，到 20 世纪以后，又经历了关东大地震和第二次世界大战的战败，东京都心部虽然受到毁灭性的破坏，但是很快走上了城市复兴之路，并且很快进入了城市的高速发展期。1964 年日本全国上下期待已久的奥林匹克运动会终于在东京召开，为此，东京政府进行了体育馆等基础设施的全面建设，迎接来自世界各地的选手。这以后，特别是进入 20 世纪 80 年代以来，东京作为一个国际大都市的形象愈加深入人心。

11 月 10 日，也就是我们到日本的第四天，我们在东京活动了一天，按照医药学会的日程安排，进入赴日本东京的考察项目——去了癌研有明病院参观考察。然后又去了银座、秋叶原东京电器、新宿都厅和歌舞伎町自由散步。

第五天，我们参观了日本历代天皇所居住的皇居，去了东京发祥地浅草寺，又乘坐水上巴士游览了东京湾，观瞻了自由女神像，参观了丰田汽车展览馆，乘坐无人驾驶电车"海鸥"号眺望东京的迷人街景。随后，一边观赏着东京湾美丽的傍晚景观，一边自由品味着多国料理的惬意。第六天，一行人由成田国际机场飞往上海浦东国际机场，又由上海浦东国际机场返回北京首都国际机场。

回忆起东京的西新宿高楼群，壮丽的景观令人难忘。史载，自 1868 年日本皇室从京都迁到江户，并改其名为东京以来，东京一直是日本的首都，同时也是日本的政治、经济、文化、交通中心。有资料显示，东京都总面积为 2162 平方公里，包括 23 个特别区，26 个市，5 个町和 8 个村，并与周边的千叶、神奈川、琦玉三县构成首都圈，现拥有约 1200 万人（相当于全日本的十分之一）。每天来自周围城市的上班族约有 2000 万，使东京的市中心白天人声鼎沸。一到夜晚，人流则转移至市内包括银座、涩谷、六本木等娱乐场所林立的区域。整个东京都会区（包括横滨等其他城市）就有总人口 3375 万，是全球最大的都会区。

东京这座国际大都市，是亚洲地区金融、贸易等交流活动的中心。近来成为亚洲流行文化的发源地。在很多亚洲年轻人的眼里，东京是一座充满活力和时代感的城市，它总是走在流行的最前线。流行音乐、偶像电视剧、电子产品、化妆品、电子游戏、厚底鞋以及前卫的装扮等都从这里开始。

看了东京这个国际大都市的市容市貌之后，我并不感到震惊，相反，倒让我想起中国的一句古语：为富不仁！20世纪30年代之后，日本军国主义入侵中国，残酷杀害我国同胞，疯狂掠夺我国资源，十恶不赦的军国主义刽子手们对我国人民犯下了滔天罪行。繁华发达的都市面貌的背后是侵略者的累累罪行。

前事不忘，后事之师。古之贤臣魏征曾说："以铜为镜，可以正衣冠；以古为镜，可以知兴替；以人为镜，可以明得失。"日本，应该是一部反面"教科书"，如果我们能从中读到其强盛之教益，相信每位前来观光考察者都将不虚此行。

第六章・我的情感世界

那根隐痛的神经

1980 年以后，云南老山和广西法卡山地区的中越边境线上几乎天天有军事摩擦，我军驻扎部队有时一天死亡百余人，驻扎部队是原昆明军区（1985年与成都军区合并，由成都军区管辖）和广州军区边防部队。因为我们所在的成都军区一五〇师曾经参加过 1979 年的对越自卫反击战，因而中央军委指示我们，随时从一五〇师各团抽派骨干军事力量去广西和云南换防。自 1979 年至 1984 年间，成都军区先后派出 2000 多人，其中一五〇师派出 270 余人，到两地换防戍边，著名的老山战役和猫耳洞战役就是发生在那个年代和地区。

被派去的人员要经过严格的特殊训练，他们要去对付不断骚扰我国边境的敌人，属于特种部队的性质。为了选派既能侦察又有实战经验的精锐之师，要培训战士们在短时间内掌握侦察、攀登、驾驶、格斗等多种战场技能，以适应作战的要求。1980 年 7 月，我一五〇师从各团抽调了 120 名身体素质好、作战能力强的战士，开赴江油县（今江油市）北部一个山区进行封闭式训练。部队首长之所以要选择江油县北部山区作为特殊训练地，是因为那里与北川接壤，是荒无人烟的大山沟，其地形地貌酷似越南北部山区。

此地位于四川境内的涪江上游，山高水急，草深林密，最适合实战型的各种作战技能的训练，我也被抽调去，成了受训的骨干军事人员中的一员。

我之所以被派去，是因为这支精锐的特种小分队需要一名能够独立完成战场诊断、治疗、包扎、抢救等医护任务的卫生员，因为我在入伍之前就是大队赤脚医生，入伍后又是一五〇师医院卫生班班长，是当时医院中的佼佼者，因而这一任务自是非我莫属。

我们当时参加特种训练的战士有一个加强连的兵力，上级临时从驻扎部队 449 团派去一个姓王的特务连连长，他是保定人。一五○师一个作训参谋任教员。我们的武器装备是清一色的特种部队配置，另外配备了 12 支新研制的无声冲锋枪。

当时的训练是很艰苦的，因为这支小分队所要面对的是越南特工，战士们身上都带有冲锋枪和匕首，训练要求会开车，会驾驶摩托车、识地图，能格斗并在大山里完成侦察任务。这种特殊训练首先是按照课程安排进行讲解，然后就是训练，进行实战性对打。

在为期三个月的封闭训练中，我们这支特种技术训练小分队的通信完全中断，连部只是通过一部电台与师部保持联系。那期间，部队首长只有师部作训科科长、师医院副院长、副师长、副参谋长和参谋长去过一次。

四川江油的北部山区是天然林区，都是原始生态的森林，植被丰富，草深林密，也有野猪、黑熊出没。晴天时，山涧溪水碧蓝清澈，水中石头清晰可见，初到此地，甚感新鲜，可七天以后，这种新鲜感就没有了，被一种腻烦的情绪所代替了。晚上，我们住在大山深处的帐篷里，凭借提灯和手电筒照明。7—9 月正是江油地区的多雨时节，大雨说来就来，只要看见头顶上有一片乌云，转眼之间就大雨滂沱，三个月间，只有 18 天是晴天。由于天天下雨的缘故，战士们的衣服洗了无法晾晒，整天湿漉漉的。我们在雨中爬山、训练，摸爬滚打。

到达目的地后，炊事班的战士就地挖了一个坑，把行军锅架好就开始做饭，一日三餐，他们的炊事工作也像是完成一个战斗任务一样。当时师部把我们每顿饭的伙食标准从 3 角 6 分提到了 6 角，由于训练艰苦，战士们每天的体力消耗过大，一天需要两顿炖肉，中午、晚上吃炒菜。由于很快就烧完了带去的干木柴，炊事班的战士们只得去树林里砍松树枝烧，米饭常常煮得半生不熟。

我的任务就是给战士们看病疗伤，提供卫生服务。没有病号、伤员，我就在帐篷里看书，有时帮助炊事班切菜。来了受伤的战士，或是骨折或是摔伤了，我就对症下药给予治疗。

曾经发生了这样一件事。一个四川籍战士的锁骨骨折，经过我初步的包扎、救护之后，需要送到江油县医院作进一步护理治疗，从训练驻地到江油有90公里的山路，由于雨季塌方，山高路远，我们乘坐着连部里的军用生活车整整走了3个多小时。两周以后，那位伤员被接到了一五〇医院继续接受治疗。

训练中有一个项目是武装渡河。在两山之间先把一条军用麻绳固定好，然后，每名战士身上要带上枪支、弹药、背包、水壶等，足有25公斤的重量，手脚并用盘在绳子上，两手一前一后交替着抓住绳索攀缘而过。由于雨季山洪暴发，往下望去，水流湍急，令人目眩。面对如此一个掉下去就会葬身激流的万丈深渊，每一个从平原来的战士都不觉毛骨悚然，胆战心惊。开始训练时，都会要求战士们每人系好腰间扣在"绳桥"上的安全绳，几天下来，人们感觉训练得熟练了，就忽视了扣好安全绳这项要求，只顾武装渡河。一个张家口籍的战士，大个子，人长得白净，姓王，忘记叫啥了，训练中不知是因为体力不支，还是心里恐慌，全连渡河到山涧中间地带时，他突然脱离开绳索掉了下去，落入湍急的水流之中，他的身影立刻就被激流吞没了。全连成功渡河后，王连长立即派人搜救，三人一组，每天派出两三组带着干粮沿河去寻找，一连找了七天，最后才在距离渡河处100公里的一个河道转弯处的河滩上，发现了那名战士已经腐烂的尸体。

我们这支特训连来自一五〇师四四八、四四九、四五〇三个团和一五〇师的侦察连、警卫连，由于时间紧，任务急，这支临时组建的连队没有来得及建立战士档案，也没有一套完整的通讯录。那名战士牺牲后，连里才跟师部联系报告了情况，师部报请军区将其追认为烈士。

三个月的特殊集训结束了，我也离开了这支特殊的连队。据说，后来这支连队被派往老山和法卡山的中越边境线上去执行防御作战任务，在一次次特殊任务中，先后有23人英勇牺牲，还有的下落不明，没有牺牲活下来的，都先后立功，被提了干。

现在回想起来，用毛主席那句"忆往昔峥嵘岁月稠"来形容那次特殊训练和训练结束后的防御作战经历，应该是再恰当不过了。有了那次经历，我深感人民解放军真的是人民的军队，是捍卫祖国边疆的坚强柱石。

　　30多年过去了，那段经历我不愿意再提起，那是我的一条每次想起都禁不住要隐隐作痛的神经，因为我每次触动它，都要禁不住想起那位牺牲了的战友，禁不住鼻子发酸，心里异常难过。每当想起那段经历，全连战士的音容笑貌都会活灵活现地出现在我的眼前，那段经历仿佛就发生在昨天……

难忘的大连"省亲之旅"

在我的人生旅途中，有一个与我最亲近、让我最不能忘怀的亲人，就是我的大姑。大姑对我们兄弟俩的成长起了至关重要的作用。

大姑是除了父母以外最疼爱我们哥儿俩的人。1988年农历正月十六，出于感恩之心，在村里开门诊初步富裕起来的我随同父亲，带着4岁的女儿一道，去霸县坐长途汽车到了天津西站，又倒车到了塘沽，然后打车到了弟弟王伟的新家。随后，王伟的新婚妻子刘辉也随同我们一起坐上了去往大连的轮船。

大姑对我们疼爱有加，令人没齿难忘。在我4岁那年，父亲骑自行车带着我跟奶奶，去北京大姑家住了四个月。那是我第一次去北京，那段时间大姑对我的疼爱，永久地定格在我的童年记忆中。我从记事开始，就知道大姑在国家计划委员会上班，大姑在那段时间里，每年经常给奶奶寄钱过来，名义上是给奶奶寄的钱，可全家都没少跟着沾光。大姑父在国家交通部工作，是行政九级高干，他1938年在霸县参加了八路军，被编入贺龙一二〇师，因为大姑父教过私塾，有文化，一入伍就被任命为军械所所长。1964年，一艘苏联货轮在大连被抢，为挽回我国的国际形象，大姑父被上级委派赴大连处理苏联货轮被抢事件，大姑父赴大连后，很快圆满平息了此事，大姑父也由此被留任为大连海运学院党委书记兼院长。"文革"期间，贺龙元帅被打倒，大姑父因为资历老，而且曾跟随贺龙元帅，也被污蔑为"大土匪"，被罢了官。"文革"结束后，大姑父得到平反。

我上高中时曾写信给大姑，说很想买一套蓝色运动秋衣，大姑接到信后，很快就买来一套蓝色涤纶秋衣秋裤给我寄了来。国家恢复高考后，1978年正月初十，我去大连大姑家备考，大姑找来老师辅导我的功课，我在那里一住就是三个月，受到了大姑无微不至的疼爱。

大姑对弟弟王伟更是疼爱有加。弟弟是 1982 年以全县第五名的成绩考取大连海运学院（现大连海事大学）的。当时大连海运学院招生分数和范围要求很严格，学院只在沿海地区招生，在河北只在唐山、秦皇岛招生，其他地区招生名额很少。大连海运学院是中国著名的高等航海学府，也是被国际海事组织认定的世界上少数几所"享有国际盛誉"的海事院校之一。王伟在这所学校里上到大三，人们才知道他是院长的内侄，在学校里，王伟学习刻苦，进步很快，顺利取得了"双硕士"学位。大学毕业前夕，母亲希望弟弟能分到天津工作，父亲为此事专门去了一趟大连，找大姑父商议此事。大姑父给当时天津港务局任局长的原部下写了一封推荐信，随后，弟弟带着那封信去天津港务局报到了。弟弟学的是轮机系船电专业，先是被安排在天津港务局燃料供应公司当加油工，随后又被安排在天津港电力公司当技术员、十一万变电站站长，半年后调任天津港电力公司设备技术科副科长、科长，天津港务局电力公司副总经理、总经理，成为一名正处级干部，这期间基本上是一年一提拔。四年后又调任天津港五洲国际集装箱码头总经理，2008 年后被提为天津港务局组织部部长，2009 年被提为天津港务局纪检书记。弟弟在天津港务局工作的 23 年中，从一个普通干部一路升迁到正厅级干部，除了自己工作出色之外，与当年大姑父的推荐有着直接关系。

1988 年那次去大连看大姑，是觉得现在家庭条件好了，想把大姑接回家来，好好孝敬大姑，让她老人家回老家安度晚年。当时大姑身患糖尿病、高血压，已经被安置到大连干部疗养院疗养，但大姑思乡心切，恨不得马上回老家。

大姑看到我们来看她非常高兴，当晚，老人家跟父亲一直谈话谈到大半夜才休息。我抑制不住见到大姑后的喜悦心情，亲昵地对大姑说，现在我开了诊所，有钱啦！家里盖上了大瓦房，这回就是接您老回家安度晚年的。大姑一听乐坏了，逢人便自豪地抚摸着我的头说，这是从老家来的我的亲侄子，来接我回老家养老、享福的。

然而不幸的是，我们那次从大连回家才一个多月，大姑就因心脏病复发不幸去世了，享年 70 岁。

大姑的去世令我们全家悲痛欲绝，我和父亲又踏上了去大连的路，但这次去是为了吊唁大姑，返程时我抱回了大姑的骨灰……

如今，大姑已经离开我们整整 21 年了，21 年来，每当想起大姑那慈祥的面容，我都禁不住泪流满面，心里总要默默地说：

大姑，您在哪里？我们好想您呀！

天堂的母亲，儿子想您

2002 年 4 月 14 日，是我终生难忘的日子，因为我慈祥的母亲在这一天永远地离开了我们。

在母亲病重那些天，天空一直是阴沉沉的，我想，母亲的病重让老天看了都愁眉不展。母亲去世那天，天空中下起了蒙蒙细雨，那分明是为母亲的去世洒下的悲伤的眼泪，不光母亲去世这天下雨了，祭奠母亲的三七、六十日、百日、祭日，天都下雨了。

母亲生于河北省新城县南宫井乡兴隆庄村的一个中医世家，老人家出生在军阀混战的年代，又赶上七七事变，在抗日战争和解放战争的岁月里长大。母亲回忆说，1939 年，她随外祖母逃难，途中眼睁睁看着外祖母被日本鬼子的飞机炸死，受到了惊吓，当时才 11 岁。从那以后，母亲仿佛一下子长大了许多，学不能上了，就跟外祖父一起挑起了家庭的重担。

母亲 16 岁那年与父亲成亲，第二年，生下了大姐，六年后，生下二姐，再后来又生下我和弟弟。我们姐弟四人还小的时候，母亲长年累月在生产队干活挣工分养活全家。不仅如此，家里还养着猪，每年都要喂出来几头大肥猪，交给供销社的猪站，卖了钱补贴家用，这喂猪的活全是母亲的事儿。在我的印象里，母亲每天天不亮就起来给我们做早饭，洗衣服，喂猪，吃了早饭常不等队长敲钟就一边纳着鞋底一边出门了，走到村里街边大树下，等着队长派活。中午收了工，她回到家便抱柴做午饭。春天，她把饭做好后，让别人在家休息，她自己却一边啃着凉饽饽一边背上筐下地去打菜。夏秋时节，母亲去地里拔草，总是不等下午上工的钟声响起，便已背回满满一筐头猪菜，或是深深弯着腰晃晃悠悠地背着一筐几乎垂到地上的长草回来。把那筐草摊晒到自家墙根下后，满身汗水、泥水的母亲才进屋从缸里舀一瓢凉水咕咚咚灌下去，再舀几瓢凉水到盆里洗洗凉快凉快，稍稍打个沉儿，便又下地干活了。傍晚收工回来，母亲又得做饭、喂猪喂狗，还要为我们缝补衣服。由于年复一年的过度劳累，母亲42岁就得了类风湿性关节炎，可她家里外头的活儿一天也没耽误。到了20世纪90年代，母亲老了，儿女们都成了家立了业，家里的日子也好起来了，本来再也用不着她干任何事了，可每逢春天，母亲依旧习惯戴上花镜给孙女们做棉衣。

在我的童年记忆里，家里平常从不吃白面馒头和烙饼，即便是逢年过节家里蒸一锅馒头或烙饼，母亲也总是紧着爷爷奶奶和我们姐弟吃，母亲自己吃玉米面饼子和窝头。我们都让母亲吃，母亲却总是说玉米饼子嚼着更香甜。改革开放以后，人们的生活好了，白面成了家里最普通的主食，玉米面却成了稀罕物。因为工作的原因，我外面的应酬比较多，经常下饭店，从普通饭店到特色小吃再到五星级酒店，而且从国内吃到了国外。饭桌上，常有老年客人点玉米饼子，我以前对此不以为然，尤其玉米饼子咽下的时候总有种"拉嗓子"的感觉。然而，母亲去世后，我倒怀念起这种"拉嗓子"的感觉来，因为我每次吃饼子"拉嗓子"时就想起当年母亲的不易，油然生出一种酸楚的隐痛来，这种感觉在我心头久久挥之不去，让我的情绪也变得低落起来。

母亲的穿着从不讲究，却总是干干净净的，衣服旧而不破，即便褪色褪得看不清本色了，补了补丁却还是很整洁。逢年过节，她总要挤出钱来，给老人和我们姐弟扯布做衣服，而她自己的衣裳却常常是缝了又缝，补丁摞着补丁，尽管衣裳的领、袖和下摆处都洗得发了白，但母亲从不让自己褪了色的补丁衣裳带有一点儿污垢。

母亲凭着节俭与勤劳，同父亲一起撑着这个家，全家的日子过得一点不比别人差。尽管平时日子过得艰难，可每当遇上大事须用钱的时候，母亲总能像变戏法儿一样拿出钱来。两个姐姐出嫁时，母亲"变"出了50块"袁大头"（银圆）来，她让父亲揣在怀里到县城银行换成钱，给两个姐姐置办嫁妆。为了防备被"劫道的"抢了去，母亲让父亲多穿上几件衣裳，出门时穿平时的旧衣，免得进城太显眼，到了城里进银行时再脱下旧衣换上新外套，出银行时要赶紧把外套脱下来，换成里面的那件，且要不时回头看看有没有"尾巴"盯梢。这种今天看起来很可笑的把戏，从母亲嘴里讲出来，真跟过去地下党接头取情报一样神秘。我和弟弟听得瞪大了眼睛，屏住呼吸，感觉特别刺激。1981年，弟弟考上了大连海运学院，上学期间弟弟每次开学时，母亲都要给弟弟带上一笔在当时来说数目不小的零用钱，而那些钱都是母亲和父亲一个汗珠一个汗珠换来的，一点一点从自己的牙缝里挤出来的。如今，留在我和弟弟手里的没有兑换的几块银圆，成了母亲一生节俭的见证和我们对她老人家永远的纪念。

母亲一生信佛。从我记事时起，母亲每到农历初一、十五必要烧香、磕头，为全家祈福。就是"文革"期间，红卫兵造反派闹着拆佛庙，挨家挨户登门搜查砸香炉，"破四旧"破除迷信闹得最凶的时候，母亲也没间断在上贡日烧香拜佛。我记得那是在20世纪70年代初，家里没有了香，街上的小铺里也没有卖的，母亲就让父亲骑洋车去白沟偷偷地打听后从暗地里的小摊上买了几把回来。后来，我和弟弟都长大了，成了家、立了业，可我们不管谁出远门或出国，母亲都要每天烧香拜佛，并且跪在佛龛面前，虔诚地闭目，双手合十，为她远行的儿子祈祷，祈求佛祖保佑平安。1994年11月，我从南宁坐飞机返京，本来是下午三点半的飞机，结果晚点到晚上十一点才起飞。等我凌晨四点多到家时，妻子告诉我说，母亲一直在烧香等我回来，家人再三劝阻，她却坚持不肯入睡。真是不养儿不知父母恩。面对母亲，我想起老戏里那句"娘生儿连心肉，儿行千里母担忧"的唱词来，不禁鼻子一阵发酸起来。

2002年4月14日上午10时19分，母亲因患急性大面积肺栓塞合并心梗抢救无效，永远地离开了我们。2003年4月14日上午，我同家人冒着霏霏细雨来到母亲坟前，触景生情止不住泪如雨下，忽然一件往事袭上心头，让我情不自禁地扑倒在母亲坟冢上号啕大哭起来。那是30年前一个星期六的下午，天空中下着瓢泼大雨，我从岔河集中学放学回家，艰难地推着自行车走在泥泞的大街上，尽管从中学到我家仅有五六里路，我却步履蹒跚地走了好长时间，大雨打得我睁不开眼睛，浑身湿透的我既要赶路又要推着沾满泥的自行车，几乎是走一步就得用木棍刮一下塞满车轮与挡泥板间的泥，身上也冻得抖动起来，此时孤身一人不免有些恐惧和悲哀。这时，雨幕中忽然听到远处呼唤我乳名的声音。啊！母亲冒着这么大雨来接我了，她是替上海河的父亲来接我的呀！我一下子兴奋了起来，大声回应着。"来！给我！"母亲走近了我，接过自行车替我推着，母亲在前面推，我在后面推着后车架，一步一步艰难地行进着。忽然，母亲在大雨中停下来，我们一起用木棍刮去沾满车轮和塞满挡泥板的泥。清完了前后车轮上的泥，只见母亲一弯腰把车子扛了起来，我在后面托着后车轮，同母亲深一脚浅一脚地继续行进着。忽然，母亲一个趔趄跌倒了，滑落下来的车子把母亲的右腿划了一道口子。"血！妈！您的腿……""没事！走吧！"母亲从泥水里爬起来，又扛起那车子继续走着，我紧紧跟在后面。透过迷蒙的雨线，只见母亲腿上的那道口子流淌着和了雨水和泥水的鲜血，我的泪水和雨水也一齐在脸上流淌着……

"妈！"我悲痛地对着母亲的坟冢如泣如诉地说，"您老人家一生信佛，我原先不信，这会儿我信了，我真愿有来生！来生咱们还做母子，好让我报答您今生今世对儿子的养育之恩！"

我那天堂的母亲呀，儿子想您！

不速之客

2003 年的第一缕春风，比 2002 年时明显晚了一些。

不知是冬婆子撒泼耍赖迟迟不愿离去，还是春姑娘懒洋洋总不想睁开那双惺忪的睡眼，总之给人的感觉是春天迟迟未到。

农谚说，五九萌芽向日升，春打六九头，可眼看到了清明节，地里小麦上都该挂纸钱儿了，那沟边、路旁的杨树柳树才刚发出芽儿来，显出一抹儿春绿。

然而，4 月 1 日这天，一个意想不到的电话给我带来一个带着暖融融春意的消息。

一个在廊坊工作的战友打来电话说，陈师长要到霸州看你去。

呀！陈师长要来，好啊！让老首长过来看看吧，看看当年的小王如今创下的这片事业！我顿时有一种成就感和自豪感。

陈师长叫陈理法，是我们一五〇师参加对越自卫反击战之后提的师长。

对越自卫反击战是 1979 年 2 月 17 日—1979 年 3 月 16 日爆发在我国和越南边境的战争，战争有云南和广西两个作战方向，分为三个阶段进行。云南省作战由当时的昆明军区司令员杨得志指挥；广西壮族自治区作战由当时的广州军区司令员许世友指挥。我方总共动用了 9 个军、2 个炮兵师、2 个高炮师，约 20 万兵力的解放军部队，在约 500 公里的战线上对越南发动了攻击。战争中我军一度攻占了越南约 20 多个城镇和军事据点。越军以 6 个步兵师、16 个地方团及 4 个炮兵团，总兵力约 15 万人参战。当时的解放军战斗素质、武器装备和战术思想受到"文革"的影响，与越军相差较大，虽然基层指战员骁勇善战，但参战部队还是在付出了沉重的代价后才完成各个阶段的作战任务。

我军在短暂攻入越南北部之后，在一个月之内撤出了越南。中越双方均称取得了战争的胜利。这场战争为中国西南地区创造了比较稳定的周边环境，但战争的后果仍在持续，特别是在越南。今天越南仍然维持着世界上最大的陆军之一，其中的一些原因就是出于对中国的恐惧。20世纪80年代，双方在边界上仍有小的冲突，双方关系直到90年代早期才得到改善。

在那场战争中，陈师长任步兵第四四八团团长，由于他作战勇敢，战功卓著，因而被提升为师长。那天给我打电话的战友叫张文礼，堂二里人，当年就是跟着陈师长的警卫员，现在是廊坊市中国电信车管中心主任。

张文礼在电话里说，陈师长一行共七人：他和他老伴、三女儿、他妹妹、妹夫和他的小姨子、他的"一担挑"。他妹妹叫陈淑华，对越自卫反击战前我和她在同一个医院，她是一五〇师的军医，战后调到北京中国人民解放军总后勤部门诊部当医生，当时已退休。

听张文礼说，老师长先到的廊坊，住了三天，才让他给我打电话，说要来霸州看看我。我一听，忙答应说，来吧！老师长要来，我做梦都没有想到，到霸州保险好吃好喝好待承！

在绵阳一五〇师当兵那会儿，因为我在师部门诊所，总能见到陈师长，他那会儿挺喜欢我的，加上工作关系，我也没少给老师长看病照顾他，因为我的工作就是服务师以上部队首长。这次见面也是检验我回家这些年的成果，正好让他看看我退伍后有没有给他丢脸。我一边想着，一边马上安排了两辆车，去廊坊把陈师长接到了霸州。

陈师长到霸州后，我将老首长安排在了富丽华大酒店，这是当时霸州档次最高的大酒店。

当晚，我找来16个当年在师直属队和后勤部工作过的战友，陈师长除了认得我和李炳恒之外，其他都不认得。他当时是师长，一个师长接触不到下边的士兵，可我跟李炳恒不同，我在师部门诊部，李炳恒在后勤部当通讯报道员，是每次师部开大会时的摄影记者，我俩是沾了工作关系的光。

那天晚上，我安排了三桌，见服务员上齐了菜，斟上了酒，便站起身先来了开场白：

"各位战友！孔子说：有朋自远方来，不亦乐乎！更何况，我们是在咱霸州招待老师长，让我们大家端起杯来，为老师长的光临，干杯！"

说话间，陈师长见我站起来，也站了起来，其他在场的战友都无一例外地站起来等着我把话说完。我的话音刚落，全桌战友陪着满面春风的陈师长一饮而尽。

席间，大家一一给老师长敬酒。我借机又向其随行家属一一敬酒。

随后，我又说：

"老师长，我还得敬您杯酒。"这时我已经喝了不少，说话也不禁随便起来。

"为啥子？"陈师长操着浓重的四川口音问道。

"陈师长，"我有恃无恐半开玩笑半撒怨气地也操起四川口音问道，"我当初表现咋样？"

"很好嘛！"

"可您当初也没有提我嘛！如果您提我个连长营长的，今天陪您就更相配喽！"

"你……小王你说啥子嘛？"陈师长回头望望我不解地问。

"不过，这不怨您，是中央军委干部用人体制改革的事嘛！"我一边笑着，跟陈师长碰了下酒杯，意思是，我在开玩笑，干了敬您的这杯酒。

"哈哈！对头嘛！"陈师长见我在开玩笑，笑了，跟我一碰杯就把杯中酒一饮而尽。

我在绵阳当兵那会儿，平时跟陈师长关系处得不错，显然他对我刚才的话没有放在心上。

次日，我陪陈师长参观了我们专科医院，从门诊、妇产科、内科、外科、骨科、甲亢科到 B 超室、彩超室、高压氧舱。

参观中，陈师长问："你们医院的固定资产是多少？"

217

"2700 万元。"我答道。

"很好嘛！"陈师长赞誉道。

接着，我又陪同陈师长参观了霸州市区市貌，中午在川鲁饭店用了餐，下午给他和所有随行人员做了全面体检。

第三天，早饭后我约了几位战友前来，一起陪陈师长游览了白洋淀，中午在安新由已经在安新县当上常务副县长、法院民事庭庭长、供电局工会主席的三位战友张洪军、管福生、张福来作陪，安排了一顿具有当地水乡特色的午宴。

当日，我又派车将陈师长一行送回了北京。

涪江，你好吗？

2005 年 5 月 1 日，为筹办首届一五〇师医院全国战友联谊会，我由首都机场乘机踏上了去绵阳的航程，阔别了 20 年的绵阳啊！不知你现在是怎样一副美丽姿容。我来时听说，在绵阳的战友还有一个没有联系上，但为什么偏偏会是她呢？我在绵阳的很多经历都跟此人有关，因而，这个人我必须得见到！

绵阳，是中国唯一的科技城，四川省区域中心城市、四川省第二大城市，素有"富乐之乡""西部硅谷"的美誉，是我国重要的国防科研和电子工业生产基地，先后获得过联合国改善人居环境最佳范例奖（迪拜奖）、"国家环境保护模范城市"、"国家园林城市"、"国家卫生城市"、"国家文明卫生城市"、中国人居环境奖、"中国最佳宜居城市"等诸多荣誉。

绵阳城始建于公元前 201 年，距今已有 2000 年的历史。绵阳作为"中国优秀旅游城市"，将科技、人文、自然完美结合，让人流连忘返。以"两弹一星"精神为代表的科技旅游资源，集中体现了丰富的时代内涵和面向未来的创新精神。境内的王朗自然保护区与九寨沟一山之隔，有着堪与阿尔卑斯山黑森林相媲美的景致。李白文化、文昌文化历史悠久，积淀深厚；千佛山国家森林公园风光奇秀，林静谷幽；罗浮山温泉休息度假区泉清水柔，美不胜收；西羌猿王洞奇峰入云，高山溶洞群世界罕有……

乘机去绵阳，第一站必先到成都，我乘坐的那架法国"空中客车"飞机从当日下午 1 时起飞，经过两个半小时的飞行，安全直抵成都双流国际机场。

成都古为蜀国地，秦并巴、蜀为蜀郡并建城，汉代此地因织锦业发达而专设锦官管理，故有"锦官城"之称，五代蜀时遍种芙蓉，故别称"芙蓉城"。成都自古被誉为"天府之国"，位于四川省中部，是中西部地区重要的中心城市。秦代李冰造石人作测量都江堰的水则，是中国最早的水尺；汉代蜀郡太守文翁在这里建立了中国最早的地方官办学堂"文翁石室"；西汉时的司马相如、枚乘、贾谊、扬雄、王褒奠定了汉赋的基础；后蜀主孟昶亲笔书写了中国第一幅春联"丰年纳余庆，嘉节号长春"；常璩编纂了中国现存最早的地方志书《华阳国志》；后蜀人赵崇祚编辑了中国文学史上的第一部词集《花间集》；北宋名医唐慎微撰写了中国现存最早的药典《经史证类备急本草》……这些都是成都献给世界的珍贵礼物，也是成都文化的精华所在。

都江堰水利工程始建于公元前 250 年左右，历时 2000 多年一直作用不衰，堪称世界第一；成都的蜀锦，是世界上最早发明的锦缎丝织品，东汉年间产生于这里的足踏织锦机是当时世界上最先进的织机；成都在汉代时就成了世界漆器工艺的中心和茶文化的诞生地；到唐代，成都已经发明和使用了雕版印刷术……

除了都江堰，成都还有很多其他著名的人文景观，如青城山、武侯祠、杜甫草堂、二王庙、文君井、文殊院、宝光寺、永陵、金沙遗址等，观音寺的壁画、塑像和花置寺的摩崖造像都具有很高的艺术观赏价值。自然景观中山景、洞景、水景、生景、气景俱全，九峰山、石象湖、西岭雪山等景色秀美。

"丞相祠堂何处寻？锦官城外柏森森。"成都武侯祠博物馆是闻名海内外的三国文化圣地，位于成都市区，是诸葛亮、刘备的纪念地，唯一的君臣合祀庙宇，也是全国影响最大的三国遗迹博物馆。

走出成都机场后，战友接我的专车早已等在那里。

上车后，车子直奔成都市区的浣花山庄而去。车到达浣花山庄门口还未停稳，就见到我的老战友仁真喜盈盈地走出来，一边寒暄一边急切地握住我的手，兴奋地一边说话一边往宾馆里走。当晚，他安排了晚宴为我接风，随后我们住在那里，晚上我们谈到很晚才休息。

次日早晨吃过早饭后，我们乘车沿成绵高速公路直奔绵阳而去。大约上午 10 点，我们到达绵阳，先来到了阔别 20 年的一五〇师师医院。家在绵阳的战友老早就来了，等候在那里，战友重逢，分外高兴，滔滔不绝的话语真如涪江水一样源源不断。

"涪江！涪江现在是什么样子了？"

我想到了涪江，想到了 20 年前在绵阳的日日夜夜，我的青春和热血洒在了这里……我问先到的战友，咱们师医院卫生班的战友都到齐了没有，有人告诉我说，就差孟卿了。

"她为什么没来？"我问，"还没联系上？"

那人说："抓紧联系……今年这个师医院战友会就好比是张艺谋导演的那部电影——《一个都不能少》。"

我恨不得马上就见到涪江，因为在那江边有我往昔一幕幕甜蜜的梦：多少个周日，我们到江边散步，我的相机留下你的江边情影；多少次交谈，奔流的江水带走你银铃般的笑声……

快中午了，该来的战友基本到齐了，按照议程需要先照战友联谊会合影，然后，所有与会人员乘车去了绵阳市郊的一个"农家乐"饭店共进午餐。

下午，战友会正式开始了。

会议结束后，其他战友可以自由结组畅谈离别 20 年间来经历，重温深情厚谊，也可以自由活动，我则心事重重地来到了涪江江边。

涪江，是嘉陵江的支流，川西北地区的一条重要河流。源头就是被人们赞誉为"世界上最美的天然公园"的黄龙寺自然保护区。那一带上有莽莽雪岭，下有清泉淙淙，尤以重重叠叠、美如璞玉、明净无瑕、流红荡绿的湖沼蔚为奇观，号称人间瑶池。

滚滚涪江，直奔绵阳，绕城而过。它养育了绵阳这一"控扼西川，推为要害"的军事重镇。

"涪水荡荡，绵山丽丽"，流水映出西汉著名文学家、哲学家扬雄曾经读书、作赋的子云亭的奇秀；映出了蜀汉皇帝刘备和蜀郡主刘璋曾经会聚的富乐山的巍峨与葱茏；在它的倒影里，还有蜀汉大将蒋琬的陵园，宋代著名文学家欧阳修的纪念堂，世所罕见的李白、杜甫合祠，传说中"蜀中八仙"之一尔朱先生的道观以及抗日爱国将领宋哲元的陵墓；除此之外，还有环秀楼、北亭、南湖、白鹤林……一应景观，尽收眼底。

我出神地望着涪江潺潺流过的江水，忽然，水中映出了当年孟卿一身戎装的身影，随着她身影的渐渐淡出，我抬起目光，环视涪江那绵长的身躯，禁不住心里默默说道：

"涪江，一别二十载，今天来看你，你好吗？"

当晚，会务组人员告诉我，孟卿还是没有联系上，只好作罢。这给我参加晚宴的愉悦心情罩上了一层薄如云雾般的阴影。由于有心事，稍稍生出一丝不快的感觉，晚宴上由于酒入愁肠，似乎很快就有了些醉意，脸颊也过早地变成了"关公脸儿"。不过，我的神志还是清楚的，没有忘记我的职责，席间，我以会务筹备组组长的身份，和一五〇师医院原领导及各位战友频频举杯之后提议道：

"明年还举办全国战友联谊会！"

来到绵阳的第三天早晨，我与战友们乘车去了山上，瞻仰了我们师高炮营、通信营当年的驻地，随后返回成都，乘机回到北京，圆满地结束了此次绵阳之行。

冀中小城迎战友

2009 年 8 月 21 日上午，"一五〇师师医院全国战友第二次联谊会"在霸州市益津大酒店举行。

这天上午，大酒店内一派祥和喜气：来自全国各地的原一五〇师师医院战友陆续来报到了，大家互相问候着、寒暄着。为了给联谊会增添喜庆气氛，我以东道主和联谊会筹备组组长的身份，事先请来了四位霸州籍书法家、画家，为前来赴会的战友们挥毫泼墨，现场创作书画作品。人们报到后，便欣喜地前去欣赏各位书法家、画家精湛的艺术技艺，索求作品，合影留念。

一五〇师师医院全国战友第二次联谊会在霸州召开，是三年前首次全国战友联谊会上就商定好了的。

那是 2006 年 5 月 6 日，一五〇师师医院全国战友首次联谊会在绵阳即将落下帷幕。晚宴上，那曲熟悉的乐曲——《难忘今宵》——回荡在宴会大厅，拨动着大家难舍难分的心弦。

在这种撩人心动的气氛中，原一五〇师师医院院长、老首长侯良君兴致勃勃地对大家说：

"一五〇师师医院全国战友联谊会每三年举办一次。"

"好！——"

"哗！——"

话音刚落，战友们纷纷表示赞同，会场上响起一阵热烈的欢呼声、喝彩声和掌声。

2008 年 9 月末，侯院长回老家途径霸州，看到这个冀中小城再也不是他29 年前来时那个模样了。那还是 1979 年 12 月，侯院长护送对越自卫反击战霸州籍伤残军人退伍还乡，这次再来到霸州，他感到如今的霸州发生了翻天覆地的变化，便对我说："明年的全国战友联谊会就在霸州召开吧！"

于是，我按照老首长的指示，根据《2006 年一五〇师师医院全国战友首次联谊会通讯录》上的地址，以一五〇师师医院全国战友联谊会筹备组的名义，于 2008 年 10 月 9 日给 197 名战友每人寄信一封，说明了有关情况：

一五〇师医院战友会关于筹办第二届战友联谊会的函（第 1 轮）

亲爱的战友们：

> 绵城一别三十年，斗转星移两地间。
>
> 少壮从军饮涪水，聚首富乐苦也甘。
>
> 也曾参战击越寇，又谱军民共建篇。
>
> 不舍离别成往事，再会霸州续前缘。

两年前，我们战友会曾经按照老院长侯良君的意愿，在绵阳一五〇师医院成功筹办了第一届战友联谊会，引起了积极的反响。来自全国各地的战友重新聚首，感慨万端！于今思昔，盛况如昨。30 年前，我们师医院老院长等领导虽然人到中年，却依旧年富力强，始终是我们医院的中坚；我们这些刚刚走向社会的热血青年，抱着保卫祖国的豪情壮志入川，在医院领导的带领下，我们忠诚捍卫着神圣的使命。我国捍卫尊严的对越自卫反击战炮火打响，我们奉命开赴越南参战，谱写下壮美的诗篇！如今，30 年过去了，改革开放让祖国的神州大地气象万千；30 年过去了，我们的祖国正向着世界经济强国的目标迈进；30 年过去了，我们的祖国已成功且出色地举办了第 29 届奥运会的不争事实充分向世界展示了雄厚的实力，并已跻身于世界体育强国之列；30 年过去了，我们的战友情谊和昔日的美好记忆将永留心间！

明年，是我们参加对越自卫反击战 30 周年，这是我们人生中的一段难以忘怀的重要经历，为了增进我们的友谊并借此予以纪念，经老院长侯良君提议：战友会决定于 2009 年 8 月 1 日，在霸州市筹办第二届战友联谊会，现已成立了战友联谊会组委会。组长：侯良君。副组长：王英、仁真。成员：赵振西、夏德荣、杨清忠、杨志富、戴祖辉。

霸州，古为益津，乃历代兵家必争之地，宋将杨六郎曾在此布阵守关，著名的三关之一——益津关——就在境内。经过历朝历代的繁衍生息，霸州留下了"益津八景"的迷人景观……

霸州，位于京、津、保三角中心，交通便利，四通八达，京开（106 国道）、津保（112 国道）两条国道和京九铁路、津保铁路霸州段、津保高速公路纵横穿境。霸州，东有胜芳古镇这颗冀中平原的璀璨明珠，南临白洋淀，西达五台山和革命圣地西柏坡，北接首都北京……霸州，经济建设发展迅速，跻身于全国百强、全省十强经济强市行列，并已摘取了河北省人居环境奖的桂冠；随着全市文化名城的建设，李少春大戏院、李少春纪念馆、益津书院、国际大酒店、茗汤娱乐园等市政、文化设施、景点，助推着霸州作为全国文化、旅游名城的发展步伐……

观光霸州，将给您留下人生中难以忘怀的美好回味，失之交臂您则会遗憾终生！

开放的霸州迎宾客！这座古老而又年轻的城市，已经伸开了热情好客的双臂，正热切期待着我们一五〇师医院全国各地战友的光临！

为了组织筹办好第二届战友联谊会，敬请您收函后反馈信息，以便我们事先为您安排好一切！（请把此函转达您身边未参加第一次联谊会的战友。）

战友会筹备组

2008 年 10 月 9 日

在此函件发出后的半年多时间里，经过周密策划，终于促成了此次一五

○师师医院全国战友第二次联谊会的召开，这才有了上文中全国战友重聚霸州的欢乐场面。

然而，让我意想不到的是，此次战友聚会报到那天，来了一位特殊的女战友，说她特殊，并不是因为她长着三头六臂，而是因为她并没有接到通知，上次的绵阳战友聚会她没去，这次她从其他战友那里得到消息来到了霸州，而且这位女战友我还没认出来，经她自我介绍我才恍然大悟，原来她就是当年的水芸。

水芸是我战友水波的妹妹，也是烈士的妹妹。我的战友水波在对越自卫反击战中牺牲，她因此来到部队参了军，被分到师医院，而后到了师卫训队，那时她和我是一期的卫训队学员。她很活泼可爱，身材苗条，圆圆的脸蛋总笑成一朵花，在我的印象里，她是当时军中年纪最小的军营"小白鸽"，见面总是主动跟人打招呼。后来，她也时常拿来她写的怀念哥哥和反映部队生活的小诗给我看，尽管当初那些诗很简短，有的就是顺口溜，但是我看出了这些诗背后隐藏着的一颗朴素的心情。

从战友会报到那天起，霸州益津大酒店就奏响了我们战友情谊的交响曲。每一位在益津大酒店下榻、活动的战友，无不感到这座新型小城的热情好客。

除了本市籍书画家的书画笔会外，我还在我家姹紫嫣红、秋意浓浓的憩园庭院里招待来宾，农家庭院洋溢着节日般的喜庆，地道的农家特色饭菜，充满了冀中平原农村的乡土气息和伦理风情，抒发着我和其他东道主战友的一片真情！

午餐回来，所有战友坐上来时安排的大巴车，来到李少春大剧院前合影留念，把我们30载后珍贵的重逢定格成了历史和永恒。

然后我邀请战友们去了华夏民间收藏馆，参观那里令人目不暇接的稀世珍宝和文物，向每一位莅临盛会的战友展示霸州的古韵民风，和今日霸州文化建设的崭新姿容。

庭院里，古堤旁，夜色里的秋禾、秋风，催化着一个以"欢腾战友会、赏秋岔河集"为主题的专场文艺晚会。晚会的脚步声响起，一台精彩的歌舞、特技和武术表演，伴着夜幕和星空拉开了帷幕：姹紫嫣红的烟火"噼噼啪啪"腾空而起，在夜空中变幻出万紫千红的银花火树，那是霸州东道主对全国战友莅临展露的由衷笑容，也是纯朴憨厚的岔河集人对来宾的热情迎接，还是东道主向全国战友发出的下一届聚会的请柬！

"第二届一五〇师师医院全国战友会现在开幕！"随着我一声热情洋溢的致辞，精湛的书法作品献赠展示、嘹亮的歌声、精彩的舞姿，与专业演员的歌舞交相辉映，全场阵阵雷鸣般的掌声……

次日，天高云淡，秋意正浓。会议组织全体与会战友去了白洋淀——中国著名的"华北明珠"——观光旅游。白洋淀以其北方江南的旖旎风光，助长了战友的游兴，猎奇鸳鸯岛，漫步荷花大观园，孙犁纪念馆迎贵客，小兵张嘎备酒接风，一处处迷人的景色令战友们流连忘返，深感不虚此行！

当日下午，战友联谊会完成了所有议程，画上了圆满的句号，战友们需要去北京乘车返程，我一一安排了专车去送。惜别的战友，好客的小城。临别时刻的祝福和无言致意的挥手，表达着对欢聚的意犹未尽和分别的无奈，冀中名城的缠绵秋意，以她特有的方式无言地盛赞着战友会的圆满和成功……

战友会期间，我从繁忙的会务中抽出时间来，特意去水芸房间看望了她，从她口中我得知了她的近况，知道了她婚姻的不如意，并对其表达了同情。此后，她常以手机短信形式给我发来短诗进行问候与沟通，我也借助诗歌形式互通信息。

为卿拭去泪盈盈，万水千山不隔情。

昂首笑看天涯路，相挽人生两从容。

置身苏堤乱纷纷，有山有水无佳人。

风景秀丽无心赏，他年相会再逡巡。

苏堤春晓梦缠绵，只待携卿共赏观，

金风玉露一相遇，胜却人间万万千。

战友联谊会过了一些日子，我又应邀外出参加了几个学术会议，回来后，偶得暇时，想起我们的那次聚会，不由得心生感慨，有感而发，草就《七律·忆霸州战友会》一首：

人生快意好个秋，
战友欢聚在霸州。
重温川水从军梦，
又忆越山斩寇头。
前番征战血与火，
后会遥期苦和愁。
幸喜小城重相聚，
何年再聚话风流？